MÉMORIAL

PARISIEN.

DE L'IMPRIMERIE DE CELLOT ET HUBERT.

J.J. Rousseau à la Barrière du Trône.

MÉMORIAL

PARISIEN,

OU

PARIS

TEL QU'IL FUT, TEL QU'IL EST;

PAR

P.-J.-S. Dufey *(de l'Yonne)*,

AVOCAT.

PARIS,

DALIBON, LIBRAIRE,

PALAIS-ROYAL, GALERIES DE BOIS, N° 218.

M. DCCC. XXI.

AVANT-PROPOS.

LES oisifs que le désœuvrement ou la fantaisie du jour amène dans nos Musées, en parcourent rapidement les vastes galeries. A peine s'arrê-tent-ils à des distances convenues, pour don-ner le coup d'œil obligé aux chefs-d'œuvre dont il n'est point permis, sous peine de ridi-cule, d'ignorer l'existence.

L'amateur éclairé, qui sans dédaigner les jugemens d'autrui veut aussi juger par lui-même, s'arrête à chaque travée; aucun objet n'échappe à son infatigable attention. Ses courses sont plus lentes; il emploiera vingt journées à parcourir les galeries; d'autres au-ront tout vu dans le court espace de quelques heures, lui seul aura tout observé.

Tel est à peu près le plan que je me suis tracé en visitant les différens quartiers de la capitale. Ma marche paraîtra un peu uniforme, mais l'impatience de jouir m'eût fait manquer plus d'une jouissance. Une seule découverte utile m'offrait une surprise agréable et un nouveau sujet de méditation. Je ne quitte une rue, un monument, qu'après en avoir examiné les moindres détails; j'interroge ce qui est, pour mieux apprécier ce qui n'est plus. Le point de départ de chacune de mes promenades est toujours celui où s'est terminée la promenade de la veille. Je m'arrête partout où je puis recueillir un souvenir intéressant, étudier un tableau de mœurs, saisir un ridicule, signaler un établissement utile. Ce plan n'est peut-être pas tout-à-fait nouveau, mais c'est le moins suivi; et qu'il me soit permis de le dire, c'est le meilleur que je connaisse pour moi, et même pour ceux qui veulent bien m'accompagner.

Le public a paru accueillir favorablement mes premiers essais. J'ai dû céder à l'invitation de réunir en un corps d'ouvrage les articles que j'ai publiés dans le Journal de Paris, sous le titre de *Mémorial parisien*. Je n'ai écrit sous l'influence d'aucun parti; c'était l'unique moyen d'être vrai. L'histoire de Paris est aussi celle de la France; je ne l'ai point oublié :

les événemens les plus remarquables dont Paris
a été le théâtre, les personnages célèbres ou
fameux, qui en ont été les acteurs ou les victimes, ont été l'objet de mes observations.

Je n'ai point l'orgueilleuse prétention de lutter
de talent et de succès avec le plus aimable peintre
de nos mœurs, avec cet ermite voyageur qui
a visité les deux mondes et que les deux mondes
ont voulu connaître. J'ai osé adopter un genre
plus sévère ; je n'ambitionne pas un succès de
vogue, mais d'estime.

J'ai commencé mes courses par le quartier de
Paris le moins apprécié, parce qu'il est le moins
connu. Mercier ne l'a marqué que d'un seul
trait dans un coin inaperçu de son vaste Tableau,
et ce trait n'a pas même le mérite de la ressemblance. Le quartier Saint-Antoine est le berceau
de l'industrie parisienne ; il fut aussi le séjour de
nos rois pendant les premières races. Le palais
des Tournelles, l'hôtel Saint-Paul en occupaient
une grande partie. C'est là que j'ai retrouvé les
lieux qu'habitèrent Sully, du Guesclin, Turenne,
Mayenne, Zamet, Gabrielle d'Estrées, Diane
de Poitiers, Ninon de l'Enclos, madame de Sé-

vigné, les d'Aguesseau, les Malesherbes, les d'Argenson, les d'Ormesson, les de Harlay, etc.

Une ville nouvelle s'est élevée au delà de la porte Saint-Honoré..... Mes esquisses eussent été plus brillantes, mais peut-être aussi un peu monotones, et le vieux Marais m'a présenté à chaque pas, dans ce qu'il fut et dans ce qu'il est encore, d'intéressans documens pour l'histoire de nos mœurs et de nos arts, et je n'ai été embarrassé que sur le choix pour varier mes tableaux.

Mon travail serait terminé depuis long-temps si nos débats politiques m'eussent permis d'en publier les fragmens à des époques plus rapprochées ; mais j'ai souvent été obligé de céder la place aux discussions de la tribune et aux événemens qui se succèdent sur tous les points de l'Europe. Ces longs et fréquens intervalles de repos m'ont du moins permis de donner à mes notices plus de soin et de maturité. L'horizon s'éclaircit, la saison des orages touche à son terme, et je reprendrai le cours de mes voyages pour ne plus l'interrompre.

MÉMORIAL PARISIEN,

ou

PARIS TEL QU'IL FUT, TEL QU'IL EST.

CHAPITRE PREMIER.

INTRODUCTION.

Les anciens historiographes de Paris ont tout dit sur son origine, sur les grands événemens politiques dont il a été le théâtre. Il n'est pas moins intéressant pour les étrangers, et surtout pour les habitans de cette intéressante cité, de connaître dans ses moindres détails l'état actuel de ses monumens, de ses mœurs, de ses usages, d'en suivre les progrès, de pressentir son avenir dans ce qu'elle fut autrefois, et dans ce qu'elle est aujourd'hui.

On chercherait vainement ces documens indispensables dans les *Indicateurs*, dont les éditions se succèdent sans s'améliorer, et qui n'offrent avec des titres imposans qu'une nomenclature aride, monotone et surtout inexacte.

1

Tel est l'inévitable inconvénient attaché aux ouvrages de ce genre qui ne paraissent qu'à de longs intervalles, qu'ils sont déjà surannés au moment même de leur émission. La copie, quelle que soit d'ailleurs l'habileté du peintre, est à peine achevée que déjà les principaux traits de l'original sont changés.

Qui pourrait maintenant reconnaître Paris dans les écrits d'ailleurs estimés de Saint-Foix, de Piganiol de la Force et de Mercier lui-même ? Ils ont été vrais pour leur temps, ils ne le sont plus pour le nôtre. Tout est changé à Paris, jusqu'à l'air qu'on y respire. Ces masses de bâtimens qui en obstruaient la circulation ne sont plus (1). Des quais spacieux décorent sans interruption les deux rives de la Seine ; de nouveaux ponts rendent les communications plus rapprochées et plus faciles. D'anciens édifices, les promenades intérieures et extérieures, ont reçu des embellissemens dont l'admiration de nos pères n'eût osé les soupçonner susceptibles ; de vastes et solides galeries, très-aérées et distribuées avec art, ont remplacé ces carrefours étroits, insalubres, fangeux, où s'entassaient, sans ordre et sans goût, les approvisionnemens

(1) Il y a encore des quartiers qui réclament des améliorations de ce genre : je les ferai remarquer à mesure que je les parcourrai.

journaliers de deux cent mille familles. Le privilége d'y insulter impunément les acheteurs a disparu avec les gothiques échoppes. Seulement on a continué d'y parler la langue de Vadé et de l'Ecluse ; mais l'enseignement mutuel pourra faire disparaître ce dernier reste d'ignorance et de barbarie.

Tant de changemens dans les lieux et dans les choses en ont amené de plus importans dans les manières et les habitudes. Ces changemens ont successivement étendu sur la France entière leur salutaire influence. Des événemens extraordinaires, de nouvelles institutions, ont créé de nouveaux intérêts et de nouveaux besoins. Partout une heureuse identité de devoirs à remplir, de droits à conquérir, ou à conserver, unit tous les Français. C'est maintenant qu'il est vrai de dire que la France ne forme qu'une vaste famille.

Paris n'est plus ce gouffre où s'engloutissaient sans nulle compensation les produits agricoles et industriels des provinces. Paris est devenu une ville manufacturière et l'entrepôt de toutes les manufactures de France. Des établissemens de tout genre y occupent une multitude d'artistes et d'ouvriers ; il n'est plus aucun point de la France qui n'ait avec la capitale des rapports de tous les instans.

La mode, qui ne se faisait remarquer que

1.

par la bizarrerie de ses caprices, semble s'être
enfin soumise aux règles d'un goût sévère et
délicat, en créant de nouveaux élémens de luxe
et de jouissance. Rien ne plaît, s'il n'est à la
fois élégant et commode.

Les conquêtes que nous avons faites dans les
arts et dans les sciences sont immenses ; ce sont
les seules que l'étranger nous envie, sans pouvoir nous les enlever.

C'est de Paris que l'Europe reçoit ses modes
et ses institutions industrielles et même politiques (1). Les étrangers voient toute la France
dans la capitale. Elle s'y montre en effet toute
représentée de fait. Paris offre le spectacle mo-
bile et varié des talens, des mœurs, des habitudes de toutes les parties de la France. On
trouve, dans des quartiers opposés, jusqu'à la
physionomie des grandes et des petites villes de
nos provinces. Le Marais ne ressemble pas plus
à la Chaussée-d'Antin, que celle-ci ne ressemble à la rue Saint-Denis. Ce spectacle, plein

(1) Paris a expédié pour la Russie seulement, en avril
1819, pour cinq millions de produits de nos fabriques, en
meubles et autres objets de luxe, et en objets utiles, beaucoup de livres anciens et nouveaux. Les facteurs d'instrumens de musique ne peuvent suffire aux commandes : les
harpes et les pianos sont enlevés aussitôt qu'ils sont confectionnés. Je n'avance rien dont je n'aie acquis la certi-
tude.

d'intérêt et de vie, offre à chaque pas une scène nouvelle, et souvent les plus étonnans contrastes.

Bornés aux seules relations qu'exigent leur état et leur goût, les Parisiens peuvent-ils se faire une juste idée de tout ce que Paris renferme de remarquable et d'important dans l'intérêt de leur spéculation et de leur bonheur ? Les hommes les plus faits pour s'unir y peuvent rester inconnus l'un à l'autre, même lorsqu'ils ne sont séparés que par un faible intervalle. Un mot, un signe pourrait les rapprocher. Un *Mémorial* exact et suivi peut seul mettre un terme à ce funeste isolement, et devenir l'aliment continuel d'une communication générale et spontanée, en signalant à l'opulent capitaliste l'artisan habile et laborieux dont le talent modeste reste sans emploi.

Cette exploration constante de tous les points de la capitale, en instruisant les citoyens et les étrangers de ce qu'ils ont le plus grand intérêt de connaître, ne sera pas inutile aux magistrats. Elle pourra appeler leur attention sur quelques points relatifs à la sûreté, à la salubrité publique ; la prévoyance des dépositaires de l'autorité ne saurait tout embrasser, tout apercevoir dans une aussi vaste administration. Assez d'autres ont dit ce que fut Paris ; il importe

surtout de savoir ce qu'il est et de pouvoir coor-
donner dans un même cadre, et toujours avec
l'à-propos du moment, le présent et le passé.

Tel est le but que je me propose, en publiant
sous le titre de *Mémorial parisien*, la statistique générale et particulière de Paris. Tout ce
qui pourra devenir l'objet d'une remarque utile
figurera dans ce panorama.

Je pénétrerai dans ces nombreux ateliers où
la charité offre à l'indigence laborieuse tous les
secours et toutes les consolations, dans les hospices ouverts à toutes les infirmités ; en cher-
chant à procurer à la classe aisée d'agréables
distractions, je ne laisserai échapper aucune
occasion d'être utile et de seconder les vues
bienfaisantes d'un gouvernement réparateur, et
celles de tous les amis de l'humanité et de la
gloire de notre belle patrie.

J'introduirai mes lecteurs dans les plus brillans salons de l'opulence, comme dans les plus
modestes réduits. Je dirai ce qui est, quelquefois ce qui devrait être. Je signalerai surtout ces
nombreux établissemens, qui assurent à l'industrie nationale cette supériorité qui ne peut plus
être contestée que par des étrangers plus jaloux
qu'éclairés, et par quelques anglomanes qui
ont eu le malheur d'oublier qu'ils étaient Français.

Ce *Mémorial* entrait nécessairement dans les attributions du *Journal de Paris*, que l'on consulte le plus souvent sur tout ce qui est relatif à la statistique de la capitale. Les articles y ont été publiés à des époques assez rapprochées, depuis le 10 mai 1819 ; mais le cadre du Journal ne permettait pas de leur donner tous les développemens dont ils étaient susceptibles. Toutes les omissions ont été réparées avec toute l'étendue qu'exigeait l'importance du sujet. Les lecteurs y trouveront une histoire complète de Paris, ancienne et moderne.

La variété des objets que j'aurai à observer et à décrire, l'exactitude, l'impartialité qui caractériseront toutes les parties de mon travail, me permettent d'espérer qu'il sera favorablement accueilli. Je n'oublierai jamais que, pour intéresser mes lecteurs, il me suffira d'être vrai. Je le serai.

~~~~~~

CHAPITRE II.

J.-J. Rousseau. — Diderot. — Souvenirs. — Barrière du Trône. — Manufacture. — Rue de Montreuil. — Hôtel Titon. — Hôtel Dalmas. — Rue de Reuilly. — Rue de Charenton. — Hôpital Saint-Antoine. — Fontaine du corps-de-garde. — Cour des Miracles. — Manufacture de glaces. — Secret perdu.

———

J'étais enfant, lorsqu'un heureux hasard amena chez mes parens J.-J. Rousseau. Je lui fus présenté par ma mère. Je ne l'oublierai jamais; et c'est pour payer à la mémoire de ce grand homme un juste tribut d'admiration et de reconnaissance, que j'ai choisi la barrière du Trône pour point de départ des longs voyages que j'ai entrepris. Je dis longs, non à raison de l'étendue, mais de l'importance et de la multiplicité des objets qui vont s'offrir à mes méditations. Combien de fois le bon Rousseau a parcouru, haletant de fatigue et de douleur, l'avenue de Vincennes! Après avoir prodigué à Diderot, alors prisonnier dans ce château, les consolations de l'amitié, il s'arrêtait près de la barrière, et, promenant ses regards attristés

sur le fatal donjon où gémissait son ami, et sur
les murs de Paris qui n'était plus pour lui qu'un
bruyant désert, il s'abandonnait aux plus sinis-
tres réflexions ; et dès que le repos lui avait rendu
assez de force, il se dirigeait vers son modeste
asile, à l'autre extrémité de Paris. Ceux qui re-
fusent à l'auteur de la *Nouvelle Héloïse* la plus
expansive sensibilité n'ont jamais lu ou du moins
n'ont pas compris la touchante description de
ses voyages à Vincennes. Une simple inscription, le plus modeste indice devrait signaler
l'arbre hospitalier à l'ombre duquel se reposa si
souvent le plus éloquent, le plus profond de nos
écrivains modernes. Seul, à pied, il faisait ce
pénible trajet. Il était pauvre. Les grands hommes
d'alors n'avaient que des talens et du génie. Nos
moindres écrivains d'aujourd'hui, couverts de
décorations et richement dotés, sont bien loin
de cette gothique simplicité. Que leur importe
le suffrage de la postérité? ils n'ambitionnent
que les jouissances et la considération du moment. Ils ne veillent qu'aux spectacles ou dans
le palais des grands, et ne se reposent qu'à l'A-
cadémie.

J'en demande pardon à nos savans titrés et
non titrés ; mais le tableau de leurs mœurs et
même de leur gloire m'intéresse moins que
celui de cette multitude d'ouvriers obscurs,

1*

mais utiles, qui peuplent le faubourg Saint-Antoine. Tout y annonce le calme heureux de l'industrieuse médiocrité : mœurs régulières, amour du travail et de la paix, vêtemens simples et propres, union dans les ménages. Le vice, la débauche, y sont également étrangers ; point de lieux ouverts à la prostitution et à la crapuleuse oisiveté. Je n'ai vu que deux cabarets au delà de la barrière. Ils sont peu nombreux dans l'intérieur. Ceux de l'extérieur ne sont remplis que les jours de fête, et je n'y ai remarqué que des familles réunies, qui s'y délassaient, avec l'abandon d'une franche et douce gaieté, des fatigues de leur promenade périodique au bois de Vincennes.

Ces deux grandes colonnes isolées, qui distinguent l'emplacement de la barrière du Trône, rappellent au voyageur moins l'entrée imposante d'une grande cité florissante, que les derniers débris d'un vaste monument abandonné. L'heureuse situation de cette barrière n'avait point échappé à l'attention des grands artistes des siècles précédens. « C'est en cet endroit, » dit un historiographe, que l'on dressa, en » 1660, un trône des plus éclatans à la reine » Marie-Thérèse d'Autriche, lorsqu'elle fit son » entrée à Paris, qui fut la plus brillante et la » plus superbe que l'on ait jamais vue. »

C'était aussi par cette partie du faubourg que les évêques faisaient leur entrée à Paris; mais ces solennités plus mondaines que religieuses n'ont plus existé depuis que les prélats et les simples prêtres ont cessé de fait de s'arroger des honneurs réservés aux souverains.

Dix ans après l'entrée de la reine Marie-Thérèse (1670) fut posée la première pierre du monument colossal projeté par le ministre Colbert, en l'honneur de Louis XIV, et exécuté ensuite en plâtre par l'architecte Thevenot, sur les dessins de Perrault. « L'arc triomphal avait » deux faces ouvertes par trois portes; chaque » face était ornée de huit colonnes corin-» thiennes et de deux sur les côtés. Les enta-» blemens portaient de grands trophées de cap-» tifs enchaînés et d'autres ornemens. Le dessus » était en plate-forme, ayant au milieu un » grand piédestal élevé en forme de montagne, » sur lequel *on devait* placer une statue éques-» tre de Louis XIV; entre les colonnes, il y » avait une quantité de médaillons où les prin-» cipales actions de ce monarque étaient repré-» sentées »; et tout cela n'était qu'en plâtre. Il est donc vrai qu'alors, comme de notre temps, on élevait aussi des *monumens* qui n'avaient que l'éclat et la durée des décorations de théâtre.

La place du Trône n'est guère habitée. Des allées d'ormes et de marronniers en dessinent agréablement le pourtour. J'ai remarqué, à cette extrémité du faubourg, plusieurs maisons d'éducation particulière, vastes et bien distribuées. On ne voyait autrefois dans ce quartier que des fabriques d'objets d'ameublement. On y compte maintenant des ateliers dans tous les genres, et l'on sait que l'industrie française les embrasse tous. Les plus anciens ateliers de Paris se sont établis au faubourg Saint-Antoine. L'abbaye qui lui a donné son nom était une haute seigneurie monastique ; tous ceux qui habitaient dans son ressort étaient exempts de maîtrise. La suppression de ce privilége, loin de paralyser l'industrie locale, lui a donné une nouvelle extension.

La concurrence a provoqué de nouveaux essais et de nouveaux efforts ; d'autres fabriques se sont formées, agrandies, perfectionnées. La manufacture Réveillon, rue de Montreuil, est dans la plus heureuse activité ; tout y avait été détruit, et son aspect annonce une prospérité séculaire. Les fabriques de même genre de MM. Moriset frères, rues du Faubourg-St.-Antoine et de Reuilly, rivalisent avec elle de zèle et de succès. La fabrique de schalls façon de cachemire de M. Bauzon, rue de Reuilly, justifie la haute protection dont l'honore une auguste princesse. Les filatures de cotons filés et de tissus se sont aussi très-multipliées dans ce quartier. J'ai surtout remarqué celles de MM. Denis, Lombard, Fauvelet, Pigne, etc. Les brasseries conservent leur réputation, et j'y ai observé avec plaisir, comme dans les autres établissemens, l'emploi de nouveaux procédés moins compliqués et plus commodes, et partout une distribution élégante et bien ordonnée.

L'hôtel Titon, appelé d'abord *Folie Titon*, est maintenant occupé par la belle manufacture de papier peint, fondée et long-temps dirigée par M. Réveillon. M. Titon avait réuni dans un riche salon une collection de tableaux des plus grands maîtres. Il a été l'inventeur et l'architecte d'un monument qui atteste son zèle pour les arts. Tout le monde connaît le Parnasse qu'il a fait exécuter en bronze, à la gloire de Louis XIV et des plus célèbres poëtes et musiciens depuis François Ier. Seize figures principales sont placées sur une montagne isolée ; des génies portent, sur une partie moins élevée du plan, les médaillons des auteurs moins fameux. Louis XIV y occupe la place d'Apollon, et semble présider à cette brillante réunion d'hommes illustres.

Mesdames de la Suze, Deshoulières et Scuderi, représentent les trois grâces. Ce monument, exécuté par Garnier, orne l'une des galeries de la Bibliothèque du Roi. Il a été très-bien gravé par Audran.

M. Titon donna en 1732 une description de son Parnasse, en un volume in-folio, orné de figures. Deux supplémens ont été publiés en 1743 et 1755.

L'hôtel *Dalmas* est un des édifices les plus remarquables de cette rue.

J'avais beaucoup entendu parler de la belle savonnerie de M. Jacquemart, à l'extrémité de la rue de Montreuil ; je n'ai trouvé que des débris. J'ai cru d'abord ce bel et utile établissement perdu pour la capitale ; mais je me suis assuré que ce n'était qu'un déplacement, et que les ateliers étaient transférés rue Culture-Sainte-Catherine.

Dans un quartier dont les habitans sont aussi sobres, aussi laborieux, il y a nécessairement peu de malades et d'indigens. Aussi ai-je eu lieu d'observer avec plus de plaisir que de surprise que le nombre des lits de l'hôpital Saint-Antoine n'était pas en proportion avec l'étendue de l'édifice, et que leur petit nombre suffisait aux besoins d'une population considérable. Le traitement y est le même qu'à l'Hôtel·

Dieu; sa construction n'a rien de gothique :
tous les bâtimens avaient été reconstruits en
1770 sur les dessins de Lenoir, dit le Romain.
Il n'y a eu d'autres changemens à faire que
ceux qu'exigeait, dans la distribution intérieure, la nouvelle et plus utile destination de
ce bel établissement.

En face de la pile de l'hôpital Saint-Antoine,
on aperçoit à peine une fontaine ancienne,
d'une construction grossière, sans inscription,
sans ornement. Elle a perdu jusqu'à son premier nom de *Petite-Halle*; on ne la désigne plus
que sous celui de *Fontaine du corps-de-garde*.

Dans une ville, et surtout dans une capitale,
chaque fontaine devrait être un monument. Ce
quartier avait aussi autrefois sa *cour des Miracles*. C'était le rendez-vous des faux estro-
piés, des faux aveugles, qui s'était établi sur
l'ancien emplacement du château de Reuilly,
dans la rue de ce nom. J'épargne à la sensibilité des partisans des vieilles doctrines et des
vieux créneaux la description des tourelles du
château de Reuilly et de ces groupes de mendians qui, débarrassés le soir de leurs hideux
appareils, se livraient aux plus sales débau-
ches, aux dépens des dupes qu'ils avaient faites
dans le parvis des temples et sur les places publiques. Là, plus d'une fois sans doute, un

père, fidèle aux convenances de famille, et surtout à ses intérêts, répondait fièrement à un obscur estropié qui osait lui demander la main de sa demoiselle : « Je l'ai refusée à un cul de jatte. »

Partout je vois l'industrie remplacer l'oisiveté. Aux fourbes mendians ont succédé, dans cette cour des Miracles, des modeleurs en plâtre, des chaudronniers.

Mais j'aperçois les beaux acacias qui décorent l'entrée de la fabrique des glaces ; ce sera le terme de mon premier voyage. Les seigneurs de Reuilly étaient fort respectables, sans doute ; mais ne suffisait-il pas à leur gloire de laisser leur nom à la petite rue où s'élevait leur château? La reconnaissance nationale aurait dû honorer, il y a deux siècles, la grande rue de Reuilly du nom de *Rivière-Dufrény* qui, sous la protection du ministre Colbert, fonda la manufacture des glaces. La France, comme le reste de l'Europe, était alors tributaire de Venise pour les glaces. Rivière-Dufrény en affranchit la France. Colbert lui fit donner le privilége que l'artiste, qui avait plus de génie que de fortune, vendit ensuite à une compagnie. C'est aujourd'hui un point de fait incontestable que les glaces de cet établissement vraiment français, qui ne doit rien à des talens

étrangers, sont, par la grandeur de leur dimension, la finesse de leur poli, les plus belles
que l'on connaisse en Europe.

Les glaces coulées à Saint-Gobain (Aisne) sont
transportées à Paris, pour y être étamées et
polies.

Vers le milieu du siècle dernier, un artiste
avait imaginé un moyen de réunir les morceaux d'une glace cassée, de les fixer de manière à faire disparaître la plus légère trace de
rupture, et de leur rendre le plus beau poli.
Il offrit de soumettre l'examen de son procédé
au plus sévère examen. Ses offres ne furent
point accueillies, et l'on accusa de ce refus les
entrepreneurs de la manufacture des glaces,
dont l'application de cette importante découverte pouvait contrarier les intérêts. La cause
de cette inconcevable exclusion n'a jamais été
bien connue. L'auteur était né trop tôt. L'industrie était alors exploitée par des directions
privilégiées.

Un Français offrait au commerce de son
pays une découverte précieuse et honorable.
Mais cette découverte blessait l'orgueil et surtout les spéculations de la compagnie qui avait
le monopole exclusif des glaces. Il n'y avait
pas à balancer. Aujourd'hui, la France s'est
replacée à la tête de l'industrie européenne

en ouvrant la carrière à tous les talens, en
assurant aux manufacturiers tous les genres
d'encouragement et de garantie.

Cette manufacture est une des plus importantes et des plus anciennes de France. Louis
XIII en avait accordé le privilége en 1634 à
Eustache de Grandmond et à Jean-Antoine
Dantomenil, mais sans succès. Richelieu n'était
pas comme Colbert, un ministre citoyen, et
l'on continua à tirer de Venise les glaces dont
on ornait les appartemens du monarque. Il
était réservé à Colbert et à Rivière-Dufrény de
créer pour la France cette nouvelle branche de
commerce. Les anciens décernaient des statues
aux bienfaiteurs de la patrie comme à ses défenseurs; si nous ne pouvons pas peupler nos
promenades et nos places publiques de monumens, faisons du moins pour nos grands artistes
et nos grands magistrats ce que nous avons fait
pour nos poëtes et nos musiciens les plus distingués. Les noms de Corneille, Racine, Molière, etc., de Rameau, de Lulli, etc., décorent les entours des théâtres où l'on représente
leurs chefs-d'œuvre. Pourquoi les noms de
Colbert, de Rivière-Dufrény ne frappent-ils
pas nos premiers regards en entrant dans cette
magnifique et utile manufacture, qui, depuis
deux siècles, honore l'industrie française?

~~~~~~

CHAPITRE III.

Encore un mot sur la manufacture des glaces. — Thévart.
— Camuset et ses serpettes. — L'hospice des Orphelins.
— Saint Vincent-de-Paul.

———

Nos fabricans et nos artistes n'ont rien emprunté à l'industrie étrangère qu'ils ne l'aient nationalisé par un perfectionnement rapide. Il ne leur suffit pas de faire aussi bien ; ils veulent faire mieux et ils y réussissent toujours. La manufacture des glaces établie sous la direction de Rivière-Dufrény, rivalisait déjà avec celle de Venise ; Thévart lui assura une supériorité marquée, en créant un procédé pour couler des glaces d'une dimension jusqu'alors inconnue, et ses essais ont obtenu le plus grand succès.

Thévart fut plus heureux que l'artiste dont j'ai parlé dans le chapitre précédent. Son invention servait à souhait les intérêts des entrepreneurs privilégiés. Voilà pourquoi le premier fut éconduit de la manufacture de Paris, et le second si bien accueilli à celle de Saint-Gobain, qui n'en est qu'une dépendance.

Le seul nom des grands établissemens qui ont une renommée européenne, suffit pour appeler l'attention ; mais la découverte de l'obscur atelier d'un ouvrier aussi habile que *modeste* est une bonne fortune pour un observateur ami des arts et de son pays.

Le luxe obligé de nos moindres boutiques, qu'on n'appelle plus que *magasins*, ne permet pas aujourd'hui d'honorer du nom d'enseigne la croix de bois, teinte en rouge, qu'on aperçoit à peine sur l'unique croisée du rez de chaussée d'une petite échoppe de la rue du faubourg Saint-Antoine, n° 285. C'est là que viennent s'approvisionner d'outils tranchans d'une excellente trempe, les jardiniers de Paris et des environs. P. Camuset ne devait qu'à lui-même son précieux secret. Des étrangers ont fait d'inutiles tentatives pour l'acheter ou le surprendre. Ce secret est l'unique héritage de sa veuve. Deux ouvriers occupent l'étroite boutique ; cinq années se sont écoulées depuis la mort de cet estimable ouvrier, et le débit n'a point diminué. Cette préférence, qui se soutient long-temps avec le même succès, ne peut avoir pour cause le prestige de l'habitude et de la mode. L'habitude ne résiste pas à l'épreuve du besoin, et l'opulence seule peut faire à la mode d'inutiles sacrifices.

J'eus bientôt visité le petit atelier de la veuve Camuset.... J'arrive devant la grille de l'*Hospice des Orphelins*, que mal à propos on appelle souvent *Enfans-Trouvés*. Tout contribue à propager cette erreur. On lit sur toutes les étiquettes du pharmacien établi à côté de la grille : Para, rue du faubourg Saint-Antoine, à côté de la grille des *Enfans-Trouvés;* et cette grille porte pour indication, à sa partie supérieure, un enfant emmaillotté. Il est cependant certain que l'hôpital des *Enfans-Trouvés* n'est pas au faubourg Saint-Antoine, mais rue d'Enfer. Le local de l'hospice des Orphelins est spacieux, mais il pourrait être mieux distribué. L'église, assez vaste, dérobe aux regards des passans la vue des bâtimens intérieurs. On admire encore, au-dessus de l'autel, le beau tableau de Lafosse. C'est aux employés de cet hospice que l'on doit la conservation de ce tableau et des autres objets consacrés au culte. Ils en ont acquis la propriété aux dépens de leurs épargnes.

On arrive, par une belle avenue couverte, aux bâtimens; à gauche est le quartier des filles, à droite celui des garçons. Le nombre de ceux-ci excède de plus d'un tiers celui des filles. La

société, dignement représentée par des administrateurs spéciaux, tient lieu à ces infortunés
d'une famille que peut-être ils ne connaîtront
jamais, et qui les a livrés à sa merci par un
abandon forcé ou volontaire. Les orphelins n'y
sont reçus qu'au-dessus de deux ans et au-
dessous de douze. Les filles y travaillent elles-
mêmes, sous la direction des sœurs de la Charité, aux étoffes nécessaires à leur usage. Les
garçons, dont le nombre est d'environ trois
cents, n'ont que quatre instituteurs qui président à l'emploi de tous leurs instans. Les orphelins sortent de l'hospice pour être placés en
apprentissage chez des ouvriers ou des fabricans du faubourg, qui s'en chargent souvent
gratuitement. Je le dis à regret : il n'en est
presque pas un seul qui ait reçu utilement les
premiers élémens d'instruction. Il ne faut en
chercher la cause que dans le régime suivi dans
l'hospice, et j'appelle sur ce point important
l'attention des magistrats et des administrateurs. J'ai voulu connaître les statuts réglé-
mentaires des sœurs. Croirait-on que ce sont
encore, sans aucun changement, sans aucune
amélioration, ceux donnés par le cardinal de
Retz, alors archevêque de Paris, et remis en
vigueur par un décret impérial du 8 novembre
1809? Le nom de l'auteur de ces réglemens

et de celui qui les a rétablis présente le plus singulier rapprochement.

Prétendrait-on que l'esprit de ce réglement, fait il y a deux siècles, est en opposition avec une nouvelle méthode d'instruction? Il me suffira de le citer. Il recommande aux sœurs « d'élever les petits enfans trouvés, d'instruire » les pauvres filles, de s'y porter avec une affec- » tion et diligence particulières. » Il est cependant de notoriété publique que les orphelins rendus à la société ne savent ordinairement pas lire. Nos institutions nouvelles offrent un moyen facile de remédier à un aussi grand abus. Point de sûreté pour les mœurs sans instruction. Je pourrais prouver cette triste vérité, sans en chercher la preuve ailleurs que dans la conduite de la plupart des enfans sortis de l'hospice. Ce moyen, c'est l'enseignement mutuel. Son introduction dans l'hospice des Orphelins n'entraînerait aucune dépense et serait un signalé bienfait. Un des administrateurs a déjà exprimé ses vœux à cet égard, mais sans succès. Que pourrait-on objecter contre une innovation aussi urgemment utile? L'ignorance n'est propre qu'à faire des fourbes ou des fanatiques. Vouloir asseoir la religion sur une telle base, n'est pas seulement une inexcusable erreur, mais un blasphème. Quoi!

l'on ne pourrait être vraiment chrétien sans
être ignorant! Qu'étaient donc Bossuet et ce
Vincent de Paul, ce vénérable fondateur des
sœurs de la Charité?

On ne doit parler de ces pieuses filles qu'avec
l'accent de la reconnaissance et de l'admiration; mais ces soins, ces devoirs de tous les
instants, peuvent-ils s'allier avec les calculs
d'une administration compliquée? Aussi cette
distinction d'attributions n'avait point échappé
à la bienfaisance éclairée du sage Vincent de
Paul, dont Dieu seul pouvait dignement ré-
compenser les vertus.

Il ne faut pas confondre l'hospice des Orphelins avec les autres établissemens que la
pitié publique ouvre à l'indigence sans appui,
à la douleur sans secours. Ici ce n'est point une
génération formée ou qui s'éteint, mais une
génération qui naît et dont l'existence physique et morale réclame les soins les plus délicats et les plus assidus, et ces soins, si nécessaires au développement de ses forces et de son
intelligence, ne peuvent être séparés dans leur
application.

Sous le rapport de la salubrité, l'hospice des
Orphelins est parfaitement placé. Cependant
je n'ai point remarqué dans les enfans cette
fraîcheur, cette souplesse, qui distinguent le

jeune âge. Je ne l'attribuerai point à un régime alimentaire trop peu substantiel, mais au défaut absolu d'exercice. La gymnastique est une partie trop essentielle de l'éducation pour être négligée sans danger, et le vaste hospice dont je parle n'a que quelques cours étroites pour le service intérieur. On pourrait, sans beaucoup de frais, convertir en cours spacieuses ces inutiles plates-bandes de plantes potagères qui occupent tout l'espace qui sépare l'église des bâtimens. Leur produit n'est rien pour l'approvisionnement, il n'est que de pur agrément pour quelques individus. Il serait d'ailleurs facile de concilier toutes les convenances; et l'espace indispensable aux exercices de cinq cents enfans laisserait encore assez de terrain pour quelques jardins particuliers. La belle avenue couverte formerait une ligne de démarcation assez large, entre la cour des filles et celle des garçons, et ces deux cours se trouveraient placées en face de leurs quartiers respectifs.

Les travaux auxquels on les emploie pourraient s'exécuter dans les cours. Ces travaux consistent, pour les filles, à faire et à soigner le linge, et pour les garçons, à fabriquer des cardes et à trier du coton.

La bienveillance de l'administration n'abandonne point ses pupilles placés chez des ou-

vriers ou des fabricans ; son active bienveillance
les suit chez leurs nouveaux bienfaiteurs. Tous
ont contracté l'heureuse habitude du travail :
les bureaux de la direction sont occupés par
trois orphelins ; deux ont perdu le bras droit,
et le troisième le bras gauche. Leurs chefs sont
satisfaits de leur intelligence et de leur docilité.
L'instruction de ces enfans est une exception,
et cette exception s'explique par leur infirmité
même qui les rendait impropres aux travaux
dont les autres sont exclusivement occupés.

Les titres donnés aux fonctionnaires, aux
administrateurs, devraient toujours rappeler
exactement la nature de leurs attributions. Ne
serait-il pas temps de rendre à l'administrateur-
gérant des hospices la dénomination de directeur, ou toute autre équivalente, et de laisser à
l'histoire des temps désastreux qui l'ont créée
cette inconvenante locution d'*agent de surveillance?* Comment reconnaître sous ce titre
un préposé supérieur dont l'autorité essentiellement paternelle ne doit inspirer que le respect
et la reconnaissance ?

De simples ouvriers, des citoyens plus remarquables par leur état et leur fortune aiment
à s'associer à la bienfaisance nationale en assurant une profession honnête et une existence
honorable aux orphelins qui se distinguent par

d'heureuses dispositions. Je regrette de ne pouvoir signaler à l'estime publique tous ces hommes respectables. Je me bornerai à nommer M. Cimthière, directeur d'un très-beau pensionnat établi près la barrière du Trône, rue de Reuilly. M. Cimthière est aussi bon citoyen qu'habile instituteur ; il vient d'admettre au nombre de ses élèves un orphelin, dont il prend le plus grand soin, et qui répond à ses bontés par la conduite la plus louable. M. Beauzon, propriétaire de la manufacture de schalls façon de cachemire, rue de Montreuil, a donné le même exemple de générosité philanthropique. De pareils traits ne doivent pas rester inconnus. Puissent-ils trouver de nombreux imitateurs, et la société ne comptera que des citoyens utiles dans cette classe d'infortunés qui, sans ce salutaire appui, pourraient un jour devenir la honte et le fléau de leur patrie!

~~~~~~

CHAPITRE IV.

ENSEIGNEMENT mutuel. — Les Têtes noires et les Boules blanches. — Le docteur Tronchin. — Erreur de l'auteur du Tableau de Paris.

———

J'AVAIS insisté, dans mon chapitre précédent, sur l'urgente nécessité de donner à l'hospice des Orphelins un mode d'instruction élémentaire qui exigeât le moins possible de temps, de maîtres et de dépenses.

S. A. R. le duc d'Angoulême a rempli ce vœu des amis de la religion, des mœurs et de l'humanité. La présence du prince n'avait pas tout-à-fait déconcerté les personnes qui s'étaient déjà opposées à l'introduction de l'enseignement mutuel dans cet établissement; quels avantages a donc produit le système suivi depuis le cardinal de Retz? Grâce à ce régime, si respectable par son ancienneté, presque tous les enfans élevés dans ce vaste hospice depuis deux siècles, en sortaient sans savoir lire. S. A. R. a répondu avec une noble franchise aux objections dont l'expérience a démontré la futilité ; elle a déclaré hautement que la méthode de l'enseignement mutuel était préférable , qu'il fallait l'adopter , que telle était la volonté du Roi.

Le conseil général des hospices a nommé une commission spéciale pour la prompte organisation de la nouvelle école. Les commissaires sont : M. le duc de Doudeauville , M. le vicomte de Montmorency , M. le baron Séguier , auxquels devra se réunir madame la supérieure-générale des Filles de la Charité. Que pourrait-on opposer encore à la double autorité de la raison et du pouvoir ?.... L'usage ancien. Mais dans les grandes, comme dans les plus petites choses , on risque fort de se fourvoyer avec un pareil guide.

En quittant l'hospice des Orphelins , je voulais visiter le marché Beauveau , que l'usage appelle marché Lenoir ; si j'avais demandé à un commissionnaire du faubourg ce marché sous son véritable nom , il n'eût pas manqué de m'envoyer à l'extrémité du faubourg Saint-Honoré.

Le marché Beauveau existe depuis quarante ans : son nom , ceux des rues Lenoir , de Cotte et d'Aligre qui y aboutissent, sont historiques. Il fut fondé par madame de Beauveau-Craon , alors abbesse de l'abbaye Saint-Antoine. Les noms de Cotte et d'Aligre sont ceux de deux présidens au parlement de Paris ; celui de Lenoir rappelle l'architecte Lenoir le Romain, au talent duquel Paris doit plusieurs établissemens publics. Ce marché plus utile que brillant, n'offre nulle ressemblance avec les marchés bâtis depuis. C'est une halle très-aérée, divisée en deux vastes hangars bien couverts ; elle a une fontaine simple, dont les eaux entretiennent la fraîcheur d'un beau peuplier qui s'élève auprès d'elle.

Au coin des rues d'Aligre et de Charenton, sur l'emplacement de l'ancienne caserne de la section des Quinze-Vingts, M. Anquetil jeune a fait construire une belle filature de coton. La distribution en est simple et commode. Autour d'un joli jardin règnent les bâtimens d'habitation, les ateliers, les comptoirs et les magasins.

M. Anquetil jeune, qui dirige sa manufacture, en a établi et perfectionné les mécaniques. On y fabrique le filé dans les plus hauts numéros pour la bonneterie et les tissus. La concurrence n'est redoutable qu'à la médiocrité, et M. Anquetil s'est toujours empressé de céder à d'autres fabricans des mécaniques qu'il avait inventées ou perfectionnées. Il a commencé sa carrière commerciale dans le bel établissement de M. Richard-Lenoir.

C'est par erreur sans doute que l'on a prétendu qu'avant d'être converti en caserne, ce même emplacement était l'ancien hôtel du Bel air qui fut habité par un ambassadeur turc. On lit encore au-dessus de la porte d'entrée du n° 58 de la rue du Faubourg-Saint-Antoine : *hôtelle du Bel air*. Les anciens bâtimens sont presque détruits ; tout y est changé ; l'intérieur est occupé par divers ateliers, parmi lesquels j'ai remarqué celui de M. Meunier, serrurier-mécanicien. Son nom ne m'avait pas été indiqué par une enseigne à *brevet* ni par nos volumineux almanachs, mais par les principaux fabricans du faubourg. Une pareille réputation a bien son prix. Si l'architecte de *l'hôtelle du Bel air* a pu, il y a cent ans, permettre au sculpteur du fronton de la grande entrée une faute d'orthographe, il ne faut pas s'en étonner, puisque tout récemment, et dans la même rue, on vient de rajeunir une ancienne inscription par celle-ci : Boulangerie générale des *Marchées*. C'est sur ce dernier mot que se trouve la correction encore toute fraîche.

La réforme qui s'opère depuis quelques années dans le choix et l'exécution des sujets d'enseignes ne s'est pas encore étendue au faubourg Saint-Antoine. On n'y trouve pas même le facile mérite de la variété. Les *têtes noires* et les *boules blanches* y sont souvent répétées, et il doit en résulter de singuliers quiproquos pour les marchands qui se sont partagé l'honneur d'en bigarrer leurs boutiques. Il n'y a point de quartier où les enseignes soient plus multipliées. Elles présentent parfois d'assez bizarres rapprochemens ; j'ai vu au-dessus du tableau d'une sage-femme un ours dansant.

La rue du Faubourg-Saint-Antoine est une des plus longues et des plus larges de la capitale ; mais elle décrit vers le milieu une ligne courbe, qui ne permet pas de saisir d'un coup d'œil sa vaste étendue. Les anciens semblaient ne consulter dans leurs constructions que les convenances individuelles de chaque propriétaire. Ils ignoraient ou du moins ils ne savaient pas apprécier tous les avantages d'élégance et de salubrité qui résultent d'un alignement régulier.

Le faubourg Saint-Antoine, que l'on peut appeler le berceau de l'industrie parisienne, ce quartier si intéressant par sa population et ses nombreuses manufactures en tout genre, n'occupe qu'un point imperceptible dans le vaste Tableau de Mercier.

« Je ne sais, dit-il, comment ce faubourg

subsiste : on y vend des meubles d'un bout à l'autre , et la population pauvre qui l'habite n'a point de meubles. Les gens de la campagne font les trois quarts des achats ; et en général on ne délivre que le rebut des marchandises , o u ce qu'il y a de plus grossier dans ce genre de commerce. » (Tableau de Paris, tome 8 , page 49.)

Voilà ce qu'il écrivait en 1788. Cette époque est trop près de nous pour que nous puissions ajouter foi à une assertion aussi hasardée et d'une aussi évidente invraisemblance. Ce faubourg subsiste comme il subsistait alors, par une infatigable industrie. Il réunit presque tous les genres de manufacture ; une indigence absolue ne peut atteindre une population laborieuse et toujours occupée. Si l'esquisse tracée *ab irato* par Mercier eût été aussi vraie qu'elle est affligeante , il faudrait du moins convenir que la situation de ce faubourg aurait tout-à-fait changé.

On y trouve à chaque pas des magasins d'espèce différente et surtout des magasins garnis de meubles aussi riches qu'élégans ; on n'en aperçoit qu'un petit nombre d'autres qui puisse convenir aux modestes usages de la campagne. Depuis long-temps nos artisans et les habitans de la banlieue ne vont plus exclusivement s'approvisionner de meubles au faubourg Saint-Antoine , mais le plus souvent aux piliers des

2*

Halles, au carré Saint-Martin et à la rue Cha-pon.

Il en était déjà ainsi lorsque Mercier publia la suite de son grand ouvrage sous le titre de *Nouveau Paris*. On est aussi affligé que sur-pris de n'y trouver rien qui rectifie l'erreur que je viens de signaler.

Le commerce de meubles n'est plus qu'une des branches de l'industrie de ce quartier. L'art du placage y est porté au plus haut point de perfection. On est parvenu à débiter les planches de bois de luxe en feuilles extrême-ment minces, et à donner à ces feuilles le poli le plus brillant et le plus solide. Les magasins y sont en général d'une agréable simplicité, surtout ceux qui sont situés à l'entrée de la rue. L'espace y est habilement ménagé ; des comp-toirs mobiles et commodes laissent absolument libres l'entrée et l'intérieur des boutiques. Le comptoir de la maison n° 8 a la forme d'une jolie gondole.

J'ai remarqué, vis-à-vis, deux ateliers du même genre, mais d'un aspect absolument différent. Ces ateliers sont n°s 7 et 11. Ce dernier, qui offre aux regards des passans quelques bustes et des figures en pied coloriées a pour ensei-gne : *Au Grand-Frédéric*. Des figures colo-riées pourraient être fort prisées à Berlin ; mais

j'aime à retrouver le goût français dans l'atelier
n° 7 ; point de couleur sur les plâtres : un
meilleur choix dans les objets exposés en montre , et pour enseigne : *Au rendez-vous des
Artistes*. J'en félicite l'heureux propriétaire ,
M. Poli.

Le jour touche à sa fin , et tout est encore
en mouvement; point d'oisifs; partout on est
fatigué , mais bien portant. Ce tableau si vrai ,
si animé , m'a rappelé le système de Tronchin,
que les princes et les philosophes avaient mis
également à la mode. Il devait cette vogue
moins à ses talens , dont la réalité ne peut plus
être sérieusement contestée , qu'à la singularité
de ses ordonnances.

Il ne prescrivait ordinairement à ses malades
titrés que l'exercice. Passe encore pour la
paume , la chasse , l'escarpolette ou le volant;
mais il voulait leur donner en même temps un
précepte de santé et de philosophie , et il n'é-
tait pas rare de voir un grand seigneur scier du
bois , ou une belle marquise frotter son salon
par ordre du médecin. La mode a imaginé
pour nos dames les courses en char. Le chapitre des accidens a un peu décrédité les mon-
tagnes. J'aimerais mieux les exercices de la
façon du docteur Tronchin; ses malades se reposaient quinze jours de l'excessive fatigue d'un

quart d'heure. Nos ouvriers se portent mieux et à moins de frais; point de repos pour eux ; il faut qu'ils travaillent ou qu'ils dansent ; une soirée à la guinguette leur fait oublier six jours d'un travail pénible, qu'ils reprennent gaiement le lendemain.

CHAPITRE V.

Quinze-Vingts. — Avis aux gastronomes de tous les pays.
— Expédition gourmande. — M. Appert. — M. Gillet.
— Les Anglais à Paris.

———

Notre pauvre siècle marche à la corruption
absolue avec une épouvantable rapidité, répè-
tent, dans leurs jérémiades périodiques, les
petits prophètes du jour. Nous avons eu la barbarie de ne garder, des institutions de nos
pères, que ce qu'elles avaient d'essentiellement
utile pour la religion, l'humanité et les mœurs.
Ces institutions se sont multipliées, agrandies,
perfectionnées. Qu'est-ce que cela prouve contre d'infatigables argumentateurs qui se sont
fait une langue et une logique absolument à
leur convenance? Leur singulière prescience
ne voit dans l'avenir que le passé; leurs espérances sont ce que nous autres barbares appelons des regrets. J'aime mieux croire tout bon-
nement que la France d'aujourd'hui n'a rien à
envier à la France du XIII° siècle que de m'é-

garer dans le labyrinthe d'une controverse aussi
étrangère à mes goûts qu'à ma raison ; et , lais-
sant à de plus ambitieux le profit et le scandale
d'une polémique fort à la mode, simple historien, je vois, j'observe, et je raconte.

L'humanité et la religion ont également souf-
fert de la fureur des croisades. C'est aux malheurs de ces temps et à la bienfaisance de saint
Louis que l'établissement des Quinze-Vingts
doit son origine.

On a bien fait de lui rendre sa première dénomination ; elle rappelle la manière de compter
d'alors. Cette expression de *quinze-vingts* est
employée aujourd'hui pour désigner une cote-
rie ennemie des lumières ; elle n'est plus qu'une
épigramme très-vraie et tant soit peu maligne.
Les monumens, comme les hommes, survivent
souvent à leur destination première. La petite
rue *Saint-Louis*, dans le quartier Saint-Honoré,
bâtie sur l'emplacement des Quinze-Vingts, a
conservé le nom de son fondateur. Les belles
maisons des rues de Rohan et de Valois se sont
élevées sur l'emplacement de cet antique hospice ; elles vont être détruites à leur tour pour
la continuation de la belle galerie qui doit réunir
le Louvre aux Tuileries. Les Quinze-Vingts ont
été transférés en 1779 de la rue Saint-Honoré
dans celle de Charenton, où ils occupent l'an-

cien hôtel des Mousquetaires noirs, supprimés
en 1775,

Ainsi des maisons de luxe et de plaisir ont
remplacé, de nos jours, un hospice qui comptait six siècles d'existence, et un vaste hôtel
bâti pour des mousquetaires est devenu l'asile
de trois cents aveugles. Le régime intérieur de
cet établissement n'est point assez connu, et
l'idée qu'on s'en forme assez généralement
n'est point exacte. La cour d'entrée est très-
spacieuse et absolument nue : garnie d'arbres
elle serait d'un aspect plus agréable; mais il
faut se rappeler que cet embellissement, nul
pour ceux qui l'habitent, leur serait très-nuisi-
ble, en rendant leur marche embarrassée et
souvent dangereuse. A droite, en entrant, est
un bâtiment fraîchement réparé, et occupé par
M. Seignet, membre de la légion d'honneur,
qui exerce, depuis dix-huit ans, avec une bienveillance toute paternelle, les fonctions de di-
recteur-général.

La chapelle, qui sert aussi de paroisse à cette
partie du faubourg, se trouve du même côté.
Tout le reste des bâtimens, distribués en petits
logemens séparés par de larges corridors, est
occupé par les aveugles et leur famille.

Au rez de chaussée, au fond de la seconde
cour, est une jolie salle d'exercice de forme

circulaire, et garnie de siéges en amphithéâtre.
Le pourtour est orné des bustes de Cicéron,
Démosthènes, Virgile, Aristote, Montesquieu,
Buffon, Descartes et Fénélon : et au-dessus de
la partie destinée aux aveugles, ceux de Frid-
zeri, Saunderson, Homère, Milton, Bélisaire
et Weissembourg.

Une inscription, au pinceau, sur la poutre
qui se prolonge au centre du plafond, atteste
un prodige qui honore les sciences et l'humanité, en rappelant que Pinjon, aveugle, qui
avait suivi au lycée Charlemagne les leçons de
M. Francœur, obtint le premier prix de ma-
thématiques transcendantes, et devint, dans
cette partie, professeur des jeunes aveugles en
l'an 7, à Paris, et en 1812 à Angers.

L'infirmerie, placée dans un bâtiment isolé
et très-moderne, ne contient que douze lits
pour les hommes, et autant pour les femmes ;
et ce petit nombre est plus que suffisant. Je n'y
ai vu aucun malade alité. Quelques vieillards
étaient au réfectoire, tenu, comme toutes les
parties de ce grand établissement, avec une extrême propreté.

Dans la même cour et au bout d'une
allée de jeunes arbres, se trouve le *Déposi-*
toire : ce petit édifice sépulcral, construit tout
récemment, fait le plus grand honneur au

bon goût et au talent de l'architecte de la maison.

Le régime intérieur ne laisse rien a désirer sous tous les rapports.

La haute direction est rentrée, depuis le retour du Roi, dans les attributions du grand-aumônier. Il est assisté d'un conseil gratuit, composé de deux ecclésiastiques, deux magistrats et deux notables.

Les aveugles ne sont point assujettis à une vie commune. Ils vivent isolément ou dans leur ménage; ils peuvent avoir avec eux leur femme et leurs enfans.

Tout a été prévu dans l'intérêt de ces infortunés. Une méfiance invincible semble être la suite de leur infirmité; un régime commun pouvait leur faire supposer des privations pour les uns, des préférences pour les autres. En faisant une distribution pécuniaire égale, l'administration épargne ce sentiment pénible aux aveugles confiés à ses soins, et elle fait tourner à leur profit l'économie que ce mode présente dans les frais de gestion.

Le traitement quotidien de chaque aveugle célibataire est de 1 franc 20 centimes; marié, de 1 franc 50 centimes; et de 15 centimes en sus pour chaque enfant au-dessous de quatorze ans. Ces derniers reçoivent dans l'é-

tablissement une éducation élémentaire. Ils
sont mis en apprentissage après avoir rempli
leurs premiers devoirs de religion : ces devoirs
ne leur offrent rien de pénible. La religion ne
se présente à leur pensée que douce et tolérante ; son influence se fait partout sentir, mais
sans contrainte : son souvenir se rattache aux
plaisirs de ces paisibles familles, comme à leurs
besoins.

J'ai assisté dans la salle des exercices à une
répétition de musique religieuse ; c'étaient les
fragmens d'une messe composée par M. l'abbé
Rose, et d'un très-bel effet. L'orchestre était
dirigé par M. Galliot, dont la famille, assez
nombreuse, est toute musicienne. Les musiciens chantans et concertans étaient environ
cinquante.

D'autres aveugles se promenaient dans les
cours, ou jouaient aux boules ou aux quilles.
J'étais loin de m'attendre à trouver des aveugles occupés à de pareils amusemens, et surtout y faire preuve d'une adresse peu ordinaire. Ces jeux y sont sans danger, parce qu'ils
y sont sans intérêt pécuniaire.

Depuis que les jeunes aveugles, par une mesure très-sage, ont été transférés dans l'établissement de la rue Saint-Victor, on ne trouve
plus aux Quinze-Vingts que des hommes et des

femmes d'un âge mûr, ou des vieillards. J'ai remarqué parmi eux Jean-André Koch, né le 9 mai 1713. Sa taille est haute et assez droite, il marche lestement, sa voix est ferme, ses traits ont peu de rides. Il a été admis en 1788.

Il est dans sa cent septième année. On compte un seul nonagénaire, six octogénaires, soixante-neuf septuagénaires. Jean-André Koch, leur doyen, paraît le moins vieilli.

J'ai rappelé le traitement que chaque aveugle recevait par jour. Il est juste d'ajouter que ce qu'ils gagnent par une honnête industrie leur appartient, et que l'administration n'exerce à cet égard aucune retenue.

J'ai visité tous ces petits ménages. Je dois un souvenir à l'intéressante madame Levasseur. Elle fait avec une extrême politesse les honneurs de son modeste appartement : malgré son âge, assez avancé, elle est vive et enjouée, elle fabrique des bourses de soie avec une étonnante dextérité. Les prix en sont très-modérés, et elle joint à la jolie emplette une facture qu'elle écrit elle-même.

Une partie des bâtimens est encore occupée par deux ateliers étrangers à l'hospice, et d'un genre absolument différent. Je les ai visités tous deux ; l'un est une filature de coton dirigée par M. Pickfort, mécanicien ; l'autre est celui de

M. Appert, connu de toute l'Europe gourmande : c'est un vrai *conservateur*, dans toute la vieille acception de ce mot. Sa réputation a franchi les mers, et il expédie pour les pays étrangers et les colonies des dîners tout préparés qui arrivent sans encombre.

Quel profane oserait désormais contester à l'érudit auteur de l'Almanach des gourmands, que la cuisine ne soit une véritable science et une science de nécessité première. Qu'il interroge les amateurs des deux mondes? Les merveilleux produits des ateliers de M. Appert, sont là pour réfuter d'injustes allégations. Honneur et trois fois honneur à M. de Mallespine, qui a fait un heureux appel au talent de M. Appert. On sait maintenant à la Guadeloupe comment on prépare en France un dîner. Malgré la distance de deux mille lieues qui sépare la cuisine de la salle à manger, les mets n'éprouvent aucune avarie dans un aussi long trajet. M. de Mallespine a adressé de la Guadeloupe à M. Appert à Paris, le menu d'un repas auquel il devait inviter les gourmets de la Guadeloupe, à l'hôtel du gouvernement. Ses ordres ont été exécutés avec la plus heureuse exactitude. Le maître d'hôtel de M. de Mallespine n'a eu que la peine de faire dresser le couvert et de placer les mets dans l'ordre indiqué par la facture expédiée de Paris. Tout est arrivé cuit à point. Et pour que rien ne manquât au triomphe de l'artiste parisien et à la satisfaction des consommateurs d'outre-mer, on n'aura pas manqué de faire servir les mets dans les vases même où ils avaient été préparés. Dans une matière aussi grave, l'exactitude est de rigueur, et, fidèle historien, je copie la note officielle de l'amphitryon.

Tête de veau, sauce à la tortue.

Filet de bœuf, sauce aux truffes.

Culotte de bœuf à la cardinale.

Aloyau de bœuf à la broche.

10 tranches de saumon, en caisse.

12 choux-fleurs.

6 perdrix au ragoût de truffes.

1 dinde rôtie, truffée.

Dessert.

Marrons glacés.

8 livres de cerises de Montmorency.

8 livres de prunes, reine-claude.

8 livres, abricots.

Ce sont là autant de documens classiques. L'exportation en était depuis long-temps réclamée pour l'instruction des cuisiniers américains, dont le talent est borné à la combinaison des piments.

Cet envoi de substances nutritives préparées, a été précédé et suivi d'autres envois pour l'Allemagne, l'Italie, la Russie, l'Angleterre et l'Espagne, et les deux Amériques.

Le secret de M. Appert a été acquis par le gouvernement, et est entré dans le domaine public. M. Appert a publié un ouvrage où il développe toute la théorie de ses procédés pour la conservation des substances alimentaires. (1) Des établissemens rivaux se sont élevés dans nos principales places maritimes. Quelques-uns ont obtenu des brevets de perfectionnement.

Je dois aussi une mention honorable à M. Gillet, dont l'utile atelier de coutellerie, situé vis-à-vis les Quinze-Vingts, occupe beaucoup d'ouvriers, dont dix à douze aveugles. Ses rasoirs d'acier fin ont affranchi le commerce du tribut qu'il payait aux premières fabriques anglaises en ce genre. Des objets de son intéressante fabrique, qu'il a perfectionnés, ont été honorablement mentionnés à l'exposition de 1819. On n'exposait pas ainsi autrefois; mais on avait les maîtrises et les jurandes.

Nos voisins connaissent tout aussi bien que nous, les chefs de nos premières manufactures. Les fabricans anglais savent tout ce que notre

(1) Cet ouvrage se vend à la librairie de M. Barrois, quai Voltaire.

concurrence a de redoutable par eux, sur les marchés des deux mondes, et ils ne négligent rien pour attirer nos meilleurs ouvriers, pour s'approprier nos plus précieuses découvertes.

Lors de la seconde entrée des troupes alliées en 1815, un ouvrier anglais se présenta chez M. Gillet, sous l'escorte d'un sous-officier. On pria d'abord poliment ce fabricant d'admettre cet ouvrier dans ses ateliers pour y finir quelques lames de rasoirs. M. Gillet examina ces lames, démontra aux deux Anglais qu'elles n'avaient qu'un morfil très-léger, et qu'après un emploi de peu de temps elles ne pourraient être d'aucun usage. Mais la solidité et la durée des instrumens ne sont pas d'une grande importance pour les fabricans anglais. M. Gillet refusa de recevoir l'étranger ; on insista ; on offrit une indemnité très-forte ; on parla même d'invoquer l'autorité du général en chef. M. Gillet fut inflexible ; il congédia l'ouvrier britannique et son interprète, et ne les a pas revus.

Ces tentatives se sont répétées chez un grand nombre de fabricans, et partout elles ont échoué.

Des hommes, que l'on pourrait soupçonner de n'être point Français, rappellent de tous leurs vœux le rétablissement de vieilles immunités mercantiles, auxquelles nous avons la fantaisie de préférer les brevets d'invention et de perfectionnement. En garantissant aux artistes français la propriété de leurs productions, nos lois nouvelles ont porté un inexcusable préjudice à l'industrie étrangère. L'impartiale postérité prononcera, si toutefois il lui reste des pièces de comparaison ; car tout en France doit bientôt finir par être exclusivement français.

CHAPITRE VI.

Picpus. — Cérémonial pour l'entrée des ambassadeurs. —
Rue Rambouillet. — Quai de la Rapée. — La fontaine
de l'Éléphant. — Maison Beaumarchais.

Je ne sais comment appeler l'espace qui s'étend
depuis l'extrémité de la rue de Charenton jusqu'à la rive droite de la Seine. Ce n'est plus
la campagne, et ce n'est pas encore la ville.
Ces propylées, que nous nommons *barrières*,
sont très-loin des dernières maisons du faubourg.
L'ordonnance de police, qui ne fixe que cinquante toises pour cet intervalle, restera long-
temps sans application dans cette partie. Cet
isolement favorise la contrebande, que l'on voulait empêcher par la construction des murs
d'enceinte.

Un *archéomane*, au risque d'ennuyer ses
lecteurs, ou de n'en point avoir, pourrait faire
une savante dissertation sur les diverses manières d'écrire le nom de *Picpus*, depuis que
des moines du tiers-ordre de Saint-François s'y
établirent, jusqu'à nos jours.

3

La chapelle inaugurée sous le nom de Notre-Dame-de-Grâce, et que M. Emery de Roche-chouart avait fait bâtir pour les Capucins, aux-quels succédèrent les Pères Picpus, fut démolie et remplacée par l'église qui subsistait encore au commencement de la révolution. Louis XIII en posa la première pierre le 13 mai 1611. L'érudit Antoine Leclerc d'Auxerre, neveu du chancelier Leclerc, fut inhumé dans cette église, en 1628. Le chevalier Chabot, mort des bles-sures qu'il avait reçues au siége de Dunker-que, au mois d'octobre 1646, y fut inhumé le 6 novembre de la même année, mais sans tombe et sans inscription. Un tombeau de marbre noir indique la sépulture du maréchal de Choiseul décédé le 15 mai 1711.

Huit seigneurs ou dames de la famille d'Au-mont ont été enterrés dans la chapelle Saint-Jo-seph, que Louise-Isabelle d'Angennes, veuve du maréchal Antoine d'Aumont, avait achetée, et où elle avait fait construire un vaste caveau pour la sépulture de sa famille. D'autres mo-numens funéraires portaient des noms apparte-nants aux maisons de Thiange, de Choiseul, de Rochechouart, de Mortemart, de la Châtre, etc. On attribuait à Germain Pilon le tableau du maître-autel. Le Brun avait peint sur le fond du réfectoire, qui était vaste et bien éclairé, le

Serpent d'airain dans le désert. On doit peu
regretter quelques ouvrages de sculpture exécutés par le frère Blaise et d'autres religieux de
ce couvent. Ces tombeaux, ces statues, ces
pieuses décorations n'existent plus.

J'ai déjà fait remarquer que suivant un ancien
usage les ambassadeurs faisaient leur entrée
dans la capitale par la rue Saint-Antoine ; mais
il y avait une différence singulière dans les
points de départ. Les ministres des puissances
catholiques partaient de Rambouillet, ceux des
puissances protestantes du couvent de Picpus ;
on avait disposé exprès un vaste et riche appartement : un prince de Lorraine, ou un maréchal de France, venait y chercher les ambassadeurs dans un carrosse du roi. Avant cette cérémonie, ils recevaient dans cet appartement les
complimens de la part des princes du sang,
des princes légitimés et de leurs épouses.

Ce couvent a été depuis transformé en une
manufacture de coton fondée et dirigée par
M. Emler ; il l'avait d'abord destinée à convertir les chiffons en tissus, mais la diminution des
droits sur l'importation des cotons en rames lui
a fait abandonner ce premier projet.

Le port et le quai de la Rapée ont reçu d'importantes améliorations. Une grève immense,
et nivelée dans toute son étendue, facilite le

3.

déchargement et le transport des marchandises et des approvisionnemens qui arrivent par la Seine.

L'existence de M. de la Rapée, commissaire-général des troupes, serait un mystère pour la postérité, s'il ne se fût avisé de bâtir une maison sur cette plage. Mais il ne reste plus de la jolie maison et des beaux jardins construits par feu M. Rambouillet, sur l'emplacement qui porte son nom, qu'un long et vieux mur de quelques pieds d'élévation, un ruisseau fangeux et putride, et quelques débris épars. Le nouveau propriétaire a converti en champ de légumes cet enclos qu'on appelait le *Jardin de Reuilly*, ou les Quatre-Pavillons. Une inscription au pinceau, sur un poteau vermoulu, nous a transmis le nom de l'amateur Rambouillet, et j'ai vainement aussi cherché le moindre indice de la place *Mazas*, inaugurée en mémoire d'un brave, mort à la bataille d'Austerlitz. Son pourtour est occupé par un chantier de fagots, quelques tas de pavés de grès, et une auberge sous l'invocation de saint Nicolas.

La nouvelle rue qui aboutit au centre de cette place projetée a pris et conservé le nom du général *Lacuée*, mort au champ d'honneur en 1812.

La France, avec le sol le plus fertile, le plus

riche, la population la plus industrieuse, était
autrefois tributaire de l'Angleterre et de l'Allemagne, pour une foule d'objets qu'elle pouvait ne devoir qu'à elle-même. Il n'est pas jusqu'aux ustensiles nécessaires à la chimie et
même aux arts les plus grossiers, que l'on ne fît
venir de l'étranger. Notre commerce s'est enfin
soustrait à cette honteuse servitude ; et j'ai remarqué, avec plaisir, la fabrique de poterie ver-
nissée de M. Heiligenstein, dont l'utile usine
n'a d'étranger que son nom. Elle se trouve dans
la rue Contrescarpe, ainsi nommée parce qu'elle
longeait d'anciennes fortifications : plusieurs
rues de ce nom attestent une origine semblable.
L'industrie du faubourg présente, dans cette
partie, la même variété. On peut, sans quitter
la rue de Charenton, visiter la filature de coton
de M. Anquetil aîné (j'ai déjà cité celle de son
jeune frère, rue Lenoir) ; la mégisserie de M.
Dary se fait remarquer par le fini de ses productions et l'ingénieuse perfection de ses mécaniques ; enfin la fabrique de papier peint de
M. Marchand, et la tannerie de M. Valois.

A bon vin point d'enseigne ; c'est pour cette
raison, sans doute, que M. Féré n'a point décoré son cabaret de barreaux et de thyrses
dorés ; mais il aurait dû s'assurer que le peintre,
qui a tracé sur sa porte le nom de sa profession,

savait écrire correctement le mot *cabaretier*.
Passe encore s'il s'agissait d'un lieu ou d'un
objet moins familier aux *Lantara* de la rue de
Charenton. Le propriétaire du dépôt de laine,
établi à l'entrée de la même rue, a bien fait de
confier à un pinceau plus exercé l'enseigne du
mérinos qui décore son magasin.

Me voici à la place de la Bastille. Que de souvenirs ce lieu me rappelle ! Le nom de Bastille
se rattache à une foule d'événemens. Le prevôt
Aubriot, fondateur de cette antique forteresse,
y fut bientôt renfermé lui-même ; calomnié par
des prêtres, et condamné à mourir dans les
fers, il s'échappa à la faveur d'une émeute,
sous le règne de Charles VI. C'est sur cet étroit
théâtre que combattirent, dans les guerres de
la Fronde, Turenne et Condé. Je m'arrête...
On n'attend pas de moi l'histoire du passé,
mais de simples notes du présent.... Un monument colossal s'élève sur les ruines de tant
d'événemens et de souvenirs. Ces vastes travaux s'avancent ; les marbres sont presque tous
taillés. On ne peut apprécier maintenant que la
construction souterraine du futur monument.
Cette construction, qui honore le talent de
M. Alavoine, architecte, a pour objet la masse
qu'elle doit supporter, et le bassin au centre duquel elle est placée.

En face de ce monument qui s'élève, paraît encore la maison de Beaumarchais, dont la démolition a été reconnue indispensable pour la continuation des travaux du canal de l'Ourcq. L'époque de cette démolition n'est pas encore déterminée.

On reconnaît dans chaque objet l'empreinte de l'esprit et du caractère de cet homme singulier, qui, ne pouvant se rendre célèbre, a tout fait pour être fameux, et y a réussi peut-être au delà de ses espérances. La grande porte du côté du boulevard a long-temps porté cette inscription :

> Ce petit jardin fut planté
> L'an premier de la liberté.

Une large voûte souterraine, assez éclairée, conduit de cette porte au milieu du jardin, et de là à une cour à l'italienne, au centre de laquelle plane, sur un massif d'arbustes, une statue du *Gladiateur combattant*. La rampe de l'escalier passe, avec raison, pour un chef-d'œuvre dans son genre. Une statue de Voltaire, copiée sur celle du péristyle du Théâtre-Français, décore l'entrée des appartemens. La salle du concert est ronde et richement ornée. On descend à la salle à manger par un perron, dont chaque marche était décorée d'arbustes fleuris.

Dans le cabinet de Beaumarchais se trouve encore un bureau de la plus grande dimension, dont tout l'extérieur est d'un beau travail d'ébénisterie, et forme un ensemble de petits sujets en bois de couleurs, dont le placage ingénieux imite parfaitement les nuances de la peinture la plus variée : chaque pièce de ce meuble précieux a un secret différent.

Le jardin est distribué avec tant d'art, que l'on ne s'aperçoit point de son peu d'étendue ; on y trouve, sans confusion, des grottes, des bosquets, des rocailles, un bassin d'une forme bizarre et adapté aux sinuosités obligées du terrain. Au milieu, s'élève une grande salle d'un carré long, à deux issues, que surmontent deux bas-reliefs, représentant l'un *Ganymède*, et l'autre *Hébé*. L'entrée du côté de la maison porte cette inscription :

> *Erexi templum a Bacchus*
> *Amicisque gourmandibus.*

Voilà du Figaro tout pur.

Beaumarchais n'avait point élevé de temple à Voltaire ; il n'a jamais songé à lui rendre aucune espèce de culte, quoi qu'en disent les successeurs des Nonnotte et des Patouillet. Avant d'annoncer un fait aussi extraordinaire, aussi inconvenant, il eût fallu s'en assurer ; mais il y

a des gens qui ne veulent pas être détrompés.
L'erreur la plus absurde est pour eux une incontestable vérité, dès que cette erreur flatte
leurs petites passions. Voilà le secret de tant de
contradictions dont nous avons la bonhomie de
nous étonner. Ce qu'il leur plaît d'appeler un
temple à Voltaire n'est autre chose qu'un pavillon de forme ronde, à l'angle du jardin du côté
de la rue Amelot. Nul autre ornement intérieur
que des vues de Ferney et de ses environs,
peintes à fresque sur les murailles. On lit sur
la porte d'entrée :

A Voltaire.

Il ôte aux nations le bandeau de l'erreur.

Un balcon circulaire, et sans nul ornement,
entoure ce pavillon : le faîte est surmonté d'un
petit globe sur lequel tourne une plume dorée
dont la pointe se rapproche du globe où sont
indiqués les quatre points cardinaux. Rien de
plus ordinaire aujourd'hui que des plumes-gi-
rouettes, parcourant le cercle de toutes les opinions et de toutes les doctrines, mais ce n'est
pas à la manière de Voltaire. Elles ne cèdent
qu'à l'impulsion du vent, de la faveur et du
pouvoir, et rien n'est plus variable que ce vent-
là. Seulement il précède ou suit l'orage, mais
il ne l'accompagne jamais.

3*

L'heureux éditeur des Œuvres de Voltaire a pu ériger un petit monument domestique à la reconnaissance, mais cette reconnaissance n'a pas été jusqu'à l'idolâtrie.

L'épaisse et solide construction des murs de clôture et de l'hôtel promettait une durée séculaire. C'est ainsi que bâtissait pour lui et les siens cet homme qui avait dit : *Qui sait si le monde durera trois semaines?* Cette maxime est toute la doctrine de l'égoïsme. Cette insouciance absolue de l'avenir n'admet ni vertu privée, ni vertu publique. Mais Beaumarchais n'écrivait qu'avec son esprit, et se conduisait avec sa raison. C'est ainsi qu'il arriva par les lettres à la fortune.

La littérature est encore pour beaucoup de gens une affaire de spéculation toute mercantile ; mais on travaille de compagnie. Beaumarchais travaillait seul : sa mise de fonds était immense. Il eut le bonheur de ne pas survivre à ses succès. Les auteurs dramatiques du second ordre sont restés au-dessous de leur premier ouvrage, tandis que presque tous les grands maîtres de l'art n'ont laissé apercevoir que quelques étincelles de leur génie dans leurs premiers essais. Beaumarchais a commencé sa carrière dramatique par *le Barbier de Séville* et l'a terminée par *la Mère coupable.*

CHAPITRE VII.

PORCELAINE. — Faïence. — Café de France. — Ananas de Paris. — Jardin Tampounet.

C'EST toujours au sein des plaisirs de la ville que les successeurs de Théocrite et de Virgile ont chanté, dans toutes les langues et sur tous les tons, les champs et les bois, les bergers et leurs troupeaux, et ils ont donné pour des réalités des rêves de leur imagination. Leur succès n'a rien dont on doive s'étonner; il n'est pas nécessaire de posséder les choses pour en raisonner, a dit Figaro; mais, comment expliquer l'indifférence ou le mépris des enfans d'Apollon pour les prodiges et les bienfaits de l'industrie? La main qui forgea le soc de la charrue vaut-elle moins que celle qui le dirige? Le mot de l'énigme est dans l'empire de ces préjugés, dont le temps et la raison ont fait une entière justice. Un poëte louer un artisan, c'est comme un gentilhomme qui aurait payé un vilain, et jamais tradition poétique n'a été plus re-

ligieusement observée. Boileau lui-même se
plaint, avec cette aménité qu'on lui connaît,

> D'un affreux serrurier, laborieux Vulcain,
> Qu'*éveillera* bientôt l'ardente soif du gain, etc.

Certes si la rue de Lappe eût existé de son temps
telle qu'elle est aujourd'hui, il n'eût pas manqué de rembrunir son tableau, en y groupant
toute la cohue des Cyclopes.

Mais cette rue n'était alors qu'un fétide marais, dont Gérard de Lappe, qui lui donna son
nom, convertit une partie en jardin. C'est avec
raison qu'on avait dans la suite substitué à ce
premier nom celui de *Gaillard*. C'était un juste
hommage rendu à la mémoire de l'abbé Gaillard, qui avait établi, dans cet endroit, une
école élémentaire pour les pauvres enfans du
faubourg Saint-Antoine.

Cette rue, très-peuplée, n'est remarquable
ni par la hauteur, ni par l'élégance des maisons; elle est assez mal bâtie, mais c'est une
des plus bruyantes et des plus industrieuses du
faubourg; on y est continuellement assourdi
par le bruit des marteaux; on y trouve à chaque pas des ateliers de serruriers, de forgerons,
de tourneurs, de fondeurs en cuivre et en fer,
de ferblantiers, de taillandiers, de chaudronniers, etc. Chaque maison contient un ou plusieurs ateliers; on y compte peu d'établissemens

considérables. Les ateliers les plus remarquables sont les fonderies de MM. Davesne, Gagnon, Huguenin, Barjon; la taillanderie de M. Salvage; la chaudronnerie de M. Delrieu; les ouvrages tournés en cuivre de M. Coquillon, etc.

L'alignement de cette rue, d'ailleurs trop étroite, est indispensable sous le rapport de la salubrité, et ne coûterait le sacrifice d'aucun édifice important.

Les ateliers de la rue de la Roquette, plus spacieuse, mieux aérée, sont aussi nombreux, mais plus vastes, et appartiennent à un genre d'industrie plus élevé. On n'y trouve plus aucun indice de l'ancien hôtel des Arquebusiers et des Arbalétriers, établi en 1684, ni de l'ancien couvent des Hospitalières.

Le goût des armes est inné chez tous les Français. Toutes les époques de notre histoire en offrent des exemples. Les compagnies d'archers et d'arquebusiers étaient si nombreuses à Paris, et si bien exercées, que la noblesse s'en alarma, et Charles VI en limita le nombre en 1399. Soixante arbalétriers et cent vingt archers furent spécialement chargés de la garde de Paris. Ce corps subsista depuis 1410 jusqu'en 1523, que François Ier créa cent nouveaux arquebusiers avec les mêmes privilèges; la ville devait leur donner une place pour s'exercer les jours de fête, une fois la semaine. Ils choisissaient eux-mêmes leur chef qui était changé tous les trois ans.

Charles IX substitua les arquebuses aux arcs et aux arbalètes. Henri IV réunit les trois compagnies en une seule, en 1594. Il en remit le commandement à Marchand, qui donna son nom à un pont de bois qu'il fit construire à ses frais, près le Pont-au-Change.

Telle était encore en 1634, l'importance attachée aux droits de ces compagnies, que le parlement ne consentit à enregistrer les lettres-patentes du roi pour la clôture de Paris, qu'à condition qu'il serait réservé aux arquebusiers, sur les nouveaux remparts, un espace de quarante-deux toises de long sur cinq de large pour faire leurs exercices. A une époque plus rapprochée de notre âge, les bourgeois s'exerçaient à l'arquebuse dans les jardins qui avoisinaient la porte Saint-Antoine ; et l'hôtel où se réunissait la compagnie d'arquebusiers, a conservé son nom jusqu'à l'époque où il a été démoli et remplacé par des maisons particulières.

Cette rue n'est aujourd'hui qu'une longue suite d'ateliers. C'est là que se fabriquent les fourneaux, les poêles, la poterie usuelle des petits ménages, et tous les ouvrages de faïence et de porcelaine qui décorent les buffets et les salons de l'opulence. La manufacture de faïence de Nevers y a un très-bel entrepôt.

Le perfectionnement des faïences est une des plus utiles et des plus récentes conquêtes de l'industrie nationale. Depuis quinze ans nous n'avons plus rien à envier à l'étranger dans cette partie, et il faut remarquer que cette amélioration date des premières expositions des produits de l'industrie. Les fabriques de ce genre se sont très-multipliées, la concurrence a provoqué tous les efforts, tous les talens des fabricans, et il en est résulté un double avantage pour les consommateurs, dans les qualités et dans les prix. Maintenant les faïences de France ont obtenu une supériorité incontestable pour la blancheur de la pâte, l'excellente confection de la couverte rendue inattaquable à l'action des acides sur les végétaux alimentaires. Elle ne laisse rien à désirer pour l'élégance des formes et des couleurs. On doit à M. Puibusque, de Sèvres, l'application des estampes gravées sur le biscuit des faïences. Son procédé a été heureusement reproduit dans les autres fabriques. M. Husson est parvenu à dorer ses faïences et à leur donner le poli et l'éclat de la porcelaine usuelle.

Les anciens procédés de fabrication n'étaient pas sans dangers pour les ouvriers ; ces dangers ont disparu , et c'est un des bienfaits de la chimie appliquée aux arts mécaniques.

Les principaux établissemens de faïence qui ont fixé mon attention sont ceux de MM. Robillard frères, veuve Husson, Tricotel, Husson-Verdier. C'est en sortant de ce dernier et bel établissement, dont les produits ont été remarqués à l'exposition de 1806 , que j'ai visité la filature de coton de M. Marquet , n° 70. Ses produits viennent d'être admis à l'exposition de cette année. Cette filature rivalise d'efforts et de succès avec celles de MM. Auquetil , dont j'ai déjà parlé.

S'il était encore nécessaire de démontrer par de nouvelles preuves l'inconvénient des entreprises privilégiées et les avantages de la liberté industrielle , il suffirait d'exposer les progrès obtenus dans la fabrication de la porcelaine.

Les Chinois et les Japonais possédaient la porcelaine plusieurs siècles avant que l'on conçût la possibilité d'en fabriquer dans notre Europe.

Avant 1789 , la porcelaine , dont l'usage est si répandu , n'était qu'un objet de luxe. Les produits de la manufacture privilégiée de Sèvres étaient à un prix que toutes les fortunes ne pouvaient atteindre. Les particuliers ne pouvaient guère s'en procurer qu'en la faisant venir de l'Angleterre ou de la Saxe ; celles du Japon ou de la Chine étaient considérées comme de véritables curiosités.

La suppression du privilége de la manufacture de Sèvres fut le signal et l'époque de notre affranchissement de l'industrie étrangère dans cette partie. On ne comptait en 1789 que quatre fabriques de ce genre. A Paris, il en existait déjà trente-trois lors de l'exposition de 1806. La variété des qualités et des prix a également satisfait les besoins de la médiocrité et les fantaisies de l'opulence. Il y a de quoi contenter tous les goûts, et chaque objet nouveau relatif à notre économie domestique, superflu la veille, devient nécessaire le lendemain. Nous sommes devenus, à cet égard, les pourvoyeurs de l'étranger dont nous avions été si long-temps les tributaires.

Je n'ai pas cru devoir visiter la fabrique de *café-chicorée* de la rue de la Roquette ; il me suffira sans doute de rappeler à l'attention des agronomes et des commerçans que la France possède, en quantité plus que suffisante pour sa consommation, un analogue ou plutôt une variété du cafier d'outre-mer. Il ne tiendra qu'à eux d'affranchir notre patrie du tribut considérable qu'elle paie encore à l'étranger pour cette production coloniale. Notre cafier indigène est cet arbuste, si commun dans toutes nos forêts, que le vulgaire nomme *petit houx*, et les naturalistes *hibiscus*. Son fruit est une baie cornée renfermée dans une capsule rouge, avec cette seule différence que sa forme est celle d'un gros pois, et que ses feuilles sont armées d'une épine à leurs pointes. Il a du reste le même arôme et toutes les propriétés du café exotique.

Ce n'est point une découverte tout-à-fait nouvelle : il y a plus de vingt ans que les habitans de Libourne, de Lesparre et de presque tout le département de la Gironde l'emploient comme le café ordinaire ; ils le nomment *café du Médoc*. N'avons-nous pas exploité, comme un utile auxiliaire dans nos usages domestiques, beaucoup de plantes oléagineuses inconnues à nos pères ? La pomme de terre, si long-temps méconnue ou méprisée, n'est-elle pas devenue une de nos principales substances alimentaires ? Pourquoi hésiterions-nous à admettre à la place de cette poudre de chicorée, si improprement appelée café, l'usage du fruit du *petit houx* ou de *l'hibiscus ?* On ne doit pas même craindre d'opposition de la part de ces esprits chagrins ennemis de tout ce qui sent la nouveauté. Ces hobereaux, encroûtés de la rouille féodale, entendent parfaitement raison pour tout ce qui

tient aux jouissances de la table : et nous de-
vrons bientôt à leurs docteurs une élégante tra-
duction du vieux poëme *de Arte gulæ*, enri-
chie de savans commentaires où le café de
France ne sera pas oublié. Ils sont, à cet égard,
de si bonne composition, qu'ils préfèrent sans
scrupule à la gothique illustration de Suresne,
la roture du Clos-Vougeot. En état d'hostilité
sur tous les autres points, ces messieurs sont
en gastronomie d'une tolérance tout-à-fait li-
bérale.

Je reprends ma course, et me voici à l'extrémité de la rue de la Roquette qu'on a pro-
longée en ouvrant un passage à travers l'ancien
couvent des Hospitalières, pour abréger le trajet au cimetière du Père Lachaise ; mais je ne
sais pourquoi on appelle *rue* l'autre espace
assez large, mais sans pavé, sans suite de maisons et coupé, même pendant les plus beaux
jours d'été, par des ornières profondes qui rendent le passage des voitures absolument impra-
ticable. Je ne disputerai point sur les mots, et,
pour ne pas contrarier l'usage reçu, j'appellerai
ce casse-cou tortueux *rue de la Muette*. J'ai
franchi le raboteux défilé, et j'arrive au milieu
d'un large massif d'orangers de toute grandeur
et de toute espèce ; le *magnolia grandi-flora*
balance majestueusement ses longs pétales

odoriférants ; le jasmin du Cap tapisse ce treil
lage de ses flocons de neige parfumés ; mon œil
étonné admire au milieu de ce vaste groupe de
fleurs et de fruits une orange d'une grosseur
inconnue; sa circonférence est de quinze pouces.

Plus loin, de longues plates-bandes sont cou-
vertes d'ananas en pleine maturité et nés sur le
même terrain. J'avais vu dans les magasins de
MM. Darthe la porcelaine imitant des fleurs ;
ici je vois des fleurs imitant parfaitement la
porcelaine. La même main qui a réuni et dirigé cette rare et belle collection d'arbustes et
de plantes exotiques, a aussi créé le terreau qui
les nourrit. On m'a fait remarquer le cep dont
le fruit précoce et cultivé en plein air a été offert
au Roi pour bouquet de mai. Cet étonnant jardin n'était, il y a vingt-sept ans, qu'un hideux
marais. Cette heureuse métamorphose est l'ouvrage de M. Tamponnet , jardinier-fleuriste
de sa majesté.

Le beau *magnolia grandi-flora* qui décore
la terrasse du pavillon Marsan , provient du
jardin de M. Tamponnet. Les amateurs y trouveront plus de cinq mille orangers , depuis trois
pieds jusqu'à quinze de hauteur. Une collection de *camelia japonica* , plusieurs variétés du
castus grandi-florus , *speciosissimus* , deux
mille ananas. Les gourmets me remercieront

de leur avoir signalé le même jardin comme le plus riche de Paris en primeurs de toute espèce.

Un tailleur de Bordeaux, tout fier d'avoir inventé une nouvelle coupe de collet, fit graver en gros caractères d'or, sur la porte de sa boutique, *au Génie Créateur*. M. Tamponnet n'a mis que son nom en lettres bien modestes, au-dessus de la petite porte de son jardin.

CHAPITRE VIII.

INDUSTRIE ancienne et moderne. — Projet d'exposition comparative. — Rue Charonne. — Hôtel Vaucanson. — M. Mollard. — M. Grégoire. — Fabrique unique. — Fontaine Basfroi. — Première école de charité. — Mot à changer. — M. Richard-Lenoir, et ses manufactures. — Bon-Secours. — Les Bénédictines mitigées. — Les Bénédictines réformées. — Les d'Argenson. — Portrait de famille. — Avis aux goutteux.

ÉLÉGANCE et solidité : tel est le double résultat que doivent obtenir nos fabricans, s'ils veulent réussir. Hors de là point de succès durables. Les Anglais ne sont pas aussi exigeans ; l'apparence du bon leur suffit. L'étendue immense de leurs relations commerciales les rend assez indifférens sur l'opinion des consommateurs : la marchandise livrée et payée, le reste est pour eux sans conséquence, et ils ont encore, pour soutenir leur crédit, l'excuse des accidens.

On voulait bien autrefois accorder à la France quelque aptitude, quelque goût pour ce qu'on appelle *modes*, mais à condition que l'étranger lui fournirait des tissus, des colifichets et jus-

qu'aux outils des metteurs en œuvre de tout
genre. Vingt ans d'interruption dans les rapports
de commerce avec le reste du monde, nous ont
mis dans l'heureuse nécessité de nous suffire à
nous-mêmes. Le besoin nous a révélé l'immen-
sité de nos ressources locales, et l'étranger a
été plus surpris que charmé du nombre, de la
perfection de nos fabriques. Nos progrès ont
été si rapides que bientôt notre supériorité n'a
pu être sérieusement contestée.

Il importe à l'étranger de paralyser nos succès, de s'affranchir à son tour d'une concurrence aussi redoutable qu'imprévue. L'industrie
et la civilisation existent l'une par l'autre. Elles
ont les mêmes élémens de vie et de mort. Si
nous avions pu ignorer cette importante vérité,
les attaques de certaines gens qui se disent
exclusivement *honnêtes*, nous l'auraient ap-
prise. Nous avons vu paraître en même temps
les notes secrètes, et les factums pour le rétablissement des maîtrises et des jurandes. La
féodalité nobiliaire ne pourrait renaître qu'avec la
féodalité commerciale : sous l'empire des compagnies privilégiées l'industrie reste stationnaire ; elle ne grandit, elle ne se développe que
sous le régime de la liberté. Cette misérable
ligue, qui lutte avec plus d'audace que de succès contre la gloire et la prospérité de la France,

présente dans ses élémens le plus singulier amal-
game ; les défenseurs d'une cause désespérée
n'ont pas le choix des moyens. Tout auxiliaire
cesse d'être vil dès qu'il paraît nécessaire, et
certains nobles crénelés admettent dans leurs
salons cette égalité de rang qu'ils condamnent à
la tribune et dans leurs arrêts. Ce n'est là
qu'une concession obligée, mais sans conséquence pour l'avenir.

J'oserai demander à ces merveilleux conser-
vateurs de tout ce qui n'existe plus, et même de
tout ce qui ne peut plus exister, si au grand
jour de leur triomphe plus ou moins éloigné,
ils rétabliront *le roi des merciers* dont Henri IV
s'était permis de supprimer le titre et les priviléges par son édit de 1597 ; et si alors un gentilhomme pourrait, sans déroger, se livrer à
l'innocent commerce des pamphlets quotidiens
ou semi-périodiques.

Ne conviendrait-il pas, pour donner aux amateurs de ce bon temps un avant-goût des jouissances qu'ils se promettent, de faire une exposition solennelle des produits de l'industrie d'autrefois ? On suppléerait aux objets devenus trop
rares en mettant à contribution le mobilier gothique des théâtres des boulevards. Les por-
tiques se trouvent tout disposés dans le local
des Petits-Augustins. On aurait d'ailleurs pour

cette autre exposition la même indulgence que pour celle du Louvre, où nos principaux fabricans, trop pressés par le temps, n'ont pu envoyer que des objets qu'ils destinaient au commerce ordinaire.

Je pourrais aussi faire remarquer comme une circonstance honorable pour le caractère national, que les produits de l'industrie ont plus attiré l'attention, que l'exposition des tableaux. Est-ce la faute de nos peintres ? Il est du moins certain que les ouvrages de ce genre qui sont dignes de l'école moderne, sont les moins nombreux. Mais il est temps de reprendre le cours de mon voyage au faubourg Saint-Antoine.

J'aurais noté d'un simple souvenir l'hôtel Mortagne, rue de Charonne, s'il n'avait été long-temps habité par *Vaucanson*, qui lui a donné son nom. C'est aujourd'hui une dépendance du Conservatoire des arts et métiers ; le rez de chaussée est occupé par les ateliers et les belles mécaniques de M. Mollard ; l'agriculture et les arts lui doivent de précieuses machines. Une partie des étages supérieurs renferme les ateliers et les magasins de M. Grégoire, inventeur des tableaux de velours. J'avais cru que les couleurs étaient appliquées sur l'étoffe, j'avouerai franchement mon erreur ; les tableaux se fabriquent en même temps que l'étoffe, et il

suffit pour s'en convaincre de placer ces ingénieux tissus entre deux glaces : l'envers reproduit avec une parfaite identité l'objet que représente le côté opposé. Ces velours, exécutés sur
métier, sont remarquables par la beauté du co-
loris, et la pureté du dessin. M. Grégoire, directeur de cette manufacture unique en France,
et même en Europe, avait exécuté ses premiers
essais en 1789, et avait eu l'honneur de les présenter à S. M. Louis XVI, qui daigna l'encourager. J'ai vu des ouvrages fabriqués à cette
époque, et qui ont conservé tout leur éclat et
toute leur fraîcheur.

Cet établissement a repris depuis quelques
années une nouvelle existence. M. Grégoire a
perfectionné ses ouvrages ; il travaille sur de plus
grandes dimensions, et il confectionne, dans
ce moment, de riches étoffes pour un ameublement commandé pour le Roi, et dont les dessins
ont été fournis par l'administration du Garde-
Meuble de la couronne. Quelques produits de
cet intéressant établissement ne sont pas un
des moindres ornemens des galeries de l'exposition (1).

La fontaine Basfroi, au coin de la rue de Cha-

---

(1) M. G. Grégoire vient de publier sa *Théorie des couleurs* qui lui assure de nouveaux droits aux suffrages et à la
reconnaissance des artistes et des fabricans.

ronne, n'a aucun caractère monumental. Son
aspect est celui d'un pan de muraille isolée.
C'est près de cette fontaine, et dans ce qu'on
appelle aujourd'hui la cour Saint-Joseph, que
fut établie en 1713 la première école de charité
de ce quartier. Ces sortes de cours, que l'on
nomme aussi *cul-de sac* à Paris, et que les mé-
ridionaux appellent plus décemment *impasses*,
sont toujours insalubres et malpropres. Elles
sont moins nombreuses qu'autrefois. Leur entière réformation sera un nouveau bienfait du
nouveau système d'administration. La santé est
l'unique bien du pauvre, et rien de ce qui l'intéresse ne peut être indifférent aux magistrats.

Nul quartier de Paris ne renfermait, dans un
aussi court espace, autant de couvens que cette
partie du faubourg Saint-Antoine ; celui de Bon-
Secours est occupé par les principaux ateliers,
les comptoirs, les magasins, les appartemens
de M. Richard ; une grande partie des bâtimens
a été reconstruite à neuf. La pièce la plus remarquable des appartemens est une vaste galerie de la plus belle ordonnance. Le plafond
est orné de peintures allégoriques relatives aux
arts et au commerce ; on remarque dans le
pourtour une suite de tableaux représentant les
diverses manufactures de M. Richard, à Paris,
Chantilly, Caen, Alençon, Séez, Aunay, etc.

4.

Ces tableaux, remarquables par la variété des sites et l'harmonie des couleurs font honneur au pinceau de M. Thévenin. La rampe du grand escalier est d'un travail précieux.

M. Richard a donné à ses manufactures une nouvelle extension d'industrie. Il se bornait à fabriquer des basins, des mousselinettes et autres tissus de coton. On y fabrique maintenant des cachemires fins et moelleux et qu'il peut livrer au commerce à des prix modérés; j'ai vu de fort beaux couvre-pieds dont le prix n'excède pas cent francs.

Je m'attendais à plus d'une surprise, en parcourant les nombreux ateliers d'un de nos premiers fabricans, mais il en est une qui a surpassé toutes mes espérances. Je n'ai point, et j'espère bien n'avoir jamais l'honneur d'être goutteux. Je n'ai pas même l'ambition de prétendre à *l'aurea mediocritas* du voluptueux Horace ; ainsi on voudra bien regarder comme tout-à-fait désintéressée l'indication d'un remède aussi facile qu'efficace contre cette maladie si redoutable à l'opulente oisiveté. Il suffit pour s'en délivrer de s'envelopper de quelques parties de toisons de mérinos. M. Richard en a fait sur lui-même la première épreuve. Il a communiqué son heureuse découverte à M. Momicher, négociant, rue Montmartre ; à M. le préfet C...,

Ces MM. s'en sont également bien trouvés ; il n'a exigé de ses malades que la remise du remède en nature. Tous nos docteurs ne sont pas d'aussi bonne composition, guérison gratuite et garantie ! Les découvertes de M. Richard-Lenoir doivent le brouiller avec la faculté comme avec les manufacturiers anglais.

Le monastère de *Bon-Secours* était un prieuré *perpétuel* des *bénédictines mitigées*, fondé en 1648 par madame Claude de Bouchavau, veuve d'un directeur des finances. Les lettres patentes qui confirment cet établissement ne furent données par le roi qu'en 1667. Une longue suite de lucarnes grillées donnait aux bâtimens l'aspect hideux d'une prison. Mme Rossignol, alors prieure de cette maison, chargea M. Louis, architecte, de les faire disparaître ; et le jeune artiste exécuta cette restauration avec un succès qui promit à la France un architecte distingué. La chapelle subit aussi d'heureux changemens. Ce qui reste aujourd'hui de cette partie des bâtimens peut faire juger du mérite du travail. Les pieuses inscriptions qui décoraient la frise de la porte d'entrée ont disparu. On y lit maintenant *Filature de coton de M. Richard-Lenoir*, et au-dessus *Bon-Secours*. En conservant cette ancienne indication le nouveau propriétaire l'a honorablement justifiée. Plus de cent familles y trouvent

depuis long-temps leur subsistance et du travail, par conséquent, des mœurs et le bonheur.
Les vieilles inscriptions n'offraient aucun document historique, et les décorations intérieures
qu'on ne retrouve plus, ne laissent aucun regret
aux artistes.

En face de ce couvent était un autre prieuré
sous le nom de Filles de la Magdelaine de *Tresnel :* c'étaient encore des bénédictines, mais des
bénédictines réformées. Ce prieuré, fondé en
Champagne par la comtesse Mathilde, fut transféré à Melun en 1622, et à Paris en 1644; il
était sous la dépendance du *Paraclet,* monument
consacré à la religion par les regrets d'un amour
malheureux.

La reine Anne d'Autriche posa la première
pierre du nouveau monastère de la rue de Charonne, et, disent les historiens du temps, *elle
fit beaucoup de bien à ces dames.*

Depuis, le ministre d'état garde des sceaux
d'Argenson (1) fit construire à ses dépens l'é-
glise, les bâtimens extérieurs et une petite chapelle, où l'on plaça son tombeau exécuté par

(1) Un autre d'Argenson moins libéral en faveur des
églises, mais sans doute aussi bon citoyen, eut le courage
de publier des observations critiques sur l'administration
des finances. Quelques provinces avaient obtenu de faire
des abonnemens pour la perception des impôts; M. d'Ar-

Rousseau. Il affectionnait beaucoup ce couvent, dans lequel il passa les dernières années de sa vie ; il mourut le 8 mai 1721.

C'est aussi dans cette église que furent inhumées la duchesse douairière d'Orléans et sa fille l'abbesse de Chelles.

Le couvent des Filles de la Croix n'est séparé de celui de *Tresnel* que par un mur ; il était mieux situé, ses bâtimens n'occupaient pas un aussi grand espace ; mais le jardin est vaste et bien distribué. Sous l'ombrage séculaire où de pieuses cénobites venaient rêver et méditer en silence, s'agitent maintenant de nombreux es-

---

genson sentit la nécessité et la justice de rendre ce mode de perception général et de l'appliquer à toute la France. Il adressa son mémoire au roi, qui suivant l'usage le renvoya au contrôleur-général. (C'était alors M. de Laverdy, ancien fermier-général.) Ce ministre n'avait aucune objection raisonnable à opposer au mémoire de M. d'Argenson, auquel il adressa cette singulière question : *Que deviendront les fermiers-généraux ?* Le magistrat citoyen répond au contrôleur-général avec l'accent d'une noble indignation : «Si l'on trouvait le moyen d'empêcher le crime, vous seriez »apparemment inquiet du sort des bourreaux ?....»

Cet héroïque dévouement à la cause sacrée de la patrie et du malheur, est une vertu de famille. D'autres faits qui appartiennent à l'histoire de nos jours recommandent encore le nom de d'Argenson à l'estime et à la reconnaissance des Français.... Mes lecteurs me pardonneront sans doute cette citation. Un trait de courage et de vertu vaut bien la description d'un monument ou l'esquisse d'un ridicule.

saims d'ouvriers ; d'utiles et bruyantes mécaniques remplissent ces longs corridors où reposaient les paisibles *Filles de la Croix.*

Des mères de famille, leurs époux, leurs enfans travaillent gaiement dans ces mêmes lieux si long-temps consacrés au silence et à la prière par les vierges, que la princesse de Condé et la maréchale d'Effiat y vinrent établir solennellement le 13 novembre 1632. Ces religieuses étaient de l'ordre de Saint-Dominique et avaient été tirées du monastère des Filles Saint-Thomas.

Ce couvent avait été construit et doté par les libéralités de sa fondatrice Mlle d'Effiat, qui avait légué tous ses biens aux Filles de la Croix, et par plusieurs de ses parens qui jouissaient de plusieurs bénéfices d'un grand revenu.

L'église était petite, mais bâtie avec goût et très-bien ornée. On remarquait sur le maître-autel une *élévation de croix* copiée par Jouvenet, en 1706, d'après un petit tableau sur cuivre qui était dans l'intérieur du monastère.

C'est aux soins d'une religieuse de ce couvent, la mère Marguerite de Jésus, que l'on attribue la conversion de Cyrano de Bergerac, auteur de l'*Histoire comique des états et empires du soleil,* d'un *Recueil d'entretiens pointus,* de *la Mort d'Agrippine,* du *Pédant joué.*

On sait que Molière prit dans cette dernière comédie une des meilleures scènes de ses *Femmes
savantes :* par la raison, disait-il, que l'on
prend son bien où on le trouve.

Cyrano de Bergerac, mort en 1655 à l'âge
de 35 ans, fut inhumé dans cette église. On y
remarquait aussi les tombeaux du comte de
Payan, d'une érudition très-rare et qui a laissé
des ouvrages justement estimés, sur le génie
militaire et l'astronomie : il vécut célibataire et
mourut à l'âge de 62 ans ; de Constance de Bretagne, demoiselle de Clisson, morte en 1695, et
d'autres personnages des familles d'Harcourt
et d'Entragues.

Les bâtimens de ces deux monastères sont
aujourd'hui des dépendances de la grande manufacture de M. Richard. Le couvent des Filles
de la Croix n'avait pas été vendu, et était resté
propriété nationale. M. Richard en jouit moyennant une rétribution annuelle pour la location.

J'ai visité plusieurs fois cette vaste manufacture : l'ordre le plus parfait règne dans toutes
les parties. Les objets qui s'y fabriquent sont
très-variés ; tout est classé, tout marche sans
nulle confusion, chaque objet de fabrication
a ses ateliers et ses magasins, M. Richard
veille à tout. Cette nombreuse population de

4*

commis, de chefs d'ateliers, de contre-maîtres, d'ouvriers, présente le tableau d'une seule famille ; le sage système d'administration toute paternelle établi et dirigé par M. Richard, assure des récompenses aux talens, une douce existence à la probité laborieuse, des secours aux malades, un avenir paisible aux vieillards, et les bienfaits de l'enseignement mutuel aux enfans.

CHAPITRE IX.

Exposition industrielle de 1819. — Silence scandaleux. —
Porcelaines. — M. Nast. — Le goût du jour. — Rue Popincourt. — Les Annonciades. — Le connétable de Montmorency. — Les Protestans. — Le capitaine Brûle-banc. —
Sainte-Marguerite. — Quelques chefs-d'œuvre. — L'abbé
Gaultier et son école. — Les abattoirs. — Les commis
aux gabelles et les Rats. — Problème à résoudre. — La
rue des Boulets.

On s'est étonné que certains journaux aient
affecté le plus absolu silence sur l'exposition
des produits de l'industrie nationale ; que des
feuilles rédigées, publiées à Paris, n'aient pas
dit un mot d'un événement qui pendant plus
d'un mois a fixé l'attention de la capitale, de tous
les Français et d'une foule d'étrangers. Quant à
moi, je ne suis pas surpris qu'ils n'en aient pas
dit de bien, mais je m'étonne qu'ils se soient abs-
tenus d'en dire du mal ; comment n'ont-ils pas
accablé de tout le poids de leur gothique éloquence ce que tant de gens s'obstinaient à admirer ? Ce n'était point là des œuvres de ténèbres, mais de lumière, ce qui est bien pis. Pour
la première fois, nous les avons donc vus déro-

ger à leur système de diffamation et de déni-
grement contre tout ce qui est nouveau et français.

Ils ont gémi en silence de ce spectacle brillant qu'eux seuls ont trouvé trop long, et dont
l'inévitable effet était de rattacher tous les liens
que ces pamphlétaires veulent briser, de rappeler à tous les souvenirs, à toutes les affections
cette patrie à laquelle les Français sont fiers
et heureux d'appartenir. Ils se sont tu sur ce
point. Mais, au risque de n'être pas entendus,
ils ont redoublé d'invectives contre le gouvernement qui avait fait ce scandaleux appel à tous
les talens. Cette diversion, plus bruyante qu'a-
droite, ne leur a pas réussi : c'était la voix des
enfans du désert. Rien n'a manqué au triomphe
de l'engouement public. Les hautes classes de
la société n'ont pu échapper à la contagion. Les
équipages se pressaient, dès huit heures du matin, sur toutes les avenues du Louvre. L'ordre
des toilettes était interverti, tout Paris était en
mouvement dès la pointe du jour. Les billets
de faveur n'offraient qu'un avantage, celui d'entrer plus tôt ; mais comment examiner trente-
deux salles en deux heures? On restait con-
fondu avec le gros du public, et ce vertige a
duré plus d'un mois ; on ne parlait que des produits de l'industrie ; on ne lisait que le livret de

l'exposition ; on ne voyait dans les journaux que les colonnes consacrées à l'exposition. Malheur aux rancuneux spéculateurs qui n'en ont rien dit ! plus d'un renouvellement d'abonnement aura été oublié. Mais leur zèle n'est pas aussi désintéressé qu'ils voudraient bien le persuader ; la leçon ne sera point perdue, et si Dieu leur prête vie et santé jusqu'à la prochaine exposition, ils en parleront, ne fût-ce même que pour ne pas s'exposer à perdre leurs abonnés étrangers qui ne se contentent pas toujours-d'un silence officieux.

En applaudissant aux efforts, aux succès de ses manufacturiers, la France peut aussi s'enorgueillir des talens de ses peintres et de ses sculpteurs. Depuis que l'exposition des produits de l'industrie est fermée, les amateurs circulent plus facilement dans les galeries de peinture et de sculpture. Les ouvrages de nos peintres et de nos statuaires nous sont offerts à des époques plus rapprochées : ils nous ont habitués à leurs succès. Il n'est pas donné à tout le monde d'apprécier leurs travaux ; ceux des arts industriels se rattachent à tous les intérêts, et leurs résultats sont plus généralement sentis. La nouvelle exposition nous a révélé tous les élémens de prospérité commerciale que nous offrent un sol inépuisable, un beau ciel, et le

concours unanime de tous les talens et de toutes
les volontés vers un même but, le bonheur de
la patrie.

Nous attachons enfin une grande importance
aux institutions vraiment utiles. Cependant cette
exposition si riche, si variée, si brillante, n'a pu
donner une complète idée des progrès de notre industrie. C'est dans les ateliers qu'il faut en suivre
les immenses développemens. MM. Nast frères se
sont bornés à exposer des échantillons de leurs
porcelaines de luxe, et pas un seul de leurs
porcelaines usuelles. J'aurais désiré y voir au
moins quelques articles de ce dernier genre qui
a bien son prix. M. Nast père établit sa fabrique
à Paris en 1785. Il s'appliqua surtout à la rendre propre à tous les usages domestiques, et il
y a parfaitement réussi. Je regrette de ne pouvoir en présenter ici l'utile et nombreuse nomenclature. Qu'il me soit du moins permis de
payer à la mémoire de cet estimable fabricant
un juste tribut de reconnaissance. Ce fut lui qui
propagea en France l'usage de la porcelaine,
qui en rendit le prix accessible à toutes les fortunes. Ses fils ont hérité de ses talens et de son
heureuse activité. Les produits de leurs fabriques circulent dans toute l'Europe. J'ai vu des
tasses à thé et à café commandées pour Constantinople ; d'autres articles destinés pour l'Es-

pagne, l'Angleterre et les colonies. Ils ont le plus grand soin de suivre, pour les dimensions et les couleurs, les goûts de chaque pays. J'ai remarqué dans leur jardin un kiosque décoré de boules de porcelaine dorée, dont l'éclat a résisté pendant plusieurs années à l'action de l'air.

J'étais dans le troisième magasin où sont classées avec goût les porcelaines peintes, dorées et sculptées. On présentait à une jeune dame un ornement de pendule, représentant le Temps faisant passer l'Amour; elle en commanda un autre d'un sujet absolument opposé : l'Amour qui fait passer le Temps. Voilà de ces traits qui appartiennent à l'histoire des mœurs ; je n'ai pas besoin de faire observer que la jolie dame, qui voulait retrouver jusque dans sa pendule l'emblème de la constance, est jeune et française.

La belle filature de coton de la maison Fauveau se fait remarquer avec intérêt à côté de la fabrique de MM. Nast frères. On trouve des rues Saint-Pierre dans tous les quartiers de Paris ; j'en vois trois dans le seul quartier Popincourt. Que celles qui doivent ce nom à un établissement pieux et respectable le conservent ! mais ne devrait-on pas, pour éviter la confusion, désigner autrement celles qui font dériver ce nom d'une enseigne de cabaret? et un grand nombre des rues de Paris n'ont pas d'autre étymologie.

Le président Popincourt fit bâtir sous le règne de Charles VI, la première maison de cette rue à laquelle il donna son nom. C'est sur l'emplacement de cette maison que fut bâtie l'église des *Annonciades du Saint-Esprit* ; quelques années avant la révolution l'église et le couvent ont été convertis en une grande caserne qu'occupèrent les Gardes-Françaises, et qu'habite maintenant un régiment d'infanterie. La communauté des Annonciades était très-nombreuse. Les premières religieuses avaient été appelées à Paris par madame de Rhodes en 1639 ; elles sortaient d'un couvent de leur ordre établi à Bourges : elles cédèrent aux religieuses de l'Abbaye aux Bois en 1654, le petit manoir qu'elles avaient d'abord occupé rue de Sèvres au faubourg Saint-Germain, et vinrent s'établir à Popincourt. Une chapelle du Saint-Esprit, qui avait servi à des sœurs hospitalières, faisait partie de leur nouveau monastère ; de là le surnom d'Annonciades du Saint-Esprit. Elles portaient une médaille d'argent sur laquelle était représentée *l'Annonciation* ; cette médaille était suspendue à un cordon bleu.

Les protestans avaient un temple dans le même quartier. Le connétable de Montmorency

s'y transporta avec une force armée considérable, expulsa les protestans, et fit brûler sur-
le-champ les bancs et la chaire du prédicant :
depuis cet exploit, les protestans ne désignaient
plus le connétable que par le sobriquet de *capitaine Brûle-banc.*

Nos pères attachaient plus de prix aux objets
essentiellement utiles qu'à ceux de simple agrément ; ils appelaient *folies* les maisons de plai-
sance. Celle du riche épicier Renaud a donné
son nom à la rue où cet heureux marchand
s'était fait construire une retraite agréable.

Les fidèles du faubourg Saint-Antoine et des
hameaux voisins se trouvant trop éloignés de
l'église Saint-Paul leur paroisse, l'office divin
fut célébré pour eux dans la chapelle Saint-
Pierre près l'église de l'abbaye Saint-Antoine.
Antoine *Fayet,* curé de Saint-Paul, fit construire
à une distance moins éloignée une chapelle sous
l'invocation de sainte Marguerite ; il y fonda
en 1634 un chapelain en titre : cette chapelle
fut déclarée succursale de la paroisse Saint-
Paul jusqu'au 1er décembre 1712 que le cardinal de Noailles, archevêque de Paris, l'érigea
en cure. L'accroissement de la population exi-
gea de nouvelles constructions. En 1765,
fut construite sur les dessins de l'architecte
Louis une autre chapelle remarquable par la

beauté de sa construction et des ornemens de peinture et de sculpture dont elle fut décorée. Un des meilleurs tableaux d'Alphonse Dufrenoy, peint en 1656, et qui représente la patronne de cette nouvelle paroisse, était placé au-dessus du maître-autel.

L'église Sainte-Marguerite est une des plus remarquables de la capitale par sa distribution intérieure et ses ornemens. C'est là que fut inhumé le célèbre Vaucanson. Le beau tableau de Dufrenoy a été remplacé, depuis quelques années, par la Descente de croix de Girardon. Ce chef-d'œuvre de l'art et de la piété filiale ornait autrefois la petite église de Saint-Landry.

La chapelle consacrée aux prières pour les défunts offre, dans les peintures à fresque qui en décorent le cintre et le pourtour, de mélancoliques allégories, aux méditations du chrétien et du philosophe. La voûte, en plein cintre, n'est éclairée que par une seule ouverture en glaces. L'autel a la forme des tombeaux des premiers chrétiens ; son tabernacle est fort simple ; deux lampadaires de forme antique s'élèvent de chaque côté. On distingue aussi parmi ces tableaux celui de Byard ; il représente plusieurs groupes de fidèles enlevés du purgatoire.

J'ai revu la petite église Saint-Ambroise, l'école fondée par le sage abbé Gauthier, et la

jolie fontaine qui s'élève en face de ces deux
établissemens ; j'ai franchi la barrière de Ménil-
Montant : devant moi, s'étend un vaste bâtiment, dont le genre de construction et l'usage
appartiennent à notre âge. Cet édifice est l'a-
battoir de Ménil-Montant.

Comment l'idée si simple d'assainir nos
grandes cités, en éloignant de leur centre populeux un spectacle aussi insalubre que dégoû-
tant, n'a-t-elle pas frappé l'ancienne administration ? Que de préjugés il faut vaincre pour
les améliorations les plus utiles ! Jamais, sans
l'appui de l'autorité publique, la raison n'eût
pu convaincre les bouchers, que l'usage de
réunir dans un même lieu leur étal et leur
tuerie était contraire à leur intérêt et à la salubrité publique. On n'a pas épargné les repro-
ches aux magistrats qui ont provoqué, exécuté
ces salutaires innovations, dont l'urgente nécessité se faisait sentir depuis si long-temps.
Mercier a décrit avec l'accent de l'indignation
et de la vérité, les anciennes boucheries
de Paris. Qui pourrait de sang-froid lire son
42ᵉ chapitre ? Cette esquisse hideuse et
vraie semble appartenir à des siècles, à des cli-
mats éloignés ; et cette réforme, appelée par les
vœux de tous les amis de l'humanité, n'a reçu
son entière exécution que depuis quelques années.

La rue des Boulets semble d'abord rappeler l'existence de quelques établissemens de guerre. Elle doit ce nom à un exercice gymnastique fort en vogue dans le seizième siècle ; c'était là que nos aïeux s'amusaient à lancer avec la fronde de petites boules, des balles de plomb, qu'ils appelaient *boulets*. J'invoque la sagacité des étymologistes pour me définir l'origine de la barrière des Rats. D'où vient cette singulière dénomination ? La feront-ils dériver des humbles fonctions des commis des gabelles ? cela pourrait être vrai ; mais je demande l'explication d'un fait et non une épigramme.

CHAPITRE X.

Nos lois de justice répressive ont peut-être trop multiplié les cas d'emprisonnement ; elles étendent l'application de cette peine aux plus légers délits de simple police. L'humanité des magistrats a heureusement trouvé dans l'établissement de maisons de retraite, plus connues sous le nom de maisons de santé, un moyen d'adoucir la sévérité de la loi en faveur de quelques prisonniers, dont la faible santé ne peut soutenir le régime nécessairement rigoureux des prisons.

La maison de madame Richebraque, rue du Chemin-Vert, que je viens de visiter, offre des logemens simples et commodes, un vaste jardin, une société assez bien choisie, quelques

pensionnaires libres d'ailleurs, et à qui le soin
de leur santé rend cette retraite nécessaire. Rien
n'y annonce une contrainte sévère, quoique la
surveillance de la directrice soit très-active ;
point de grille extérieure, point de guichetier
à figure repoussante. La principale porte d'entrée est gardée par une femme. Les évasions
sont très-rares ; on a soin de n'admettre parmi les pensionnaires libres que des prisonniers
frappés d'une peine légère et de peu de durée.
Ne sont-ils pas d'ailleurs intéressés à justifier la
faveur qu'ils ont obtenue?

On m'a fait remarquer le doyen de la maison ; c'est un vieux peintre enthousiaste, infatigable, dont les compositions plus que bizarres
respirent le délire de son imagination et de son
talent. C'est Clinchetel en démence. Par une
bizarrerie singulièrement heureuse, cet artiste
ne peut souffrir que l'on pénètre dans son atelier ; ce n'est que par surprise que les curieux
peuvent y jeter un furtif regard. On rit, on joue,
on chante dans cette maison, mais pour s'é-
tourdir, pour se faire du bruit. Ce n'est pas ce
bon rire qui fait tant de bien ; et cette joie
bruyante ne ressemble nullement à l'aimable
abandon d'une franche gaieté.

On a beaucoup écrit sur le bonheur, sans
pouvoir le définir. C'est qu'il n'est que relatif,

et jamais absolu. Notre existence morale se compose d'espérances et de regrets.

Le malheur qui n'est plus n'a jamais existé.

Peu touchés des maux auxquels nous avons
échappé, nous poursuivons avec une infatigable
avidité le bien réel ou imaginaire que nous ne
pouvons atteindre : le prisonnier voit le comble
du bonheur dans l'obtention de son transfère-
ment dans un lieu moins lugubre, sous un régime plus doux et un ciel plus pur. Est-il dans
cet asile si désiré, il brûle de rentrer dans le
monde où d'autres circonstances amèneront
pour lui d'autres besoins et d'autres désirs.
Voulez-vous mener joyeuse vie, me disent tous
les Figaros du théâtre et des salons, soyez sans
honneur et sans humeur. C'est peut-être le
moyen de parvenir, mais non pas celui d'être
heureux ; et je sens que je ne puis me passer
de ma propre estime. *Nihil admirari*, me dit
un philosophe : je suis mon docteur ; il passe
devant le palais de l'Institut ; un soupir lui
échappe, et ce soupir dément toute sa doctrine.
La rue du Chemin-Vert conduit au cimetière
du Père la Chaise ; je m'arrête devant un convoi
funèbre, et j'oublie bientôt toutes les théories du
bonheur. Il n'est point d'utopie à l'épreuve d'un
tel argument.

Je me hâte de descendre la rue du Chemin-
Vert qui fut autrefois une prairie, et j'arrive à
la rue Amelot. Le ministre qui lui donna son
nom avait succédé au respectable Lamoignon
de Malesherbes en 1776 ; il conserva le portefeuille jusqu'en 1783. M. de Malesherbes ne l'a-
vait gardé qu'une année. Le renvoi de M. Turgot,
son ami, l'avait déterminé à donner sa démission. Aucune rue ne porte les noms de Turgot
et de Malesherbes. Celle dont M. Amelot fut le
fondateur a été construite en 1780. Elle n'offre
qu'un seul établissement remarquable ; la manufacture de porcelaine du duc d'Orléans. C'est
une des quatre fabriques de ce genre qui existaient avant la révolution. Cette nouvelle rue
n'a qu'un seul côté de maisons, assez bien
bâties. Des chantiers occupent une partie des
terrains. Le boulevard Saint-Antoine s'élève en
face et forme une belle et vaste terrasse ; mais
peu fréquentée. Cet isolement contraste singulièrement avec le mouvement continuel qui
anime l'autre côté de ce boulevard : c'est le plus
ancien de Paris. L'espace des *grands boulevards* depuis la place de la Bastille jusqu'à
l'emplacement de l'église de la Magdeleine, n'é-
tait dans l'origine que des fossés creusés en
1536, pour défendre Paris contre les attaques des Anglais qui ravageaient alors la Picar-

die et la Normandie, et menaçaient la capitale.

Le cardinal du Bellai, lieutenant-général pour
le roi, instruit de l'approche des ennemis, fit
faire des tranchées, et creuser des fossés depuis
la porte Saint-Antoine jusqu'à la porte Saint-
Honoré. Le péril était pressant, et le cardinal
lieutenant-général interdit, pendant deux mois,
aux artisans, l'exercice de leur profession ; re-
quit les seize quartiniers de Paris de fournir
seize mille manœuvres. Ceux des faubourgs furent sommés d'en fournir le double sous peine de
voir leurs maisons rasées. Charles-Quint et ses
alliés avaient fait alors en France une double
invasion, et nos meilleures troupes étaient au delà des Alpes.

Les moyens de défense exécutés alors pour
la sûreté de la capitale furent heureusement
inutiles. Depuis, les fossés furent comblés ; mais
ce ne fut qu'en 1670 que l'on commença la
plantation d'arbres, qui ne fut achevée qu'en
1705. Les bastions et contrescarpes construits
au boulevard Saint-Antoine, ont été démolis
en 1780. Tous les objets qui jadis attristaient
les regards et la pensée ont disparu, et tout y ins-
pire encore une irrésistible mélancolie. La Bastille
était si près.... C'est de là qu'on apercevait sa
lugubre enceinte et ses hideuses tours. Je me

5

hâte de m'éloigner de cet affligeant panorama.
Tout n'est pas gai dans les lieux que je vais parcourir ; mais du moins il y a compensation. La
douleur et le plaisir, les angoisses de l'infortune
et l'ivresse du bonheur, la vertu et toutes les
jouissances qu'elle promet, le crime et ses iné-
vitables remords, que de contrastes ! Ce tableau si fécond, si varié, n'occupe qu'un faible
espace dont mes regards peuvent saisir à la fois
tous les détails. Quelle différence de mœurs,
de traits et de fortune dans les personnages
célèbres ou fameux qui habitaient ces rues, aujourd'hui solitaires ! Vous voyez d'ici le court
trajet que parcourait le jeune Sévigné pour
voler chez sa maîtresse. L'hôtel Carnavalet et
la jolie maison de Ninon ont été bâtis sur le
même terrain. Les soirées du Marais valaient
bien alors nos thés de la Chaussée-d'Antin.

Il est du bon ton de ne parler du quartier
Saint-Antoine et du Marais qu'avec une dédai-
gneuse indifférence. Quelques écrivains modernes ont prêté à ce préjugé l'appui d'un talent plus brillant qu'utile. Il est certain que nul
endroit de la capitale n'est plus riche en souvenirs historiques ni plus digne de l'attention des
curieux. Arrêtez-vous avec moi en face de la
maison Beaumarchais, au n° 25.

Pénétrons dans l'atelier de M. Goulard, mar-

brier. Nous voilà chez Ninon. C'est ici le salon
où Molière lut son *Tartufe ;* je vois la place
qu'occupait chaque personnage admis dans le
séjour des grâces et des plaisirs ; le fameux duc
d'Enghien, à qui la postérité a confirmé le nom
de *grand Condé ;* le bucolique Des Iveteaux,
la séduisante Marion Delorme, et son amant le
courageux et fidèle Cinq-Mars.

Les peintures, les bas-reliefs du plafond et
des corniches sont assez bien conservés. On
s'aperçoit que le locataire actuel est artiste.
On voit encore sur la cheminée, au-dessus du
chiffre de Ninon, un groupe sculpté, représentant une femme écrivant sur des tablettes
qu'elle appuie sur le Temps, et suspendant son
travail pour se regarder dans un miroir que
l'Amour lui présente. Le premier étage est habité par un prélat. Cette partie de l'hôtel a subi
de grands changemens dans la nouvelle distribution des appartemens.

Le palais des Tournelles a donné son nom à
cette rue qui portait auparavant celui de *Jean-
Beausire.* Le palais, avec son parc et ses jardins,
s'étendait depuis la rue des Egouts jusqu'à la
porte Saint-Antoine, et renfermait tout l'espace
qu'occupent maintenant les rues des Tournelles,
Jean-Beausire, des Minimes, du Foin, Saint-
Gilles et petite rue Saint-Gilles, Saint-Pierre,

des Douze-Portes, une grande partie de la rue Saint-Louis et de celle Saint-Anastase.

C'est à l'entrée de la rue des Tournelles, du côté de la Bastille, et où aboutissait alors le parc, qu'eut lieu, le 27 avril 1578 à cinq heures du matin, le fameux duel entre Quélus, Maugiron et Livarot, mignons de Henri III, contre d'Entragues, Ribérac et Schomberg : celui-ci et Maugiron n'avaient que dix-huit ans. Ils furent tués sur le lieu même ; Ribérac mourut le lendemain ; Livarot fut alité plus d'un mois ; Quélus, qui avait reçu dix-neuf blessures, languit trente-trois jours, et mourut dans les bras du roi le 29 mai à l'hôtel de Boissy, devenu depuis le couvent des Filles de la Visitation de Sainte-Marie, rue Saint-Antoine. La chambre où mourut Quélus a servi depuis de chœur aux religieuses de ce monastère.

Quelques mots de Brantôme au sujet de ce duel, nous apprennent quelle était la loyauté si vantée des preux de ce temps.

«Quélus se plaignait fort de ce que d'Entra-
»gues avait la dague plus que lui, qui n'avait
»que la seule épée ; aussi en tâchant de parer
»et de détourner les coups que d'Entragues
»lui portait, il avait la main toute découpée de
»plaies ; et lorsqu'ils commencèrent à se battre,
»Quélus lui dit : Tu as une dague, et moi je

» n'en ai point; à quoi d'Entragues répliqua : Tu
» as donc fait une grande sottise de l'avoir ou-
» bliée au logis. Ici, sommes-nous pas pour nous
» battre et non pour pointiller des armes ? Il y
» a aucuns qui disent que c'était quelque es-
» pèce de supercherie d'avoir eu l'avantage de
» la dague, si l'on était convenu de n'en point
» porter, mais la seule épée. Il y a à disputer
» là-dessus. D'Entragues disait qu'il n'en avait
» pas été parlé ; d'autres disent que par gentil-
» lesse chevaleresque il devait quitter la dague :
» c'est à savoir s'il le devait. »

Aujourd'hui, ce ne serait plus une question. Nos
mœurs et nos lois tolèrent encore le duel ; mais les
combattans doivent être assistés de témoins de
leur choix, les armes doivent être égales. Sans ces
deux conditions, il n'y a plus duel, mais guet-
apens, mais assassinat. Du temps de Brantôme
les grands seigneurs étaient au-dessus des lois ;
ce qui était délit pour un roturier n'était rien
pour un noble. Les magistrats fermaient les yeux,
et les courtisans s'amusaient à détrousser les passans sans que la police y fît la moindre attention.
Il ne faut pas juger des faits et gestes des chevaliers par les romans, mais par l'histoire ; Saint-
Foix lui-même, leur infatigable panégyriste, n'a
pu s'empêcher de blâmer l'action de d'Entragues
et l'opinion des hommes d'épée du seizième siècle.

La maison dont les murs bordent le boulevard était habitée, en 1785, par madame de la
Mothe. Tout le monde connaît son fameux procès, sa condamnation, sa flétrissure au bas du
grand escalier du Palais. Enfermée dans une
maison d'arrêt, elle s'évada et passa en Angleterre, où elle publia au commencement de la
révolution ses Mémoires. Une édition toute entière fut, par ordre supérieur, achetée par M. de
la Porte, intendant de la liste civile, qui fit transporter les ballots à la manufacture de Sèvres, où
tout fut brûlé. Cette opération mystérieuse éveilla
les soupçons. Le ministre fut mandé à la barre de
l'Assemblée législative, et forcé de s'expliquer.

Ces mémoires sont loin de justifier leur auteur : il paraît que madame de la Mothe avait
spéculé sur un grand scandale. Ses malheurs
avaient excité quelque pitié, son ingratitude
n'inspira que le mépris. Une main toute-
puissante, invisible, inévitable, la poursuivait,
et le 23 septembre 1791 elle termina avant le
temps, et d'une manière déplorable, son orageuse carrière : poursuivie par ses créanciers,
dans son asile près le pont de Westminster,
elle sauta par une fenêtre, et fit une chute qui
lui coûta la vie. Née au village, elle pouvait y
vivre heureuse, mais ignorée. Le délire de l'ambition l'entraîna à la cour : elle s'y vit comblée

de faveurs ; mais on ne cesse pas impunément d'être vertueux. Auteur ou complice de l'escroquerie la plus audacieuse, elle fut justement punie. Ce Cagliostro qui, dans ce scandaleux procès, s'était créé un rôle si extraordinaire, a aussi trouvé la mort loin de la France, et dans une prison. Il y a des êtres qui semblent destinés à épuiser toutes les faveurs et toutes les disgrâces. On doit répondre aux plaintes de la probité malheureuse ; mais la perversité réfléchie, n'obtient dans ses revers qu'un impitoyable silence.

Du boulevard Saint-Antoine et de la petite rue Saint-Gilles à la rue Culture Sainte-Catherine le trajet est court, et j'arrive chez madame de Sévigné. C'est ici que, s'abandonnant aux douces impulsions de son âme et d'un goût exquis, elle écrivait ces lettres immortelles, chefs-d'œuvre de sentiment et d'esprit, qui lui ont mérité cette brillante réputation que sa modestie ne lui permettait pas même de soupçonner.

Son hôtel, plus connu sous le nom de Carnavalet, fut construit et embelli par les plus célèbres artistes du temps. Le portail, orné de refends vermiculés et de deux bas-reliefs, les grandes figures qui décorent les trumeaux du côté de la cour, les masques que l'on remarque sur les claveaux des croisées sont l'ouvrage de Jean Goujon. Audrouet Ducerceau a continué l'architecture et les autres ornemens, et Mansard a terminé l'édifice. L'École des ponts et chaussées a été transférée dans cet hôtel.

On remarquait dans la même rue le couvent des Annonciades célestes ou Filles bleues, instituées à Gènes en 1602, et fondées à Paris en 1637 par *Mademoiselle*, fille de Gaston de France, duc d'Orléans. Le maître-autel était orné du beau tableau de l'Annonciation, par le Poussin. On remarquait aussi, dans un parloir au premier étage, deux autres tableaux de fleurs et de fruits avec un perroquet, peint par Fontenai. Ces religieuses suivaient la règle de saint Augustin et vivaient dans une profonde retraite. Il ne leur était permis de voir leurs plus proches parens qu'une fois chaque année. Elles n'admettaient point de pensionnaires.

En parlant des Annonciades du Saint-Esprit, j'ai rappelé l'expédition qui valut au connétable de Montmorency le surnom de *Brûlebanc*. Le couvent des Annonciades célestes du Marais a été le théâtre d'une autre expédition militaire, mais dont les résultats n'ont eu rien de désastreux. Cet événement a fourni le sujet d'un petit ouvrage fort gai, publié au commen-

cement de la révolution, sous le titre de *Siège
des Annonciades*. L'emplacement de ce couvent est maintenant occupé par une maison de
roulage.

La rue de la Perle, qui s'appelait jadis Tho-
rigny, doit son nouveau nom à l'enseigne d'un
jeu de paume. De plus graves motifs ont fait
substituer le nom des Trois-Pavillons à celui de
Diane, que l'adulation avait donné à cette rue,
qu'habitait Diane de Poitiers, maîtresse de
François I⁰ʳ et de Henry II. L'hôtel Barbette,
où elle demeurait, n'existe plus.

On sait que Jean de Poitiers, comte de
Saint-Vallier, avait été condamné à mort comme
complice du connétable de Bourbon; Diane,
alors fille d'honneur de la reine Claude, courut se jeter aux pieds de François I⁰ʳ qui, tou-
ché de sa beauté et de ses larmes, lui accorda
la grâce de son père, déjà sous la hache du
bourreau. Cette nouvelle inopinée, l'appareil
de la mort, et d'une mort infamante, causèrent
à ce vieillard une émotion qu'il n'eut pas la
force de supporter : il mourut peu de jours
après dans les accès d'une fièvre brûlante.
Diane, malgré le triple pouvoir de sa jeunesse,
de son esprit et de ses charmes, ne put parvenir à fixer le galant François I⁰ʳ ; mais elle obtint sur le jeune Henri II un empire absolu,

5*

qu'elle fit servir à son ambition et à sa fortune. Le temps avait respecté sa beauté. Son empire finit avec la vie de ce prince.

Les courtisans qu'elle avait vus si long-temps ramper à ses pieds, s'éloignèrent dès qu'ils eurent appris que le roi Henri II était à toute extrémité. Catherine de Médicis lui envoya demander les diamans de la couronne, et lui fit intimer l'ordre de se retirer dans une de ses terres. « Le roi est-il mort ? dit Diane à l'envoyé de la reine. Non, madame, répondit celui-ci. Eh bien ! je n'ai donc point encore de maître, et je veux que mes ennemis sachent que quand ce prince ne sera plus, je ne les crains point. Si j'ai le malheur de lui survivre long-temps, mon cœur sera trop occupé de sa douleur pour que je puisse être sensible aux chagrins et aux dégoûts qu'on voudra me donner. »

Elle mourut le 26 avril 1566, âgée de 66 ans. Elle avait ordonné par son testament qu'on exposât son corps dans l'église des *Filles péni-tentes*, avant de le transporter à Anet, où il fut inhumé.

« Six mois avant sa mort, dit Brantôme, je » la vis si belle encore, que je ne sache cœur de » roche qui ne s'en fût ému, quoique quelque » temps auparavant elle se fût rompu une jambe » sur le pavé d'Orléans, allant et se tenant à

» cheval aussi dextrement et dispotement
» comme jamais elle avait fait ; mais le cheval
» glissa et tomba sous elle...... C'est dommage
» que la terre couvre un si beau corps.... Elle
» était fort débonnaire, charitable et aumô-
» nière.... il faut que le peuple de France prie
» Dieu qu'il ne vienne jamais favorite de roi plus
» mauvaise que celle-là, ni plus malfaisante...»

Une médaille frappée en son honneur porte
son effigie avec cette inscription, *Diana dux
Valentinorum clarissima;* et au revers, *Om-
nium victorem vici.* S'il est vrai qu'elle ait elle-
même indiqué le sujet de cette médaille, elle
devait avoir au moins autant d'orgueil que de
beauté. Elle avait fait preuve d'un caractère
très-altier dans une circonstance importante.
Henri II lui déclarait son intention de légitimer
une fille dont elle l'avait rendu père, et à laquelle on avait donné le nom de mademoiselle
de la Montagne : « J'étais de naissance à avoir
des enfans légitimes de vous, répondit l'altière
Diane ; j'ai été votre maîtresse parce que je vous
aimais, je ne souffrirai pas qu'un arrêt me dé-
clare votre concubine. » Voilà un orgueil bien
mal entendu. Pouvait-elle oublier qu'elle était
mère ?

Le galant Henri II fit frapper pour elle une
autre médaille, où il la fit représenter sous le

costume de Diane, la gorge nue, le carquois
sur l'épaule, tenant une flèche d'une main et
de l'autre s'appuyant sur son arc, avec ces
mots : *Nomen ad astra.* Cette inscription vaut
bien l'autre. Les chiffres D-H. qu'on remarque
dans les ornemens des bâtimens du Louvre sont
des monumens de l'amour de ce prince.

Sous la plume de l'abbé de Choisy ces détails
se sont fourvoyés dans l'histoire ecclésiastique.
C'est un scandale de plus. Toute-puissante sous
le règne de Henri II, Diane de Poitiers a pu trouver beaucoup de flatteurs ; mais comment
a-t-elle pu trouver un mari ? Son hymen avec un
grand seigneur qui avait un nom, et une charge
honorable, n'a rien dont on doive être étonné.
Dans une cour formée à la galanterie par François Ier, un événement de ce genre était très-
ordinaire. L'usage des cours explique du moins
ce qu'il ne peut justifier. En s'alliant à une
grande famille, Diane croyait assurer son avenir.
Si tel était son but, ses espérances ont été
cruellement déçues.

Malgré le rang que lui assurait à la cour le
titre d'épouse du duc Louis de Brezé, grand-
sénéchal de Normandie, elle fut exilée à Anet par
la reine mère Catherine de Médicis. Le nom de
Diane fut effacé de la rue qu'elle habitait, et
qui, depuis cette époque, fut appelée rue des

Trois-Pavillons. La morale publique fut vengée.
Tout le secret de Diane, pour conserver dans
un âge très-avancé l'éclat et la fraîcheur de la
jeunesse, était bien simple ; elle se levait matin,
montait à cheval ; les heures et le menu de ses
repas étaient réglés avec un ordre qui eût fait
honneur à toute autre. Son unique cosmétique
était l'eau de puits. Nos artistes parfumeurs nous
ont donné l'eau de Ninon et l'huile de Sévigné ;
leur génie a importé en France les cosmétiques
de Pékin et de Constantinople. Nos dames réclament encore de leur talent l'eau de Diane
par brevet d'invention.

~~~~~~

CHAPITRE XI.

PIERRE de Craon et le connétable de Clisson. — Place royale.
— Louis XIII et Richelieu. — Beaumarchais et son
théâtre. — Le chancelier Voisin. — M. Le Roi de la Faudiguière, ses tableaux et son élixir. — Abus à corriger.

————

J'AURAIS désiré arrêter exclusivement l'attention de mes lecteurs sur l'hôtel qu'habita madame de Sévigné ; mais, historien fidèle , je ne
puis taire un crime dont cette même rue Sainte-
Catherine a été le théâtre, et dont nos annales
ont conservé le souvenir.

Le duc d'Orléans, frère du roi Charles VI,
faisait de fréquentes, mais mystérieuses visites, à
une jeune juive dont il était éperdument
amoureux. Pierre de Craon, son chambellan, et
pour lequel il n'avait point de secret, s'était
permis de parler de cette intrigue amoureuse
en présence de la duchesse d'Orléans. Le
prince, indigné d'une telle indiscrétion, chassa
ignominieusement Pierre de Craon. Celui-ci
attribua sa disgrâce au connétable de Clisson,

auquel il voua dès lors une haine implacable ; il
ne songea plus qu'à se venger, par un crime, d'un
ennemi qu'il n'osait pas attaquer ouvertement.

Embusqué au coin de la rue Culture-Sainte-
Catherine, dans la nuit du 12 au 13 juin 1491,
il aperçut Clisson presque sans suite, et, à la
tête de vingt scélérats, il s'élança sur lui. Clisson, sans autres armes qu'un petit coutelas, se
défendit assez long-temps ; mais affaibli par
trois blessures, il tomba de cheval et sa tête
heurta contre une porte qui s'ouvrit. Les assassins prirent la fuite, mais le bruit de cet assassinat parvint bientôt jusqu'au roi, au moment
où il allait se mettre au lit. « Il se vêtit d'une
» houppelande, on lui bouta ses souliers ès pieds,
» et il courut à l'endroit où on disoit que son
» connétable venoit d'être occis. » Il le trouva,
baigné dans son sang, dans la boutique d'un
boulanger. Ses blessures furent visitées. Aucune ne fut reconnue dangereuse. « Connétable,
» lui dit le roi, oncques chose ne fut telle, ni
» ne sera si fort amendée. » Clisson fit, dit-on,
son testament le lendemain. Sa succession était
évaluée à dix-sept cent mille francs. On ou-
blia les immenses services qu'il avait rendus à
la France pendant vingt-cinq années, on ne
considéra que sa fortune. Il avait constamment
battu les Anglais partout où il avait pu les ren-

contrer. On devait à ses talens et à son courage l'importante victoire de Rosebeck ; ses
ancêtres lui avaient laissé de riches domaines
dans la Bretagne et dans le Poitou. Depuis douze
ans, il jouissait des émolumens considérables attachés à la charge de connétable, la première du
royaume. L'origine de sa fortune était donc suffi-
samment connue et honorablement justifiée ;
tant de financiers avaient acquis plus de richesses en exploitant les revenus de l'état , en moins
d'années que Clisson n'en avait employé à le
défendre ! Mais Clisson occupait le premier
rang à la cour et dans les armées. Il l'avait
bien mérité sans doute ? Les courtisans ne
pardonnent jamais un bonheur qui les humilie.
Les biens de Pierre de Craon furent confisqués,
son hôtel démoli , et l'emplacement donné à la
paroisse Saint-Jean , pour être converti en cimetière. Craon se tint quelque temps caché
sur les terres du duc de Bretagne. « Vous avez
» fait deux fautes , lui dit le duc, la première
» d'avoir attaqué le connétable , la seconde de
» l'avoir manqué. » Craon obtint sa grâce. Est-
il vrai que ce fut sur sa demande que Charles VI
ordonna qu'il serait accordé un confesseur aux
condamnés qu'on mène au supplice ? Cet acte
commandé par l'humanité et la religion ,
fut *octroyé* comme une faveur. Quel temps !

quelles mœurs ! A quel titre prétend-on provo-
quer nos éloges et nos regrets pour ces siècles
chevaleresques si vantés ? L'histoire les a peints
tels qu'ils étaient ; les romans tels qu'ils devaient
être.

Ai-je besoin de faire remarquer que la rue
Culture-Sainte-Catherine a pris son double
nom de terrains autrefois cultivés et du monastère de Sainte-Catherine, fondé par les
religieux du Val-des-Écoliers, et occupé depuis par les chanoines réguliers de la congrégation de France, qui quittèrent ce monastère
pour prendre possession de l'église et des maisons des jésuites dans la grande rue Saint-
Antoine.

Il était réservé à un homme qui prétendait
à l'originalité dans ses ouvrages, comme dans ses
entreprises financières, de faire élever dans la
rue Culture-Sainte-Catherine, à la fin du dix-
huitième siècle, un édifice bizarre dont l'extérieur annonçait un vieux monastère, tandis
que sa destination n'était rien moins que religieuse. Si cette singulière conception a été la
plus folle de cet étonnant personnage, elle n'a
pas du moins été la plus heureuse. Il est temps
de le nommer.

Beaumarchais, qui ne fut jamais réduit à
spéculer pour vivre, et qui ne vécut néanmoins

que pour spéculer, avait fait construire au commencement de la révolution, la salle de spectacle connue sous le nom de *Théâtre du Marais*. Le drame monstrueux de *Robert, chef de brigands*, et celui de la *Mère coupable*, y attirèrent quelque temps la foule. L'entrée de cet édifice annonçait, par sa gothique construction, un moustier du treizième siècle plutôt qu'un spectacle profane.

Beaumarchais abandonna bientôt cette entreprise, et ne se réserva que la location de sa salle, sur l'emplacement de laquelle ont été établis depuis des bains dont l'élégance ferait honneur au quartier de la Chaussée-d'Antin, et l'utile fabrique de savon, façon de Windsor, dirigée d'abord par M. Decroos, et actuellement par son successeur, M. Roëlant.

La rue Saint-Claude doit-elle son nom à une statue de ce saint, inaugurée au coin de l'impasse, ou le doit-elle à Claude Guénégaud, trésorier de l'épargne, qui y fit construire l'hôtel où mourut en 1717 le chancelier garde des sceaux Voisin? ou ce trésorier de l'épargne n'at-il choisi cette rue pour sa résidence, que parce qu'elle portait déjà le nom de son patron? Les étymologistes ne sont point d'accord sur ce point. Je n'entreprendrai pas de décider la question.

Ministre de la guerre depuis 1709, Voisin

fut nommé chancelier garde des sceaux en 1714. Cette transition d'un ministère à l'autre, n'a rien d'étonnant; mais ce qui l'est réellement, c'est que dans ces deux ministères, si différens dans leurs attributions, il mérita la réputation d'homme intègre, éclairé, et d'un grand caractère.

C'est une assez belle rue que celle de Saint-Louis pour une rue du Marais. Elle offre aussi à l'observateur plus d'un souvenir historique intéressant. Quelle est, au n° 50, à côté de la petite église succursale, cette maison dont les vieux murs, noircis par le temps, sont percés de croisées inégales, masquées par de gros barreaux de fer en saillie? Serait-ce une maison d'arrêt? Non, c'est là que demeura Turenne, et que s'établirent depuis les sœurs du Saint-Sacrement. Pourquoi n'a-t-on pas conservé à cette partie de la rue le nom de Turenne? Pourquoi la demeure du Fabius français n'a-t-elle pas été désignée à la vénération publique par une modeste inscription? A peu de distance de cette maison la rue se trouve coupée par deux rues transversales et en regard. On eût pu laisser à l'autre partie qui se termine à la vieille rue du Temple le nom de Saint-Louis. C'eût été un double hommage rendu à la valeur d'un grand capitaine et à la piété d'un grand roi.

L'hôtel de Joyeuse se présente à droite en descendant la même rue, et à côté de la fontaine du même nom, qui n'a de remarquable que son antiquité. Cet hôtel, très-bien conservé, est occupé par l'*institution* à laquelle M. Lepitre, son premier directeur, a donné son nom. J'ai dit institution pour me conformer au vocabulaire du jour : peut-être aurais-je mieux fait de dire pensionnat. Il n'est pas possible de se tromper sur l'acception spéciale de ce mot. Je ne sais pourquoi on s'obstine à laisser subsister la nouvelle locution ; les nouveaux statuts de l'Université le veulent ainsi. Le mot seul institution, en pareil cas, n'exprime pas le sens qu'on y attache, il faudrait y joindre quelque développement, pour en indiquer l'espèce; et il me semble que la langue de l'Université devrait être un peu celle de tout le monde. Je me permettrai de dire *pensionnat* toutes les fois que j'aurai à désigner un établissement de ce genre ; le mot institution a une destination plus relevée.

Le premier président Nicolas Lejay avait donné le nom de son patron à une petite rue, et ce nom a été changé. Il a plu, je ne sais à quel novateur, de compter le nombre des maisons qui la composent : il en trouva six de chaque côté, et c'est sans doute pour ce motif que cette rue a reçu depuis le nom des Douze-Portes.

Tous les monumens projetés ou exécutés sous le règne de Henri IV et le ministère de Sully ont un caractère vraiment national, et avaient pour but spécial l'utilité publique. La place Royale est une des plus belles conceptions de ce prince. Sa destination était bien différente de celle qu'elle a reçue depuis.

Cette place, dont la forme est un carré régulier, fut élevée sur l'emplacement du jardin de l'ancien palais des Tournelles. Ce palais, bâti pour Charles V, avait été le séjour de ses successeurs, jusqu'à Henri II.

Lorsque la résidence de la cour eut été fixée au Louvre, le vaste palais des Tournelles fut abandonné. La démolition en fut ordonnée en 1565 et 1569 ; les terrains devaient être divisés en place et en rues, et vendus ; mais les démolitions n'étaient pas même achevées lorsque Henri IV monta sur le trône.

Ce prince, d'après les conseils de Sully, voulut enrichir la France d'une nouvelle industrie. Deux cents ouvriers en étoffes de soie, d'or et d'argent, furent réunis à Paris et logés dans la partie encore habitable de l'hôtel des Tournelles. Les directeurs de cette manufacture firent construire pour leurs habitations particulières un grand pavillon, en 1605. L'effet de ce nouvel édifice, placé en face des bâtimens

qui restaient encore du palais des Tournelles „
inspira l'idée de convertir toute cette partie enn
une place publique. Henri IV fit bâtir un desx
côtés, qu'il vendit ensuite. Chacun des troisæ
autres emplacemens fut vendu un écu d'or dee
cens, à la charge par l'acquéreur de faire bâtirⁱ
des pavillons conformes au plan convenu.

Cette place, achevée en 1612, est régulière--
ment carrée; les rues qui y aboutissent de--
vaient prendre les noms de différentes provin--ⁱ
ces, et quelques-unes les portent en effet. La ɛ
grille qui ferme l'enceinte intérieure a été∍
faite aux dépens des propriétaires des maisons, ɛ
qui furent imposées à mille francs chacune. .
Cette grille, exécutée sous le règne de Louis XIV, ɛ
portait sur l'une de ses portes l'effigie de ce o
prince en médaillon.

C'était au milieu de cette enceinte que s'élevait ɖ
la statue équestre de Louis XIII, posée sur un ɴ
grand piédestal de marbre blanc. Daniel *Ric-* --
ciavelli de Volterre, élève de Michel-Ange, avait ɖ
sculpté le cheval pour Henri II; mais cet artiste ɘ
étant mort en 1556, avant d'avoir achevé la ɛ
statue de ce prince, le monument qui lui était ɖ
destiné ne put avoir lieu. La statue de Louis XIII ₁
placée sur le cheval, était de Biard fils. Le ɘ
piédestal était surchargé d'inscriptions.

Ce monument a été détruit en 1792; de- --

puis cette époque, la place avait été d'abord convertie en un vaste atelier d'armes ; elle prit ensuite le nom de place des *Vosges* (1), et a repris en 1814 son ancien nom.

Les anciennes inscriptions appartiennent à l'histoire, elles donnent une juste idée du caractère du cardinal de Richelieu. C'était bien la statue du roi, mais les inscriptions provoquaient tous les hommages en l'honneur du premier ministre. J'ignore si ces inscriptions seront rétablies. Les voici telles qu'on les lisait sur les quatre côtés du piédestal (2).

(1) En 1792, on la nomma place de l'*Indivisibilité*. C'était le nom de la *section* ; ensuite place des Fédérés. Le motif qui la fit nommer place des Vosges mérite d'être connu.

L'administration départementale de la Seine, par arrêté du 17 ventôse an 8, avait décidé que cette place prendrait désormais le nom du département qui, à l'époque indiquée, aurait acquitté la plus forte partie de ses contributions. Ce département fut celui des Vosges. Un second arrêté du 27 fructidor de la même année, le proclama.

(2) Le choix de la place Royale pour l'érection de ce monument, avait sans doute été imaginé par le cardinal ou quelques-uns de ses courtisans. L'ancien hôtel Richelieu était sur cette place même ; c'est celui qui porte maintenant le n° 21. On sait que ce ne fut que depuis son élévation, que le cardinal ministre habita le Palais-Royal, qui se trouva bientôt trop petit pour un tel hôte.

L'hôtel de Villedeuil, même place, est occupé aujourd'hui par les bureaux de la mairie du huitième arrondissement. Il porte le n° 14.

Première inscription.

POUR LA GLORIEUSE
ET IMMORTELLE MÉMOIRE
DU
TRÈS-GRAND ET TRÈS-INVINCIBLE
LOUIS LE JUSTE
XIII DU NOM, ROI DE FRANCE
ET DE NAVARRE.
ARMAND CARDINAL
ET DUC
DE RICHELIEU,
SON PRINCIPAL MINISTRE
DANS TOUS SES ILLUSTRES
ET GÉNÉREUX DESSEINS:
COMBLÉ D'HONNEUR ET DE BIENFAITS
PAR UN SI BON MAÎTRE
ET UN SI GÉNÉREUX MONARQUE,
LUI A FAIT ÉLEVER CETTE STATUE:
POUR UNE MARQUE ÉTERNELLE
DE SON ZÈLE, DE SA FIDÉLITÉ,
ET DE SA RECONNOISSANCE.
1639.

LUDOVICO XIII,

CHRISTIANISSIMO GALLIÆ

ET NAVARRÆ REGI,

JUSTO, PIO, FELICI,

VICTORI, TRIUMPHATORI,

SEMPER AUGUSTO,

ARMANDUS CARDINALIS

DUX RICHELIUS

PRÆCIPUORUM REGNI ONERUM

ADJUTOR ET ADMINISTER,

DOMINO OPTIME MERITO,

PRINCIPIQUE MUNIFICENTISSIMO,

FIDEI SUÆ DEVOTIONIS,

ET OB INNUMERA BENEFICIA,

IMMENSOSQUE HONORES

SIBI COLLATOS,

PERENNE GRATI ANIMI MONUMENTUM,

HANC STATUAM EQUESTREM

PONENDAM CURAVIT.

ANNO DOM. 1639.

·C'est la même inscription en français et en

latin ; mais la périphrase latine pour exprimer
ces deux mots *principal ministre*, devait plaire
davantage à son éminence.

Troisième.

POUR LOUIS LE JUSTE.

SONNET.

QUE ne peut la vertu, que ne peut le courage !
J'ai dompté pour jamais l'hérésie en son fort,
Du Tage impérieux j'ai fait trembler le bord,
Et du Rhin jusqu'à l'Ebre accru mon héritage.
J'ai sauvé par mon bras l'Europe d'esclavage,
Et si tant de travaux n'eussent hâté mon sort,
J'eusse attaqué l'Asie, et d'un pieux effort,
J'eusse du saint tombeau vengé le long servage.
ARMAND, le grand Armand, l'âme de mes exploits,
Porta de toutes parts mes armes et mes lois,
Et donna tout l'éclat aux rayons de ma gloire,
Enfin, il m'éleva ce pompeux monument,
Où pour rendre à son nom, mémoire pour mémoire,
Je veux qu'avec le mien, il vive incessamment.

Ce sonnet qui est de *Jean Desmarets de
Saint-Sorlin*, de l'Académie française, ne fut
gravé sur ce monument que long-temps après la
mort du cardinal.

Saint-Sorlin est moins connu par ce sonnet
que par les épigrammes de Boileau.

Quatrième.

Quod bellator hydros pacem spirare, rebelles,
Deplumes trepidare aquilas, mitescere pardos,
Et depressa jugo submittere colla leones,
Despectat LODOICUS, equo sublimis aheno;
Non digiti, non artifices fecere camini,
Sed virtus et plena Deo fortuna peregit.
ARMANDUS vindex fidei pacisque sequester,
Augustum curavit opus; populisque verendam
Regali voluit statuam consurgere circo,
Ut post civilis depulsa pericula belli,
Et circum domitos armis felicibus hostes,
Æternum domina LODOICUS in urbe triumphet.

Il est pénible de voir célébrer comme le plus beau titre de gloire, ce siége de la Rochelle, que Richelieu qui aspirait à tous les genres d'illustration, avait voulu diriger lui-même. Un pontife au milieu des camps, donnant le signal du carnage.... Quels combats !... Quels lauriers ! Dans les guerres civiles une victoire est encore une calamité.

Ce monument consacré à l'honneur d'un roi et d'un ministre, est un exemple unique dans notre histoire. Personne n'a songé à associer dans un monument public, le nom de Sully à celui de Henri IV; tous les cœurs français les confondent dans l'expression de leur admiration et de leur reconnaissance; quel monument peut valoir de tels souvenirs! Les traditions popu-

6.

laires survivent aux ouvrages des hommes ; c'est l'accent de la vérité, pur et éternel comme elle.

La place Royale n'a été achevée qu'en 1612, et ce fut le 5 avril de la même année, que Marie de Médicis donna un magnifique carrousel pour célébrer la double alliance entre la France et l'Espagne. Je ne rappellerai point ici la description de ces fêtes, qui ne sont plus dans nos mœurs, où d'illustres chevaliers exposaient sans nécessité, dans des combats plus dangereux qu'honorables, leur fortune et leur vie. Tous nos petits théâtres des boulevards se sont emparés de ces jeux, dont l'imposant appareil conserve encore quelque attrait pour les habitués du Cirque-Olympique.

Des plates-bandes de gazon étaient l'unique et monotone ornement de l'intérieur de la place Royale. Ces plates-bandes étaient assez mal entretenues ; elles ont disparu, la place a été sablée et plantée d'arbres ; j'y ai même remarqué l'établissement obligé de tous les endroits publics, un assortiment de journaux à l'usage des promeneurs. Nos aïeux ne connaissaient que les romans que l'on louait à domicile. Les *Epreuves du sentiment* de d'Arnaud, les éternelles *Contemporaines* de Rétif, et les productions non moins volumineuses de Ducray-Duminil composaient tout le fonds de ces librairies circulaires. Aujourd'hui la politique absorbe tout ; et on peut du moins, pour un sou, savoir chaque jour tout ce qui se passe dans le monde ; on trouve des journaux partout. Les décrotteurs étaient ruinés, si pour retenir leurs pratiques ils ne se fussent avisés de leur offrir le journal en vogue. Faut-il donc s'étonner de trouver des cabinets de lecture dans le quartier du Marais, et toutes les gazettes du jour sous les allées de la place Royale ?

Le monument érigé à Louis XIII avait été remplacé par un jet d'eau semblable à celui qu'on voit actuellement au milieu du jardin du Palais-Royal. On travaille maintenant à l'érection d'une statue en marbre, représentant Louis XIII. Cet ouvrage est confié au ciseau de M. Dupaty, l'un de nos sculpteurs les plus distingués.

Un grand pavillon clos vient d'être élevé pour abriter l'artiste chargé de la confection du nouveau monument.

La place Royale eut aussi son muséum particulier. On y voyait autrefois le cabinet de M. Le Roi de la Faudiguière, qui avait réuni des tableaux des meilleurs peintres des trois écoles italienne, hollandaise et flamande.

Il paraît qu'autrefois comme aujourd'hui, les dentistes ne négligeaient aucun expédient

pour appeler sur eux l'attention publique. Ce
M. de la Faudiguière était dentiste. Le quartier du Marais était alors le séjour de la haute
société, et pour mieux débiter son élixir et ses
opiats, une galerie de tableaux bien choisie
valait bien sans doute les enseignes ou placards
enluminés, dont un dentiste moderne fait tapisser
tous nos carrefours. Je ne répondrais pas que ces
placards n'aient franchi les barrières ; j'aimou
mieux l'appât imaginé par le dentiste de la
place Royale ; il est d'un meilleur goût : aussi
avait-il obtenu un succès mérité. On ne pouvait
sans impolitesse et sans ingratitude, visiter la
belle galerie de tableaux de M. de la Faudiguière, sans laisser un souvenir dans sa phar-
macie odontalgique.

Beaucoup de rues de la capitale portent le
même nom. Elles ont encore l'inconvénient
d'être situées dans des quartiers différens. Les
noms de quelques autres ne présentent aucun
intérêt, ne se rattachent à aucun souvenir historique. Il en est encore dont la dénomination
plus que barbare outrage le bon goût. Comment se fait-il que dans une capitale où
Henri IV et Sully ont fondé tant d'établissement utiles, ces noms si chers à tous les Français ne décorent aucune rue ? Pourquoi cette
inconcevable exclusion d'un patronage aussi

honorable que mérité? Le bon ordre et la reconnaissance réclament contre le scandale d'une
telle omission (1). Les noms des héros, des artistes, des savans, des grands hommes d'état
dont la France s'honore et que Paris a vus naître, valent bien ceux de *Jean-Pain-Mollet*,
de *Brisemiche*, et de *Pet-au-Diable*.

(1) On lit, il est vrai, sur un poteau près de l'Arsenal,
rue de Sully; mais ce n'est qu'une rue projetée, et qui,
depuis trente ans, ne compte pas une seule maison. Mais
fût-elle bâtie entièrement, ne serait-il pas inconvenant de
placer ce nom vénéré sur l'emplacement de la Bastille?
L'écriteau ne prouve rien contre mon opinion ; ma remarque subsiste.

CHAPITRE XII.

Savoisi et l'Université de Paris. — Francs-Bourgeois. — Les
Guises et le chancelier de Lhôpital. — Hôtel Lamoignon.
— Le roi de Sicile. — Notre-Dame-de-souffrance. — François Iᵉʳ. — Hôtel de la Force. — La Saint-Barthélemi et
le 2 septembre.

C'était sans doute une institution très-respec-
table que celle de l'université de Paris ; mais
comme toutes les corporations privilégiées, elle
s'attachait davantage à l'extension de ses droits
qu'à l'observation d'une discipline salutaire et
impartiale. La rue Pavée-Saint-Antoine a été le
théâtre d'un événement, qui, sous notre législation municipale actuelle, eût été réprimé dès
le premier instant, et n'eût pas été suivi des
plus déplorables excès. Piganiol raconte ainsi
les principales circonstances de cette rixe, dont
le parti vainqueur conserva le ressentiment plus
d'un siècle.

« L'an 1408 et le 14 juillet, comme la pro-
» cession des écoliers passait le long de la rue du
» Roi-de-Sicile, allant à l'église *Sainte-Cathe-*
» *rine-du-val-des-Écoliers,* un des valets de

» Charles Savoisi, revenant d'abreuver un che-
» val, en le faisant galoper par la rue au travers
» des écoliers, fit rejaillir de la boue sur l'un
» d'eux. Cet écolier donna un coup de poing au
» valet, qui appela à son secours les autres do-
» mestiques de son maître, qui poursuivirent, en
» armes, les écoliers jusqu'à la porte de l'église
» Sainte-Catherine, et un des valets tirant plu-
» sieurs flèches, il y en eut une qui vola de la
» porte de l'église jusqu'au maître-autel où la
» messe se célébrait. L'université poursuivit si
» vivement cette insulte contre Savoisi, qui avait
» avoué ses domestiques, que, par arrêt du con-
» seil d'état, le roi y séant avec tous les princes
» du sang, il fut ordonné que sa maison serait
» démolie, et il fut condamné à 1500 liv. d'a-
» mende envers les blessés, et à 100 livres de rente
» pour fonder une chapelle à la nomination de
» l'université. Trois de ses gens furent condam-
» nés à faire amende honorable, nus en chemise,
» la torche en main, devant les églises de Sainte-
» Geneviève, de Sainte-Catherine et de Saint-
» Severin, après quoi ils furent fouettés aux car-
» refours de la ville, et bannis pour trois ans. »

Deux ans après, le roi permit à Savoisi de
faire rebâtir son hôtel, mais l'université s'opposa avec le plus opiniâtre acharnement à l'exécution de cet acte de la clémence royale. Ce

ne fut que cent douze ans après qu'elle voulu.
bien y consentir ; mais sous la condition expresse
que l'arrêt rendu contre Savoisi serait gravé sur
une pierre qui serait placée au-dessus de la porte.
Elle y resta en effet jusqu'à l'époque où cet hôtel
fut démoli, pour construire l'hôtel de Lorraine.
Cette pierre de deux pieds carrés fut trouvée
long-temps après dans de vieux décombres, o ,
donnée à M. Foucault, conseiller d'état, qui la fît
incruster dans un mur de son jardin à Paris et
on y lisait :

« Cette maison de *Savoisi*, en 1409 fut dé-
» molie et abattue par arrêt, pour certains for-
» faits et excès commis par messire *Charles de*
» *Savoisi*, chevalier, pour lors seigneur et pro-
» priétaire d'icelle maison, et ses serviteurs,
» aucuns écoliers et suppôts de l'université de
» Paris, en faisant la procession de ladite
» université à Sainte-Catherine-du-val-des-Eco-
» liers, près dudit lieu, avec autres réparations,
» fondations de chapelles et charges déclarées
» audit arrêt, et a demeuré démolie et abattue
» l'espace de cent douze ans, et jusqu'à ce que
» ladite université de grâce spéciale et pour
» certaines causes a permis la réédification d'i-
» celle aux charges contenues et déclarées ès
» lettres, sur ce, faites et passées à ladite uni-
» versité en l'an 1517. »

Devenu propriétaire de cet hôtel, François Ier en avait fait présent à Françoise de Longuy, veuve de l'amiral Chabot. Celle-ci le vendit à Charles de Lorraine, dont la veuve le fit reconstruire de nouveau. C'était donc là que demeurèrent ces fameux Guise, dont l'ambition coûta tant de larmes et de sang..... Leur hôtel fut souvent visité par le vertueux Lhôpital..... Lhôpital dans le salon des Guise ! Ce phénomène s'explique par les relations antérieures du chancelier avec les princes de Lorraine. Qu'il me suffise de rappeler ici que Michel de Lhôpital ne pouvait oublier qu'il devait à la recommandation de la duchesse de Lorraine et au cardinal, son neveu, le plus inespéré, le plus grand des bienfaits, le rappel de son père, Jean de Lhôpital, exilé comme partisan du connétable de Bourbon, frère de la duchesse de Lorraine. Michel de Lhôpital ayant quitté secrètement la France pour aller partager l'exil de son père, s'était volontairement associé à tous les dangers de sa proscription, et dut à la même faveur son retour dans sa patrie.

La rue Pavée-Saint-Antoine est maintenant une des moins fréquentées du Marais; mais que d'autres circonstances y ramènent un homme revêtu d'éminentes fonctions, et dont les courtisans aient beaucoup à espérer ou à craindre,

et la foule y reviendra comme au temps de
la toute-puissance des Guise.

L'hôtel Savoisi, devenu hôtel de Lorraine,
n'est plus connu dans la rue Pavée, même sous
le dernier nom. Aucun indice extérieur ne signale l'hôtel Lamoignon ; mais tout le monde
sait que c'est la maison portant le numéro 24.
Le dévouement héroïque de Malesherbes a rendu
immortel le nom de cette famille.

Cet hôtel fut d'abord appelé d'Angoulême.
La construction fut commencée pour *Diane*,
légitimée de France, fille naturelle de Henri II
et de *Philippe* des Ducs, damoiselle de Coni ;
mariée deux fois et n'ayant point d'enfant, elle
institua son légataire universel, son petit-fils,
François de Valois, duc d'Angoulême, fils naturel de Charles IX et de Marie Touchet. L'hôtel fut acheté par le premier président Lamoignon qui le fit achever. Son fils, président à
mortier, y forma une bibliothèque considérable,
qui depuis a été remplacée par celle de M. Moriau, procureur du roi et de la ville, à laquelle
il la légua.

*Chrétien-Guillaume de Lamoignon-Male-
sherbes*, fils du chancelier Guillaume de Lamoignon, maître d'une grande fortune, joignait
à des talens supérieurs les plus rares vertus. Il
ne se montrait que rarement à la cour, même

après la mort de Louis XV. En l'appelant auprès de lui, Louis XVI ne prit conseil de personne. Il lui confia, en 1775, le double ministère de sa maison et des affaires de l'intérieur.
Turgot, le digne ami de Malesherbes, avait depuis un an, le portefeuille des finances. Ces
deux hommes d'état étaient faits pour s'entendre.
L'opinion publique les avait signalés au choix du
roi, et ce choix était également honorable pour
le prince et pour ses nouveaux ministres. Malesherbes trouva les prisons d'état encombrées
de victimes. Son prédécesseur, le duc de la
Vrillière, avait été prodigue de lettres de cachet.
Il avait persécuté les malheureux protestans
avec un implacable acharnement.

Turgot avait voulu rétablir l'ordre et l'économie dans les finances. Il fut forcé de donner sa
démission en 1776. Malesherbes offrit immédia-
tement la sienne. Le roi ne l'accepta qu'à regret. Il n'avait gardé le portefeuille qu'une année, et dans ce court intervalle, il fit révoquer
plus de deux mille lettres de cachet. Le fameux
donjon de Vincennes fut évacué. Les cachots
de la Bastille furent presque déserts, et il ne resta
dans les divers châteaux que quelques prisonniers qui avaient mérité leur sort.

Retiré dans ses terres, Malesherbes cultivait
en paix ses fleurs et les lettres. On a beaucoup

disputé de nos jours sur les avantages ou les inconvéniens de la liberté de la presse. Malesherbes a traité cette importante question dans plusieurs mémoires qui ont été rendus publics. Il a démontré jusqu'à la plus irrésistible évidence, que la servitude de la presse offrait d'irréparables inconvéniens, que ne compensait aucun avantage.

La noble indépendance de son caractère ne pouvait se plier au joug de l'intrigue et des factions. Soumis aux lois nouvelles, il ne leur demandait qu'une sécurité sans éclat. Mais à peine apprend-il que Louis XVI était accusé... qu'un tribunal tout-puissant allait le juger, il quitte sa paisible retraite. Il n'avait point provoqué les faveurs de ce prince : il veut partager ses dangers ; il s'offre pour sa défense. Sa voix fut souvent étouffée par ses larmes. Il ne pouvait ignorer que dans ces temps désastreux, les talens, les vertus, l'amour pur et désintéressé de la patrie, pouvaient être considérés comme des crimes. Il ne chercha pas un asile chez l'étranger. N'avait-il pas fait le sacrifice de sa vie ? Il voyait avec douleur, mais sans effroi, quel avenir l'attendait. Les prisons s'ouvrirent pour lui. Il périt le 22 avril 1793, et avec lui périrent deux membres distingués de l'assemblée constituante, Thouret et Lechapelier.

Une souscription vraiment nationale a été ouverte pour ériger un monument en l'honneur de Malesherbes. Elle a été promptement remplie. On n'est pas encore d'accord sur le lieu où ce monument sera élevé. On parle du Palais de Justice…. Mais Malesherbes n'appartient pas seulement à la magistrature. La place de son monument n'est-elle pas marquée par l'histoire même ? Le lieu où il fut élevé, qu'il habita long-temps, l'hôtel de Lamoignon, tombe en ruine ; les fonds de la souscription peuvent suffire à sa restauration. La statue du grand homme, objet de tant d'éloges et de regrets, une modeste chapelle, un établissement de bienfaisance : voilà ce qui convient à sa mémoire. Qu'importe, qu'ailleurs un somptueux monument soit admiré…. L'étranger, le citoyen demanderaient toujours dans quel lieu naquit et vécut Malesherbes. L'un et l'autre ne trouveront que des ruines. Un bâtiment obscur occupera la place de cette maison, qui devait être l'éternel objet de la vénération publique. Une telle inconvenance ne sera sans doute pas reprochée à notre âge.

Le nom de *Francs-Bourgeois* ne doit pas son origine à quelque immunité politique, octroyée aux bourgeois d'un quartier privilégié. Cette rue s'appelait encore rue des Poulies, lorsqu'on y établit au quatorzième siècle un hospice divisé en vingt-quatre chambres, destinées à recevoir quarante-huit pauvres bourgeois, dont chacun donnait pour toute rétribution personnelle *trente deniers* en entrant et *un denier* par se-maine. Cette rue prit le nom de *Francs-Bour-geois*, parce que les pensionnaires de cet éta-blissement étaient exempts d'impôts. Il s'agran-dit dans la suite, et ses bâtimens se prolon-geaient jusqu'à la rue Culture-Sainte-Catherine.

La rue des Francs-Bourgeois est une des plus belles de ce quartier. Elle est en général très-bien bâtie : on y remarque les hôtels le Tellier, de Livry, Saint-Cyr, d'Albret. Ce der-nier est occupé par la maison d'éducation di-rigée par madame et mademoiselle Huard.

Cet hôtel d'Albret n'est pas l'ancienne de-meure des aïeux de Henri IV. Il a été bâti pour César-Phœbus d'Albret, descendant d'*Étienne*, bâtard d'Albret, son trisaïeul. Il est souvent cité dans Saint-Evremont, sous le nom de comte de Miossan ; c'est le même qui prit depuis le nom de maréchal d'Albret, fut gouverneur de Guyenne, et mourut à Bordeaux en 1676.

La seigneurie d'Albret, dans les Landes de Bordeaux, a été érigée en duché-pairie par Henri II, en faveur d'Antoine de Bourbon, roi de Navarre, et de Jeanne d'Albret, mère de Henri IV. Ce duché avait été cédé à la maison de Bouillon en 1642, en échange de la principauté de Sedan.

L'hôtel Voisin est une caserne de gendarmerie. En face sont les bureaux de l'administration générale des octrois de Paris. D'autres édifices, très-bien entretenus, sont occupés par des ateliers et des comptoirs. On n'y voyait autrefois que des masures habitées par de pauvres gens; mais tout est heureusement changé, et ce changement est déjà d'une époque assez reculée.

On a donné de nos jours cette dénomination de *Francs-Bourgeois* à cette classe de mendians, qui toujours bien couverts, cherchaient par des récits insidieux à surprendre, à intéresser la sensibilité des passans. Ces prétendus pauvres honteux vivaient fort à leur aise. Ils étaient bien secondés par leurs femmes; leurs maîtresses et leurs enfans jouaient aussi leur rôle dans ces drames impromptus, dont le sujet variait suivant les circonstances. Une meilleure administration dans l'emploi des œuvres de charité a rendu tous les talens de ces singuliers spéculateurs heureusement inutiles, et les âmes sensibles ne sont plus exposées aux piéges de ces fripons adroits, et savent maintenant où placer un bienfait mérité.

René, duc d'Anjou et frère de saint Louis,
appelé au trône de Sicile, a donné son nom à la
rue qu'il habitait avant de prendre la couronne
de Naples. C'est sous le règne de ce prince
qu'eut lieu l'affreux massacre que l'histoire a
flétri du nom de *vêpres siciliennes*.

On avait placé dans une niche au coin de
cette rue, un groupe représentant la Vierge
et l'enfant Jésus. Le 31 mai 1528, on s'aperçut que les deux têtes de ce groupe avaient
disparu. On ne manqua point, suivant l'esprit du temps, d'en accuser les protestans. Le
roi François Ier promit mille écus d'or à celui
qui découvrirait les auteurs de cette mutilation;
mais malgré l'appât de cette récompense, aucun
délateur ne se présenta. Le roi fit confectionner
un autre groupe d'argent doré. Le pieux monument fut porté solennellement au lieu qu'il
avait été profané. Le roi, accompagné des principaux officiers de sa maison et des grands seigneurs, suivit la procession, un cierge à la main.
Arrivé au lieu désigné, et après l'antienne *Salve
regina*, il se mit à genoux et plaça ensuite la
nouvelle statue. La niche fut scellée par un gros
treillis de fer; mais au mois d'avril 1545 cette
statue fut volée. Le 27 décembre suivant on la
remplaça par une autre, dont la matière ne
pouvait exciter la cupidité, et qui fut conservée

jusqu'à l'époque de la révolution. Ce monument de la piété de François Ier n'a pas été rétabli. Il n'en-reste plus aucun vestige.

La maison de la Petite-Force se trouve aussi dans la rue du Roi-de-Sicile ; elle fut originairement établie pour y recevoir les prostituées. Construite sur un nouveau plan, sa destination n'a point changé : c'était autrefois l'hôtel de Brienne ; sa façade extérieure présente une masse épaisse ; trois portes très-basses s'ouvrent sous une voûte : la partie supérieure est percée de croisées étroites et fermées par des barreaux.

La grande Force est contiguë. C'était l'ancien hôtel Saint-Pol ; il a appartenu successivement au duc d'Alençon, au comte de Saint-Pol, décapité sous Charles IX, à Louis de Bouthiliers, comte de Chavigny, au duc de la Force, à MM. Pâris de Montmartel et Duvernay, qui le revendirent à mademoiselle Toupel, de qui le comte d'Argenson l'acheta en 1754, pour l'Ecole Militaire. Le nouvel édifice connu sous ce nom, rendit ces vastes bâtimens à une autre destination, et c'est aujourd'hui l'une des plus vastes prisons de l'intérieur de Paris.

Cet hôtel avait aussi appartenu aux rois de Navarre. On n'a point découvert à quel titre. Il est néanmoins certain qu'il en a porté le nom. Il aurait cessé d'être la propriété des aïeux

de Henri IV, en 1572, car à cette époque la
reine de Navarre, Jeanne d'Albret, qui était
venue à Paris pour assister au mariage de son
fils avec Marguerite de France, eût logé dans
cet hôtel, et l'on sait qu'elle occupa, pendant
son séjour dans la capitale, la maison de l'évêque de Chartres, rue de Grenelle-Saint-Honoré;
c'est là qu'elle mourut, à l'âge de quarante-
quatre ans et après une courte maladie de cinq
jours. Le bruit courut alors qu'elle avait été
empoisonnée par l'odeur d'une paire de gants
de senteur, qu'elle avait achetée chez l'Italien
René, très-mal famé d'ailleurs, et parfumeur à
la suite de la cour de Catherine de Médicis.
Il est bien vrai que son corps fut ouvert et que
les chirurgiens appelés pour en constater l'état,
déclarèrent n'avoir point découvert de trace
de poison; mais plusieurs documens historiques
dignes de foi déposent le contraire. Je rapporterai ces documens lorsque j'aurai à rendre
compte de l'hôtel des Fermes, dans le quartier
Saint-Honoré.

Les bâtimens de la première cour avaient été
détruits en partie par un incendie; ils viennent
d'être reconstruits récemment. Cette cour a
conservé le nom bizarre de la Vitaulet, c'était
le lieu de détention des prisonniers pour mois
de nourrice.

Aujourd'hui, dans toutes les classes de la
société, les mères ne rougissent plus de remplir
le plus impérieux, le plus doux des devoirs;
il en était tout autrement alors; la voix éloquente d'un seul homme a suffi pour réformer
un abus séculaire. Pourquoi les ministres de la
religion n'ont-ils pas pris l'initiative? Je ne me
permettrai point d'en discuter les motifs. Il est du
moins consolant de se rappeler que la piété des
fidèles venait au secours des malheureux pères
de famille, condamnés à payer de leur liberté
une dette dont ils n'avaient pu s'acquitter en
argent. Une pieuse institution leur offrait l'espoir d'une prompte délivrance. Un tribut volontaire satisfaisait aux droits de l'impitoyable
créancier, et une collecte faite dans une procession solennelle, à laquelle assistaient les
prisonniers délivrés, leur assurait des secours
pour eux et pour leur jeune famille.

Nos lois nouvelles ont restreint la contrainte par corps aux seules dettes commerciales et aux cas de stellionat et de dépôt. Les
dettes pour mois de nourrice sont régies par les
lois ordinaires. Ces lois n'ont fait que consacrer
une réforme que réclamaient depuis long-temps
les mœurs et l'humanité.

Les prisonniers pour dettes étaient jadis con-
fondus avec les criminels. C'est à Louis XVI

que la capitale doit la réformation de cet autre abus. C'est sous le règne et par les ordres de ce prince que les prisonniers pour dettes furent placés dans un corps-de-logis séparé, et furent affranchis de l'humiliante nécessité de vivre avec des voleurs et des assassins. Aujourd'hui leur isolement est complet. Dans la prison de la Force, un seul mur séparait les diverses classes de prisonniers; aujourd'hui un bâtiment a été spécialement élevé aux prisonniers pour dettes dans la nouvelle prison de Sainte-Pélagie, et ils jouissent du moins de la douce consolation d'y pouvoir recevoir leur famille et leurs amis avec toute la liberté que comporte la sûreté de la maison. Le régime auquel ils sont soumis est loin d'une excessive sévérité. On ne voit plus que bien rarement des prisonniers pour dettes à la Force. La partie qui leur était réservée est occupée par les détenus qui ne sont qu'en état de prévention ou d'accusation devant les tribunaux et les cours de justice. Ils n'y rentrent plus dès que les tribunaux ont prononcé sur leur sort.

Une nouvelle chapelle a été bâtie sur l'emplacement de la deuxième cour. Il a fallu abattre une partie des arbres qui en ombrageaient le pourtour. On fait remarquer aux curieux, entre la cour de la Vitaulet et

l'ancienne infirmerie, la chambre dite du conseil; un large escalier en pierre y conduit.
On assure que ce fut dans cette chambre
que fut assassiné le duc d'Aumont. Son plus
jeune fils, célèbre depuis sous le nom de maréchal de la Force, fut sauvé par une sorte de
miracle. Je ne retracerai pas ici ce funeste événement; il est consigné dans toutes nos annales
et dans les notes de Voltaire sur sa *Henriade*
et ses nombreux commentateurs. Tout le
monde connaît tous les détails de la Saint-
Barthélemi.

La nouvelle infirmerie, établie dans l'angle
du même bâtiment, en face de la chambre du
conseil, est spacieuse et très-aérée.

Parlerai-je d'un autre crime non moins horri-
ble, dont la prison de la Force a été le théâtre
à une époque peu éloignée? Ma plume se refuse
à retracer ces horribles souvenirs. J'ai vu la
chambre d'où des brigands ont arraché l'infor-
tunée princesse de Lamballe. D'autres victimes
de nos convulsions politiques y ont été enfer-
mées depuis. Je pourrais les nommer, dire les
causes de leur proscription, mais je dois m'in-
poser un silence nécessaire sur les funestes événemens dont une voix auguste a proclamé l'oubli, je ne soulèverai point le voile qui couvre
ces lugubres tableaux. Que le souvenir de ces

temps déplorables soit la leçon de notre avenir, et jamais un appel impie à la haine et à la vengeance ! Il est si facile de parler aux passions, de ranimer des haines à peine éteintes ! Quelques écrivains n'ont pas craint d'exploiter les antipathies politiques. Paix et liberté, voilà le vœu de tous les amis de la patrie ; le repos est le besoin de tous. Les hommes avides de réputation, et qui veulent faire parler d'eux à quelque prix que ce soit, s'épuisent en efforts impuissans. Ils prétendent tout conserver quand ils veulent tout détruire. Ce qu'ils appellent le flambeau des siècles n'est dans leur main que la torche incendiaire d'Erostrate. Opposons à l'axiome inhumain des barbares, *væ victis*, cette maxime toute française, si bien exprimée par un de nos meilleurs poëtes modernes :

> Le crime sur la terre est toujours étranger ;
> Comme tous les fléaux, il n'est que passager.

CHAPITRE XIII.

Le roi des merciers. — Rue de Harlay. — Jules-Hardouin Mansard. — J.-B.-A. Beausire. — Les égouts. — Rue de l'Oseille. — Le Pont-aux-Choux. — Le Fantôme de Fontainebleau. — La Ligue. — Du Guesclin.

———

Sous le régime des maîtrises et des jurandes, le commerce des merciers de Paris comprenait toutes les étoffes, les toiles, les dentelles, les draps, les modes, la chapellerie, la pelleterie, les meubles, la passementerie, la joaillerie, l'épicerie, la droguerie, la parfumerie, la quincaillerie, la papeterie, les tableaux, etc., etc. Un mercier pouvait se croire plus qu'un bourgeois et presque autant qu'un gentilhomme. Le chef s'appelait *roi des merciers*; ce n'était pas un titre purement honorifique, mais une véritable et très-lucrative surintendance de commerce. L'autorité du roi des merciers s'étendait à toute la France. Il avait des lieutenans dans toutes les principales villes. On ne devenait commerçant qu'en vertu d'un brevet de sa façon. Un noble pouvait se faire mercier sans déroger. Un siècle

7

plus tôt, notre Molière eût fait son M. Jourdain
roi des merciers plutôt que mamamouchi. Mais
ce beau titre et ses nobles prérogatives n'existaient déjà plus ; François II avait supprimé le
roi des merciers, dont le gouvernement n'était
pas sans reproche. Cette suppression, ou plutôt
cette suspension, eut lieu en 1544. Les attributions de ce souverain en boutique furent dévo-
lues au grand-chambrier, qui avait déjà l'ins-
pection des arts et des manufactures.

Mais Henri III rétablit le roi des merciers
dans toute sa puissance. Ce système d'administration entravait le commerce, le fabricant était
moins considéré que le marchand. L'industrie
restait stationnaire. L'étranger fournissait nos
magasins. Cet état de choses déplut à un prince
qui voulait rendre au commerce français toute
l'indépendance dont il avait besoin, créer de
nouvelles branches d'industrie, et affranchir la
France du joug dispendieux des importations
étrangères ; le roi des merciers fut irrévoca-
blement supprimé par édit de 1597. Le coupable fut Henri IV. Que d'ambitions déçues !
Tous les prétendans au sceptre mercantile devinrent nécessairement les auxiliaires de la
Ligue : le nom de Henri IV avait été donné récemment à une très-petite rue de Paris ; un marchand de ce quartier se chargea de la ven-

geance du corps, et substitua au nom du roi de
France celui de l'enseigne de son magasin, et
depuis 1636 la rue de *Henri IV* s'est appelée
rue de l'*Echarpe*.

J'aime mieux la pieuse modestie de Lefèvre
de Mormans, qui donna le nom de *Saint-François*, son patron, à la rue qu'il avait fait ali-
gner à ses frais en 1620.

S'il est vrai, comme le prétendent plusieurs
annalistes parisiens, que l'hôtel de *Harlay*, qui
a donné son nom à la petite rue voisine, ait
été bâti au commencement du dix-huitième
siècle, il s'agirait de l'avocat-général *Achille de
Harlay*, quatrième arrière-petit-fils du premier
président *Achille de Harlay*, premier du nom,
qui brava avec un courage héroïque les mena-
ces et les séductions des Ligueurs, et petit-fils
de ce vénérable *Christophe de Harlay*, président à mortier, dont l'officieuse médiation
sauva les biens et l'honneur de tant de familles.
Ce magistrat, dont l'exemple a été si rarement
suivi, réunissait souvent dans son cabinet les
procureurs et les parties, et prévenait, en les
conciliant, les chances toujours fâcheuses d'un
long procès. Les parties votaient sans doute de
bien sincères remercîmens au magistrat con-
ciliateur; mais les procureurs et même ses col-
lègues, n'applaudissaient pas à son noble désin-

7.

téressement. S'il eût trouvé plus d'imitateurs, que devenaient le tarif des dépens et les épices?

Rien de plus juste, sans doute, que de perpétuer un nom aussi recommandable ; mais on retrouve encore ce nom dans un autre quartier de Paris, et je plains le malheureux piéton qui ne saura pas distinguer la rue *de Harlay* au Marais, de la rue *de Harlay* près de la place Dauphine.

La disponibilité des grands emplacemens qu'occupaient les anciens couvens, a permis de donner à plusieurs quartiers de Paris d'utiles débouchés. La rue Neuve-de-Ménilmontant et la rue Neuve-de-Bretagne ont été percées sur le terrain du monastère des Filles du Calvaire. Mais c'est encore un double emploi de noms qu'il eût été prudent d'éviter. *Jules-Hardouin Mansard*, dont les talens ont embelli la capitale, demeurait dans cette partie du Marais ; sa maison s'élevait sur le point même où commence ce qu'on est convenu d'appeler boulevard des Filles du Calvaire. Le nom de *boulevard Mansard* aurait tout aussi bien figuré dans le Vocabulaire topographique de Paris, et aurait indiqué le lieu où furent tracés par la main du génie les plans si heureusement exécutés de la place des Victoires, de la place Vendôme et du dôme des Invalides.

Jules-Hardouin Mansard, né à Paris en 1639, y est mort en 1708.

Si maintenant des noms français, célèbres dans les sciences, les arts, la guerre et la politique, décorent quelques rues de la capitale, cet hommage tardif, rendu aux vertus, aux talens, atteste les progrès de la civilisation et du goût. Devenus plus éclairés, nous avons été plus justes envers ceux qui ont honoré notre patrie. Notre reconnaissance a du moins en partie acquitté la dette de nos pères.

Les établissemens qui ne sont qu'utiles sont rarement remarqués, peut-être aussi parce qu'aucun signe extérieur ne les rend remarquables. On compte à Paris sept rues de l'*Égout*, et aucune d'elles ne se trouve sur le point où fut ouvert le premier égout général. Nous jouissons des salutaires effets de ces établissemens avec une indifférence que l'on pourrait appeler ingratitude. Tout ce qui tient à la salubrité publique dans une grande cité exige de la part des magistrats une sollicitude continuelle, et leurs premiers soins ne furent pas même appréciés à l'époque dont je vais parler.

Paris, alors comme à présent, appelait toutes les ambitions, promettait toutes les jouissances, et la foule, entraînée par le tourbillon des passions, des plaisirs et des besoins, s'y précipitait sans songer aux moyens de se garantir des miasmes pestilentiels qu'exhalaient les marais qui l'environnent, et les cloaques infects et sans issues que renferme sa vaste enceinte. Comment éviter une contagion dont les victimes ne soupçonnaient pas même l'existence meurtrière? L'autorité, la raison publique y pourvurent. Les essais des magistrats ne furent pas heureux. Le premier égout général fut ouvert à l'extrémité de la rue du Calvaire, et dirigé à travers les faubourgs du Temple, de Saint-Martin, de Saint-Denis, de la Nouvelle-France, de Montmartre, des Porcherons, de la Ville-l'Evêque, du Roule jusqu'à la Seine. Ce n'était qu'une tranchée pratiquée dans les marais, sans maçonnerie, sans pavé; les immondices furent bientôt, par l'engorgement, refoulées dans la ville.

On fut obligé, en 1715, d'ouvrir un nouveau conduit depuis la rue du Calvaire jusqu'à la rivière près de l'Arsenal; mais on n'avait pas prévu que dans cette direction les immondices corrompraient les eaux fournies par la pompe du pont Notre-Dame. Le nouvel égout général fut construit avec un grand réservoir d'eau pour en faciliter l'écoulement; la longueur des conduits fut réduite de soixante toises. La pente, devenue plus rapide, et arrosée par un courant d'eau continuel, atténua l'insalubrité de l'atmosphère. Cet ouvrage important fut exécuté sur les plans et par les soins de Beausire, architecte du roi, et inspecteur des bâtimens de la ville. Des inscriptions ont consacré l'époque de ce travail; et le nom de l'habile architecte fut donné à une rue du quartier Saint - Antoine, près la place de la Bastille.

Je me bornerai à transcrire ici l'inscription principale :

DU RÈGNE DE LOUIS XV,

« De la quatrième prevôté de messire Michel-Etienne *Turgot*, chevalier, marquis de Sourmons, seigneur de Saint-Germain-sur-Caulne, Vaterville et autres lieux, conseiller d'état; de l'échevinage de Pierre-Jacques *Concicault*, écuyer, quartinier ; Charles *l'Evêque*, écuyer; Louis-Henri *Verron*, conseiller du roi et de la ville; Edme-Louis *Meny*, écuyer, avocat au parlement, conseiller du roi, notaire; étant Antoine *Moriau*, écuyer, procureur et avocat du roi et de la ville (1) ; Jean-Baptiste-Julien *Taitbout*, chevalier de l'ordre du roi, greffier en chef; Jean *Boucault*, chevalier de l'ordre du roi, receveur.

(1) C'est ce même magistrat qui légua à la ville sa bibliothèque.

» Le grand égout de Paris, qui n'était formé que par une tranchée, a été commencé en pierre, en 1737, dans un nouveau terrain, depuis la rue du Calvaire au Marais, jusqu'à la rivière près Chaillot, ainsi que ses embranchemens, les pompes et le réservoir pour laver cet égout, qui a été achevé en 1740. »

•De la cinquième prevôté de messire Michel-Etienne *Turgot*, chevalier, marquis de Sourmons; et de l'échevinage de Louis *Leroi de Fcteuil*, écuyer, conseiller du roi, quartinier; Thomas *Germain*, écuyer, orfévre ordinaire du roi; Jean-Joseph *Saint-Fray*, écuyer, conseiller du roi et de la ville, notaire; Michel *l'Enfant*, écuyer; étant Antoine *Moriau*, écuyer, procureur et avocat du roi et de la ville; Jean-Baptiste-Julien *Talibour*, greffier en chef; Jean *Boucault*, chevalier de l'ordre du roi, receveur.

» Cet ouvrage a été exécuté sur les dessins et sous la conduite de M. Jean-Baptiste-Augustin Beausire, conseiller, architecte du roi, maître-général, contrôleur, inspecteur des bâtimens de la ville. »

On n'attend pas de moi, sans doute, la description détaillée de tous les ouvrages hydrauliques et des réservoirs et autres travaux exécutés par Beausire. Cette matière serait le sujet d'un volume très-étendu. J'ai dû me borner à indiquer les principaux élémens de cette vaste construction, les noms de l'architecte qui l'a dirigée, et des magistrats sous les auspices desquels cette entreprise a été heureusement terminée. Il restait encore à niveler les rues, à diriger l'écoulement des eaux. Plusieurs quartiers étaient impraticables dans les temps de grandes pluies. Ces réparations ont été faites depuis. Les canaux d'écoulement ont été reconstruits dans plusieurs rues. Il me suffira de citer les nivellemens opérés dans le courant de l'année dernière, près de l'arcade Saint-Jean, et dans les rues de Richelieu, Neuve-des-Petits-Champs, Neuve-Saint-Augustin et de Gaillon. Tout a été terminé en quelques mois, sans que la voie publique ait été interceptée. Une partie des ouvriers travaillaient la nuit. La saison avancée n'a pas même été un obstacle. Des ponceaux placés de distance en distance et assez solides pour supporter les voitures, ont facilité les communications avec les rues d'embranchement; il ne restait plus rien à faire à la fin de décembre.

On ne voit plus ni marché, ni jardin potager, ni pont dans les rues de l'Oseille et du Pont-aux-Choux. Ces noms, qui ne paraissent que bizarres aujourd'hui, ont dû être conser-

7*

vés. La rue de l'Oseille a été percée sur des marais qui ont été convertis en jardins. Les jardins ont fait place à des maisons. Le bureau de la caisse de Sceaux et de Poissy a été établi dans cette rue en 1690. Cette caisse, autrefois divisée, a été réunie à cette époque. Le mode d'administration a souvent changé depuis. Les statuts de la communauté des bouchers sont d'une date très-ancienne. Les maîtres jouissaient entre autres priviléges, de celui de ne pouvoir être arrêtés les jours et la veille des marchés de Sceaux et de Poissy. Chacun de ces marchés avait lieu une fois par semaine. C'était quatre jours de franchise. Il ne faut pas s'étonner si, jaloux de jouir de tant de prérogatives, les maîtres bouchers de Paris ont eu la prétention de rendre leur maîtrise héréditaire. Cette prétention était contraire aux règlemens, mais l'usage l'avait presque consacrée. Cette importante question avait été évoquée au conseil du roi. La suppression des maîtrises et jurandes a mis fin à ce singulier procès. Le bon ordre exige que ceux qui exercent cette profession soient soumis à une police spéciale; mais ce but même serait manqué, s'ils formaient une corporation privilégiée. Jadis ils s'administraient eux-mêmes, du moins leurs syndics et leurs jurés avaient une autorité dont il leur

était facile d'abuser ; aussi les règlemens restaient sans force. Tout est changé ; les boucheries ne sont plus agglomérées dans une même
rue , et chaque étal est très-aéré ; la viande se
conserve mieux , et l'atmosphère n'est plus in-
fectée des miasmes putrides qu'exhalaient les
grandes et les *petites boucheries*. Les nouveaux
règlemens ont limité le nombre des bouchers ;
les nouveaux ne sont admis qu'en réunissant
deux fonds ; il faut être propriétaire d'un double étal pour en ouvrir un seul. Ils tiennent
les marchés de la grande halle , à tour de rôle.

La caisse de Poissy est maintenant rue du
Gros-Chenet , près de celle des Jeûneurs.

La rue du Pont-aux-Choux doit son nom à
un petit pont qui traversait l'égout, qui était
alors découvert. En 1674, on avait reconstruit
une porte gothique qu'on nommait porte *Saint-
Louis* ; cette porte a été démolie en 1760 ; on y
lisait cette inscription :

LUDOVICUS MAGNUS

AVO

DIVO LUDOVICO,

ANNO R. S. H. M. D. C. LXXIV.

Il est inutile de faire remarquer que ce nom
de *Pont-aux-Choux* , a la même origine que

celui de la rue de l'Oseille. On avait cru long-
temps que l'Angleterre possédait exclusivement
une terre propre à confectionner cette faïence
légère à laquelle elle a donné son nom ; c'était
un préjugé funeste à notre commerce ; le gouvernement seul pouvait le détruire, et il le fit.
Une manufacture royale de *terre d'Angleterre*
fut établie rue de Charonne au faubourg Saint-
Antoine. Ses premiers essais furent heureux.
Elle prospéra. Un plus grand local devint nécessaire. Elle fut transférée rue du Pont-aux-
Choux. D'autres manufactures se sont établies
à Rouen, à Nevers et dans d'autres villes, et
surtout à Paris. La manufacture royale établie
rue du Pont-aux-Choux n'existe plus.

Cet établissement a nationalisé une industrie
intéressante. Sa fondation fut un véritable bienfait pour le commerce. La France a depuis
long-temps trouvé dans les productions de son
sol et les talens de ses fabricans de quoi remplacer avantageusement les productions exotiques : on continua néanmoins à donner aux
matières indigènes des noms étrangers. Tels
étaient les préjugés du temps. C'est ainsi que
M. Guillaume, dans la comédie de *l'Avocat
patelin*, faisait des draps d'Angleterre avec la
laine de ses moutons du Berri, quand ils ne
mouraient pas de la clavelée.

Aujourd'hui nous avons acquis le juste sentiment de notre supériorité ; et des noms français signalent honorablement au commerce des
deux mondes les beaux produits de nos fabriques.

On a vu quelquefois, dans les baraques des
vieux boulevards et à l'amphithéâtre d'Astley,
des hommes qui imitaient assez bien le chant
d'un oiseau ou le son d'un instrument. La rue
des *Francs-Bourgeois*, dont j'ai déjà parlé,
comptait parmi ses habitans, à la fin du seizième
siècle, deux virtuoses bien plus extraordinaires ;
c'étaient ce qu'on appelait alors des *gueux*, ils
imitaient parfaitement le bruit de plusieurs cors
et les aboiemens d'une meute. Des chefs de ligueurs, dont le fanatisme avait survécu aux
revers de leur parti, imaginèrent de se servir
de ces deux gueux pour attirer Henri IV dans
un piége. Ces factieux avaient toujours conservé
plus d'un Ravaillac à leur solde. Voici comment
les annalistes du temps racontent cette aventure :

« Le roi, chassant dans la forêt de Fontaine-
» bleau, entendit, comme à une demi-lieue de
» l'endroit où il était, des jappemens de chiens,
» le cri et le cor des chasseurs ; et, en un mo-
» ment, tout ce bruit, qui semblait très-éloi-
» gné, se présenta à vingt pas de son oreille.

» Il commanda à M. le comte de Soissons de
» brousser et pousser en avant, pour voir ce
» que c'était, ne présumant pas qu'il pût y avoir
» des gens assez hardis pour se mêler parmi sa
» chasse et lui en troubler le passe-temps. Le
» comte de Soissons, s'avançant, entendit le
» bruit sans voir d'où il venait; un grand homme
» noir se présenta dans l'épaisseur des brous-
» sailles, et cria d'une voix terrible : « M'enten-
» dez-vous? » et soudain disparut. A ces paroles,
» les plus hardis estimèrent imprudent de s'ar-
» rêter en cette chasse, en laquelle il ne prirent
» que de la peur; et, bien qu'ordinairement
» elle noue la langue et glace la parole, ils ne
» laissèrent pourtant pas de raconter cette aven-
» ture, que plusieurs auraient renvoyée aux
» fables de Merlin, si la vérité, affirmée par
» tant de bouches et éclairée par tant d'yeux,
» n'eût ôté tout sujet d'en douter. Les pasteurs
» des environs disent que c'est un esprit qu'ils
» appellent *grand veneur*. Les autres préten-
» dent que c'est la chasse de saint Hubert qu'on
» entend aussi en d'autres lieux. »

L'opinion que j'ai énoncée sur l'objet de
l'apparition de Fontainebleau, ne m'est point
personnelle. Je l'ai puisée dans des documens
historiques justement estimés.

Qu'il me suffise de citer l'auteur des *Essais*

sur Paris...... « Il y a toute apparence, dit M. Saint-Foix (tome 1er, pag. 131), qu'on s'était servi de ces deux hommes pour une aventure, qui fut regardée comme l'apparition véritable d'un fantôme. Si Henri IV avait eu la curiosité d'avancer, on lui aurait sans doute lancé un dard, et l'on aurait dit ensuite que n'étant pas de cœur bon catholique, c'était le diable qui l'avait tué. »

Nous lisons dans les *Mémoires de l'Etoile* des extraits de plusieurs sermons prêchés à Paris par des jésuites et quelques curés. Le roi avait fait abjuration, et la chaire retentissait encore des plus horribles provocations à l'assassinat! Il était déjà sacré lorsque le prêtre *Guérin* s'écriait devant un nombreux auditoire « qu'*on avait graissé* le Béarnais, et qu'il n'était non plus roi qu'était le diable quand il promettait à Jésus-Christ tous les royaumes qu'il n'avait que par imagination..... Que celui (Jacques Clément) qui avait tué le feu roi, devait être anobli avec toute sa race, ayant fait un acte plus généreux que Judith; qu'il était nécessaire et permis de se défaire de cettui-ci (Henri IV), et que, qui voudrait l'entreprendre irait en paradis et serait le plus proche de Dieu. » Quelle profanation du plus saint ministère! Pourrait-on douter que des

prêtres capables de proférer, dans le sanctuaire
même, d'aussi épouvantables maximes, n'aient
tout tenté pour l'exécution de leur dessein. Ils
ne reculèrent devant aucun des moyens que
leur offrait l'ignorance du peuple. La religion
ne repousse pas les lumières; mais alors il y
avait plus de superstition que de véritable
piété. De tous les attentats tramés contre
Henri IV, la scène du *grand homme noir* dans
la forêt de Fontainebleau était peut-être celui dont les ennemis de ce prince attendaient
le plus de succès. Leur attente fut trompée,
mais malheureusement pour la France ils ne
s'amendèrent point.

Ces fantômes, ces larves, qui faisaient tant
de peur jadis, n'étaient autre chose, pour la
plupart, que des ventriloques comme ceux qui
nous amusent aujourd'hui. Les apparitions in-
fernales sont devenues plus rares depuis qu'on y
croit moins.

Il me reste à parler d'un homme vraiment
extraordinaire, mais qui n'effraya que les ennemis de son pays. J'ai vainement cherché
dans la rue du Roi-de-Sicile, en face du
passage du petit Saint-Antoine, quelques ves-
tiges de la maison qu'habita Bertrand du Guesclin. Les historiens de Paris assurent que la façade était ornée de sculpture ; ce héros qui ré-

para avec autant de courage que de succès les désastres de la bataille de Poitiers, qui reconquit sur les Anglais nos provinces envahies, rétablit Charles V sur son trône, et éleva Henri de Transtamare sur celui de Castille, après avoir défait Pierre-le-Cruel, assassin de ses frères et de Blanche de Bourbon son épouse, Duguesclin, l'honneur et le soutien de la France et de l'Espagne, fut connétable de ces deux royaumes. Ses cendres vénérées reposent près de celles de nos rois; mais rien n'indique à la reconnaissance des Français le lieu qu'il habita dans la capitale.

Je trouve souvent l'occasion d'exprimer le même reproche et le même regret. On ne m'opposera pas, sans doute, l'axiome toujours invoqué par l'ignorance et l'ingratitude : *Quand tout le monde a tort, tout le monde a raison.* Cet axiome est ici sans application, et cet oubli n'accuse que les siècles qui nous ont précédés. Le nôtre s'est imposé l'honorable tâche de tout réparer.

CHAPITRE XIV.

TRADITIONS populaires.—Le crucifix m......u ; ordonnance
épiscopale exécutée par le guet. —Encore les d'Argenson. —Rue des Ecouffes. —Le docteur Audry et le jeu
de paume. —L'hôtel, le couvent et le marché. —Les
procureurs et les avoués. —Les juifs. —Les singes. —Le
promeneur de la place Royale.

———

DE quoi n'accuse-t-on pas notre siècle? Le
reproche d'impiété surtout ne lui a pas été
épargné, et ce reproche ne peut soutenir l'é-
preuve du plus léger examen. Nos mœurs ac-
tuelles n'admettraient pas des expressions que
les traditions de nos pères ont long-temps consacrées ; et l'opinion ferait un devoir aux magistrats d'effacer des lieux publics tout ce qui
pourrait blesser le respect dû à la religion. Il
a fallu même substituer à des expressions que
Molière avait employées dans quelques-unes de
ses comédies sans effaroucher la pudeur du
parterre de son temps, des expressions plus
décentes.

L'anecdote que me rappelle l'*impasse* d'Argenson, donnera une juste idée de la licence de

traditions populaires dans le seizième siècle.
J'emprunterai le langage et l'autorité d'un historien contemporain. On voyait à cette époque
dans l'impasse d'Argenson, un crucifix d'une
assez grande dimension. Il était placé près
d'une maison de prostitution, et cette circonstance avait fait imaginer un sobriquet injurieux.
Ce scandale existait depuis long-temps, quand
la police s'avisa enfin d'y mettre un terme; et
n'osa néanmoins procéder qu'avec la plus mystérieuse circonspection. Voici comment s'exprime l'Etoile, Journal de Henri III, tom. 1er :

« La nuit du jeudi 10 mars 1580, de l'ordonnance de l'évêque de Paris, assisté d'un
secret consentement de la cour de parlement,
fut ôté et enlevé du lieu où il était le crucifix
surnommé M.......u, et par les gens du guet
porté à l'évêché; et ce à cause du très-scan-
daleux surnom que le peuple lui avait donné,
en raison que c'était un crucifix de bois, de la
grandeur de ceux que l'on voit ordinairement
aux paroisses, lequel était plaqué et attaché
contre la muraille d'une maison sise au bout
de la Vieille rue du Temple (1), vers et proche

(1) Je ne sais si la maison désignée était dans la Vieille
rue du Temple ou dans l'*impasse* d'Argenson ; mais il paraît bien constaté que le crucifix était placé au coin de cette
rue et de l'*impasse* d'Argenson. Les annalistes les plus dignes de foi l'attestent.

des égouts , en laquelle maison aux environs se tenait un b....l ; ce qui fit donner à ce crucifix le surnom de M.......u , parce qu'il servait de marque et enseigne à ceux qui allaient chercher les bordeliers repaires. »

L'ancien hôtel d'Argenson n'offre rien de remarquable sous le rapport de l'art. Son étendue est celle d'une maison ordinaire. Il a été habité au commencement du dernier siècle par Marc-René le Voyer de Paulmy d'Argenson , membre de l'Académie française, qui fut successivement lieutenant-général de police, président du conseil royal des finances et chancelier de France. Il succéda dans ce dernier ministère , en 1718, à Henri-François d'Aguesseau, qui le remplaça en 1720. M. d'Argenson, après lui avoir remis les sceaux, vécut dans la retraite, et consacra le reste de ses jours à l'étude et aux soins de sa famille.

Fier d'une érudition d'emprunt , vous dirai-je que la petite rue qui communique à celles des Juifs et des Rosiers, s'appelait de l'Ecofle au treizième siècle , de l'Ecoufle au quatorzième, des Escofles au seizième, et depuis des *Ecouffes*. En vieux langage, *escofles* signifiait vêtement de cuir , ou oiseau de proie. Voilà une étymologie aussi clairement expliquée que tant d'autres ; cette rue, aujourd'hui si peu fréquentée, si paisible, devait être tout le contraire il y a quelque trente ans.

C'était là que demeurait le docteur *Audry*, ancien directeur de la faculté de médecine, et dont il faut au moins louer le désintéressement et l'humanité. Il avait fait une étude particulière de l'hydrophobie, et faisait gratuitement le traitement de la rage ; les affiches du temps et les feuilles périodiques, un peu moins occupées qu'aujourd'hui, annonçaient encore au public que le même docteur donnait des consultations gratis aussi sur la même maladie, et cela sans avoir besoin de voir les malades, car les documens du temps portaient : « Il se charge de répondre gratuitement à toute consultation sur cette matière. »

Le docteur Audry avait pour voisin le directeur d'un jeu de paume. Voilà de ces contrastes qu'on ne trouve qu'à Paris. Presque sous le même toit, un cours de gymnastique et un cabinet de consultation médicale. On y grossoie maintenant du papier timbré. On peut y rencontrer des figures aussi tristes que du temps du docteur Audry ; mais les joyeux habitués du jeu de paume ne sont plus là pour faire diversion.

Entre les rues des Rosiers et des Francs-Bourgeois, s'élève maintenant un très-beau

marché couvert, avec des issues sur toutes les
rues voisines. Il est environné de maisons particulières, récemment bâties. Toutes les constructions nouvelles occupent l'emplacement de
l'ancien hôpital Sainte-Anastase. On a déjà pu
remarquer avec moi que cette partie de Paris,
beaucoup plus populeuse aujourd'hui qu'elle ne
l'était autrefois, n'a plus qu'un seul hôpital, et
que cet hôpital unique et peu considérable
suffit aux besoins de cette population ; mais les
élémens de cette population ne sont plus les
mêmes. A cette tourbe dégoûtante de mendians
oisifs qui pullulait dans toutes les parties de
la capitale, a succédé une génération active et
laborieuse. Me serait-il permis de demander
aux prôneurs du temps passé quel grand préjudice ce changement a pu causer à la religion
et aux mœurs ?

Une dévotion mal entendue contribuait par
ses bienfaits même, à encourager la mendicité.
Des hôpitaux étaient spécialement consacrés à
loger les mendians valides. On fit souvent un
funeste emploi des libéralités des fondateurs.
Ouverts à de pauvres voyageurs, ces hôpitaux,
ou plutôt ces refuges ne reçurent que des vaga-
bonds, la honte et le fléau de la société.

L'hôpital *Saint-Anastase* fut fondé en 1171
par Guérin Masson et Archer son fils qui con-

sacrèrent leur propre maison à donner l'hospitalité aux *pauvres passans ;* mais bientôt cette utile destination changea, et l'hospitalité était accordée pendant trois jours à tous les hommes qui se présentaient.

En 1300, Foulques II, évêque de Paris, y établit quatre religieuses sous la direction d'un maître et d'un procureur. Une maison ouverte chaque jour à tous les hommes qui se présentaient, ne pouvait échapper à la contagion de l'exemple. Les bonnes sœurs s'égarèrent, et le scandale fut tel, que Pierre de Gondi, évêque de Paris, les supprima en 1608, et confia le gouvernement de cette maison à quatorze augustines. De nouvelles dotations enrichirent la communauté. L'évêque de Paris recevait les vœux et réglait les comptes de l'administration conventuelle. Le nombre des religieuses augmenta à tel point que les bâtimens devinrent insuffisans. L'hôtel d'O, auparavant hôtel de Louis d'Ajacette, était bien à leur convenance ; et la déconfiture d'un jeune seigneur libertin, en rendit tout à point la vente nécessaire. Cet hôtel surpassait tous ceux de la capitale par la richesse de son fastueux ameublement. Il était décoré de statues antiques et de tableaux des grands maîtres. L'heureux propriétaire de ce magnifique hôtel était Louis d'Ajacette, comte de Château-Vilain.

Après la mort de ce seigneur, il fut vendu à
François d'O, favori de Henri III. Ce prince
l'avait comblé de charges et de bienfaits. Il
était maître de la garde-robe, premier gentilhomme de la chambre, chevalier de l'ordre du
Saint-Esprit, surintendant des finances, gouverneur de Paris et de l'Ile-de-France. Il mourut en 1594. Sa succession était obérée de dettes.
Ses créanciers vendirent l'hôtel aux religieuses
hospitalières de Sainte-Anastase cent trente-
cinq mille livres. Elle s'y établirent en vertu de
lettres, patentes données en 1656 par Louis XIV,
et enregistrées au parlement le 9 septembre de
la même année. Il leur fut permis d'y vivre se-
lon les règles de leur profession, d'y continuer
l'hospitalité, et de disposer à leur gré de leur
ancien hôpital fondé par Masson et son fils ; d'en
conserver seulement la chapelle, et d'y faire célébrer la messe les dimanches et fêtes. Cette
chapelle, consacrée en 1412 par Guillaume,
évêque d'Evreux, sous l'invocation de sainte
Anastase, veuve et martyre, n'existe plus depuis
1758. Le terrain fut, à la même époque, vendu
à des particuliers qui y firent construire des logemens et des boutiques.

Notre histoire fournit de nombreux exemples
d'aliénations de biens d'église, sans que le gouvernement et les adjudicataires encourussent

le reproche de sacrilége. Personne ne songeait à en contester la légitimité.

Le couvent bâti sur l'emplacement de l'hôtel d'O a été supprimé, comme toutes les congrégations religieuses, en 1790. Le marché projeté depuis, a été ouvert au public il y a environ un an. Ainsi, sur le même terrain, la voluptueuse habitation du favori d'un prince prodigue et peu délicat sur le choix de ses plaisirs, était devenue la pieuse demeure de vierges cloîtrées, liées par un double vœu de chasteté et de pauvreté; et ce cloître paisible a disparu pour faire place à une halle. Ainsi marche le grand drame des générations; la scène varie sans exciter d'étonnement, parce que les personnages et les décorations disparaissent en même temps que les spectateurs.

S'il est vrai que l'abbaye de Tiron ait eu un hôtel dans la petite rue étroite à laquelle elle aurait donné son nom, l'abbaye ou l'hôtel n'aurait pas été bien considérable. L'existence de ces établissemens n'est pas très-connue. Je lis dans un ouvrage de statistique, publié en 1789, qu'à cette époque on comptait dans cette rue trois études de procureurs au parlement et un bureau de *papier timbré*. Pour le bureau il pourrait s'y être conservé jusqu'à nos jours, au risque d'avoir peu de dé-

8

bit; mais je doute qu'un avoué d'un tribunal
inférieur voulût y demeurer. Les hommes de
loi d'autrefois affectaient d'établir leurs études
dans des rues sombres et tristes. L'aspect seul
de ces réduits obscurs justifiait cette vieille locution : *Antre de la chicane.* Les procureurs
étaient-ils alors moins intéressés ? Les plaideurs
gagnaient-ils à cette économie d'espace et de
meubles ? je ne le crois pas. Nos avoués, et nos
huissiers même, ont aujourd'hui des cabinets
très-éclairés et meublés avec élégance. Le plai-
deur ne fût-il pas mieux traité, c'est toujours
pour lui une petite consolation de voir que du
moins on sait se faire honneur de son argent.

Il n'y a peut-être pas une seule famille israé-
lite dans la rue des *Juifs.* Jadis c'était une
grande faveur pour eux d'être admis dans un
quartier séparé ; de pouvoir circuler dans le
reste de la ville avec une marque distinctive
dans leur habillement. Je n'examinerai pas pourquoi leur religion leur interdit les professions
mécaniques, s'il est vrai que cette interdiction
résulte clairement du texte et de l'esprit du *Pen-
tateuque* ou du *Talmud* ; mais leur séquestra-
tion de la société les rendait nécessairement
étrangers aux devoirs qu'elle impose, comme
aux droits qu'elle accorde. Bornés dans leurs
moyens d'existence, ils n'avaient pas le choix

d'un état ; flétris dans l'opinion par le plus injuste et le plus irrésistible préjugé , l'apparence
seule d'un crime était considérée comme la réalité. Les progrès des lumières ont affaibli et
détruit ce préjugé funeste. Admis à tous les
droits de citoyen , ils s'en sont montrés dignes.
Des jurisconsultes philosophes ont remarqué que
les tribunaux de justice répressive ont rarement
à prononcer sur des israélites.

Nous n'attachons plus à cette qualité de juif
d'autre idée que celle d'une secte religieuse
qui fut le berceau de la nôtre , et s'il y a opposition dans les dogmes des deux croyances, il
n'en résulte aucune prévention dans les relations civiles. Il était temps qu'une législation
plus douce et plus juste fît cesser le scandale,
j'aurais pu dire, sans m'écarter de la vérité historique , ce crime de l'intolérance.

Rue des *Singes*. Voilà encore un nom bien
bizarre. Cette rue portait jadis un autre nom
trivial. On l'appela rue Perreau d'Etampes : il
n'a peut-être fallu qu'une enseigne de cabaret
pour le faire changer. On aurait pu croire
que le beau cabinet d'histoire naturelle que
possédait l'un des habitans de cette rue, le
docteur Geoffroy , aurait été la cause de ce
changement? C'eût été une bien mauvaise plaisanterie ; mais, suivant Jaillot, elle s'appelait rue

8.

à singes dans le treizième siècle, et le cabinet du docteur Geoffroy, où sans doute les singes n'étaient pas oubliés, n'existait pas il y a cinquante ans. C'est, au demeurant, une rue mal alignée, mal percée, dont les maisons sont en général assez mal bâties. On pourrait dire qu'elles datent de l'époque où les pavillons de la place Royale étaient admirés comme des prodiges d'architecture. A moins d'un retour à la barbarie, que seront les édifices chez nos arrière-neveux, si ceux de notre âge étaient à leur tour considérés comme des ouvrages de mauvais goût? Le moyen d'échapper à l'envie de ses contemporains et aux critiques de la postérité, c'est d'être sans éclat utile à son pays et à sa famille. C'est peut-être aussi le secret d'être heureux. Je le pense, et ma conviction n'est pas le fruit d'une simple théorie. Peu de personnes seront tentées de l'acquérir au même prix. Voilà de la philosophie à propos de la rue des Singes; mais elle ne m'offrait aucun monument remarquable. Fallait-il imaginer une anecdote? nous n'avons que trop de romans dans tous les genres. Je vais terminer ma course en parcourant les nouvelles allées de la place Royale. Je lirai pour la centième fois quelques pages de Gil Blas. Ce n'est pas un roman, c'est l'histoire de l'homme en société.

J'aperçois à mes pieds un petit chien noir et roux très-replet. Il se traîne en grommelant : son maître le suit, ses yeux sont attachés sur *Favori*.... A l'habit, et surtout à la coiffure du promeneur, j'ai reconnu un célibataire par état, s'il ne l'est aussi par inclination. Il est donc vrai que, même en renonçant au monde, il faut encore aimer autre chose que soi.... Encore des réflexions... Rappelez-vous que je lis Le Sage et que je suis à la place Royale.

CHAPITRE XV.

LE feu de Saint-Antoine. — Bains de Rome. — Bains de
Paris. — Le chancelier de Birague et sa fontaine. — Le
coup de dés. — M. Gallet. — Le comptoir et le bal. —
École spéciale de commerce. — Hôtel Sully. — L'escamoteur. — Les chanteurs ambulans. — Les cabinets de
lecture et les ateliers.

QUE *le feu de Saint-Antoine t'arde!* Tel était,
dans les 13ᵉ et 14ᵉ siècles, suivant Germain
Brice, l'imprécation la plus terrible que l'on
pût proférer contre son plus mortel ennemi ;
tant était grande l'horreur qu'inspirait cette
maladie contagieuse, appelée *feu de Saint-Antoine,* et qui exerça en France de si longs ra-
vages.

Le Petit-Saint-Antoine, bâti sur le lieu même
qui en a conservé le nom, n'était dans l'origine
qu'un simple hospice construit sur un terrain
provenant de la confiscation des biens de Dro-
con et Jean Devaux, partisans du roi de Navarre, ordonnée par Charles V, alors régent du
royaume. Cet hospice fut érigé en commanderie par Pierre de Lobet, abbé et général de
Saint-Antoine, qui en confia la direction à

Aymar de Falceville en 1361. Il fut dès lors spécialement destiné au traitement des pauvres attaqués de la maladie appelée *feu sacré* ou de Saint-Antoine.

Ces fléaux épidémiques sont devenus plus rares et moins dangereux depuis que l'art de guérir s'est perfectionné, et que son influence salutaire a puissamment contribué à l'assainissement de nos grandes cités. Cette crédulité populaire, qui en attribuait la malignité à des causes surnaturelles, inspirait aux victimes une meurtrière apathie. Mais le fatalisme ne règne plus que dans les contrées de l'Orient encore plongées dans la barbarie, et que la superstition tient ensevelies dans d'épaisses ténèbres.

L'heureuse France est depuis long-temps délivrée de ces hideuses maladies qui décimaient sa population dans les siècles antérieurs, sous les noms de *feu de Saint-Antoine*, de *mal des ardens*, de *ladrerie*, de *fic Saint-Fiacre*, de *mal Saint-Marcou*, de *Saint-Mani*, de *feu infernal*, etc.

L'hospice du Petit-Saint-Antoine n'existe plus : de belles maisons, que traverse le passage de ce nom, ont été construites vers l'emplacement qu'il occupait ; l'enclos avait cent pas de large sur quatre-vingts de long. Les religieux qui l'habitèrent n'eurent d'abord qu'une simple

chapelle ; mais Charles V leur fit bâtir une
église qui fut achevée en 1368. Les chefs de
cette maison eurent de fréquens débats sur la
hiérarchie ecclésiastique avec le curé de Saint-
Paul et le prieur de Saint-Eloi. Le fameux cardinal de Tournon, profès de l'abbaye Saint-
Antoine, avait été commandeur du Petit-Saint-
Antoine. Les religieux portaient sur l'habit un
signe bleu en forme de T. Cette commanderie
fut supprimée en 1615, et la maison convertie
en séminaire ou collége pour l'instruction des no-
vices. L'église continua néanmoins à être affectée
à la confrérie de Saint-Claude. Charles VI s'y
était fait recevoir en grande cérémonie avec les
principaux seigneurs de sa cour. Cet édifice a
subsisté jusqu'à l'époque de la révolution. On
remarquait, sur le maître-autel, un tableau es-
timé, représentant *l'Adoration des Mages,*
peint par Cazes. Le rez de chaussée des maisons bâties sur le terrain du Petit-Saint-Antoine
est occupé par divers magasins, dont un de
souliers ; il a pour enseigne *le Sauvage d'or.*
Ce choix est assez bizarre pour un commerce
de ce genre ; mais le propriétaire du moins ne
justifie pas le proverbe *tout pour l'enseigne.*
Son sauvage d'or est de la plus modeste dimension, et ressemble assez à un fragment de dé-
coration de lambris.

On comptait à Rome huit cents bains publics. Le peuple s'y portait en foule ; car il n'était pas moins passionné pour les bains que pour les jeux du Cirque. Vitruve nous a conservé la description de ces édifices ; il n'a omis aucun détail, et il ne nous a rien laissé à désirer sur les moindres parties du service intérieur.

Les bains dépendants des Palestres se composaient de sept pièces principales : 1° le bain froid, *frigida lavatio ;* 2° le vestibule du fourneau, *propigneum ;* 3° le bain chaud, *calida lavatio ;* 4° l'étuve voûtée, ou bain de vapeurs, *tepidarium ;* 5° le dépôt des huiles et des essences, *elæothesium ;* 6° la chambre rafraîchissante, *frigidarium ;* 7° le vestibule du fourneau ou la garde-robe, *apodyterion.*

Les autres bains publics étaient plus considérables. Ils se divisaient en deux parties ; l'une pour les hommes, l'autre pour les femmes. Au milieu régnait un vaste bassin, dans lequel on descendait au moyen de quelques degrés, assez vaste et assez profond pour pouvoir y nager. Cette construction ressemble beaucoup à celle des bains d'Arles en Roussillon, dont les bâtimens datent d'une haute antiquité. Le pourtour du bassin était fermé par une balustrade, au delà de laquelle était le large corridor où circulaient ceux qui attendaient leur tour pour

se baigner. Les deux étuves appelées *laconicum*
et *tepidarium*, étaient dans la même salle ronde
aussi haute que large, jusqu'au commencement
de la voûte, au milieu de laquelle était pratiquée une ouverture pour recevoir le jour ; on y
suspendait avec des chaînes, un bouclier d'airain qu'on baissait ou haussait à volonté, pour
augmenter ou diminuer la chaleur. Le plancher
de ces étuves était creux et pratiqué au-dessus
de l'*hypocaustum* ou grand fourneau, dont le
feu chauffait en même temps le *vasarium* où
l'on plaçait trois cuves d'airain (*milliaria*), l'une
pour l'eau chaude, l'autre pour l'eau tiède, et
la troisième pour l'eau froide. Des tuyaux dis-
tribuaient ces eaux dans les bains.

La salle des bains chauds était la plus étendue. Les anciens se baignaient ordinairement
avant le repas du soir ; mais bientôt les progrès
du luxe en rendirent l'usage plus fréquent. Né-
ron, Tibère et Commode prenaient jusqu'à six
bains par jour. La seule nomenclature des es-
claves attachés à cette partie du service, même
chez un simple bourgeois de Rome, présente
des détails dont l'imagination la plus luxurieuse
peut à peine concevoir le raffinement. La con-
centration des richesses et du pouvoir tue les
mœurs. Nous n'avons aucun édifice consacré
aux plaisirs publics qui, par sa magnificence et

sa destination, puisse être comparé aux *Balnea-ria* des Romains ; et il faut bien nous en consoler. Nous voulons qu'un motif d'utilité caractérise nos monumens. Nos arts industriels sont sans danger pour nous, et ne sont pas sans profit et sans gloire. Flétrie par le ridicule, l'oisiveté est bannie de nos mœurs. On n'estime plus un homme que ce qu'il vaut par lui-même. L'opinion a prononcé, et, dans notre France, on n'appelle point de ses arrêts. Devenus plus sévères pour nous, nous laissons les étrangers vivre chez nous comme ils l'entendent, pourvu toutefois que leurs visites ne soient pas intéressées. Il nous faut du bizarre pour qu'ils ne soient pas tout-à-fait désorientés. Nous avons de magnifiques bains chinois ; mais s'il prenait fantaisie à quelque riche et hardi spéculateur d'élever des bains romains, qu'il se garde bien d'omettre les magnifiques décorations, les vases précieux, les peintures voluptueuses, les parfums délicieux de l'*elæothesium ;* mais qu'il ne porte pas le scrupule de l'imitation jusqu'à offrir à ses délicats abonnés les *étrilles* qui faisaient une partie obligée du galant mobilier des thermes romains.

Les établissemens de bains se sont multipliés à Paris depuis trente ans. Les nouveaux se distinguent par leur élégance. Le prix cependant

n'a point augmenté, grâce à la concurrence.
Ceux du passage Saint-Antoine, vis-à-vis la rue
de Fourcy, sont de la plus grande simplicité. Nul
ornement extérieur ni intérieur ne provoque
l'attention des passans.

On ne peut donner le nom de place à l'espace un peu agrandi de la rue Saint-Antoine en
face de la rue Culture-Sainte-Catherine; c'était
autrefois le cimetière des Anglais. Louis XIII,
pour rendre cette partie plus spacieuse, fit don
de ce terrain en 1629. Le chancelier René de
Birague y avait érigé une fontaine en 1579. On
y remarquait cette inscription : en l'honneur
de Henri III.

HENRICO III,

FRANCIÆ ET POLONIÆ REGI CHRISTIANISSIMO,

RENAT. BIRAG.

Sanctæ romanæ Ecclesiæ Presbyt. cardin.
Et Franc. cancellar. illustriss.
Beneficio CLAUDII D'ANBRAY; præfecto
Mercator. JOHANN. LE COMTE :
RENAT. TAUDERT. JOHANN. GEDOIN ;
PETR. LAISNÉ , tribunis plebis*

* Quand on a pu traduire les mots *prévôt des marchands* par *prefectus,* on pouvait aussi nommer les éche-

Curantibus.
Anno redemptionis M. D. LXXIX.

Hunc deduxit aquam duplicem Biragus in usum,
Serviat ut Domino, serviat ut populo.
Publica, sed quanta privatis commoda tanto.
Præstat amore domus, publicus urbis amor.

RENAT. BIRAG. FRANC. CANCELL.

PS. COMM.

M. D. LXXIX.

vins tribuns du peuple, *tribuni plebis.* Certes il serait difficile de découvrir quelque analogie dans les fonctions du
préfet de Rome et des tribuns du peuple, avec les fonctions
municipales de Paris. MM. les échevins étaient fort heureux de ne pas savoir le latin ; leur dignité eût été blessée
de cette comparaison. Nous ne sommes pas encore corrigés
de cette manie d'écrire nos inscriptions monumentales en
latin. Figaro, qui prétendait aussi à l'érudition, avait mis sur
son enseigne : *Consilio manuque* ; mais *les palettes en l'air*
expliquaient du moins sa profession aux ignorans qui avaient
besoin de ses conseils ou de son rasoir ; car barbier ou
chirurgien c'est tout un de l'autre côté des Pyrénées. Il
me souvient encore d'avoir lu sur l'enseigne d'un tondeur
de chiens : *Operâ cogniscitur opifex,* mais avec la traduc-
tion obligée en faveur du vulgaire : *A l'œuvre on connaît
l'ouvrier.* Je suis fâché de trouver le Barbier de Séville
et l'artiste tondeur du Pont-Neuf un peu moins déraison-
nables que notre Académie, qui aurait pu se dispenser de
rédiger des inscriptions en latin... ne fût-ce que pour éviter les contre-sens.

Restauré en 1627, ce monument a été reconstruit en entier et sur un nouveau plan en 1707. Tel qu'il est aujourd'hui, sa forme est celle d'une tour pentagone. L'inscription que je viens de rapporter ne fut pas même conservée. On y substitua cinq autres inscriptions composées chacune d'un distique. Cette fontaine vient d'être entièrement réparée, et l'on n'a gravé qu'un seul de ces distiques. Les autres ne doivent pas être regrettés. L'auteur était un religieux du temps qui avait la réputation de versifier avec plus de facilité que de goût.

Un critique un peu sévère trouverait encore des longueurs dans ces petits poëmes, que je transcris *pour mémoire :*

Prætor et ædiles fontem hunc posuere. Beati,
Sceptrum si Lodoix, dum fluet unda regat.

Ante habuit raros, habet urbs nunc mille canales
Ditior, hos sumptus oppida longa bibant.

Ebibe, quem fundit purum Catharina liquorem,
Fontem ad virginem, non nisi purus, adi.*

Naïas exesis male tuta recesserat antris,
Sed notam sequitur, vix reparata viam.

Civibus hinc ut volvat opes, nova munera largas
Nympha sperne, fons desinit in fluvium.

* Ce distique est celui qui a été conservé. Je ne sais si les magistrats auront témoigné leur reconnaissance au poëte ; mais comment le curé et les marguilliers de la pa-

Le nom du chancelier de Birague appartient
à l'histoire de nos malheurs ; il se place à côté
de ceux des Gondi et des Concini.

Né en Italie, il s'était dévoué à Catherine de
Médicis ; il fut naturalisé en 1565 par Charles IX,
qui le nomma chancelier en 1570. Michel de
l'Hôpital avait rédigé l'édit de Romorantin qui
empêcha l'établissement de l'inquisition en
France. Birague organisa la Saint-Barthélemi.
Ces deux traits les peignent l'un et l'autre. Ce
ne fut qu'après la mort de *Valence Balbienne*,
sa femme, qu'il embrassa l'état ecclésiastique,
non par un motif d'humilité chrétienne. Avant
même d'être naturalisé, il avait exercé des
charges importantes : conseiller au parlement
de Paris sous François Ier, président au sé-
nat de Turin sous Henri II, garde des sceaux
en 1570, à peine veuf il fut chancelier de France
et cardinal. Il était déjà d'un âge avancé.

L'auteur du Journal de Henri III fait ainsi
son portrait : « Il était bien entendu aux affaires
» de l'état, fort peu en la justice : du savoir

roisse ont-ils pu souffrir si long-temps que, dans une inscription publique, on ait métamorphosé leur sainte patronne
en nymphe profane? Leur silence pourrait bien être aussi une
preuve de bon goût. Je pardonne aussi très-volontiers à
l'auteur d'avoir parlé latin aux citoyens du quartier Saint-
Antoine. Peu import' comment tout cela est écrit ; le gali-
matias n'est d'aucune langue.

» n'en avait point ; au reste libéral, voluptueux,
» homme du temps (1), serviteur absolu du
» roi, ayant dit souvent qu'il n'était pas chan-
» celier de France, mais chancelier du roi de
» France. Il mourut pauvre pour un homme
» qui avait long-temps servi les rois de France;
» n'était aucunement ambitieux, et meilleur
» pour des amis et serviteurs que pour soi. Il
» disait, peu auparavant son décès, qu'il mou-
» rait *cardinal sans titre, prêtre sans bénéfice,*
» et *chancelier sans sceaux.* »

L'auteur de ce portrait avait sans doute oublié que Birague était évêque de Lavaur, et
doté de plusieurs pensions considérables ; mais
un prodigue mourut-il jamais riche ?

Les obsèques de Birague furent magnifiques;
les princes des maisons de Bourbon et de Guise
menaient le deuil, que suivaient toutes les
chambres du parlement, le corps de ville et
l'université, et tous les pénitens de la confrérie royale. Il fut le premier qui fut porté en
terre par eux. Le roi lui-même, en habit de
pénitent et accompagné du duc d'Épernon,
assista à cette cérémonie. L'éloge du défunt fut

(1) Les bonnes traditions ne se perdent *jamais* : ce que
le cardinal chancelier disait quelquefois, se répète hautement et tous les jours. Les maximes du seizième siècle
font encore autorité dans le dix-neuvième.

prononcé par l'archevêque de Bourges. La journée de Saint-Barthélemi ne fut pas oubliée ;
mais il faut remarquer que le panégyriste lui-
même joua un grand rôle dans les troubles de
la Ligue.

Le chancelier de Chiverni fit élever à Birague
un magnifique mausolée par Germain Pilon.

Ce monument, placé dans la chapelle que Birague avait fait construire dans l'église Sainte-
Catherine, était en face de celui de son
épouse Valence Balbienne. La chapelle était
surchargée d'inscriptions. Je me dispenserai de
les rapporter. Le souvenir d'un seul trait de la
vie de Birague détruit tout le prestige des éloges
qui lui furent prodigués.

La plus longue de ces inscriptions est consacrée par Françoise de Birague, fille unique du
cardinal-chancelier, à la mémoire de son second
époux, le marquis de Nesle. Elle avait été mariée trois fois. Son premier mari était maréchal
de France.

L'église Sainte-Catherine a été détruite. Les
tombeaux de Birague et de sa femme ont été
transférés au Musée des monumens français, où
ils ont été placés sans subir la plus légère mutilation.

Les traditions locales ne conservent ordinairement les noms qui ont été donnés aux monu-

mens publics, aux places, aux rues de nos
villes, que lorsqu'ils se rattachent à d'honorables souvenirs. René de Birague crut immorta-
liser le sien en le donnant à cette fontaine, et
l'impartiale postérité l'a effacé. Il n'existe plus
aucun vestige du monument qu'il fit ériger, et la
piété des habitans de ce quartier l'a remplacé
depuis long-temps par celui de fontaine Sainte-
Catherine.

L'hôtel n° 143 a été bâti par Ducerceau pour
Maximilien de Béthune, duc de Sully, sur une
partie du vaste emplacement de l'ancien hôtel
des Tournelles. On voyait autrefois, sur la
grande porte, une plate-forme ornée de balustrades; elle a été remplacée par un attique : les
inscriptions qui décoraient les ailes de l'édifice
n'existent plus. Il a passé de la famille Sully à
celle de Turgot, et de celle-ci à la famille de
Boisgelin qui le possède aujourd'hui. Les portes,
les lambris d'un riche salon au premier étage,
entre la cour et le jardin, portent encore le
chiffre de Sully.

Quelques auteurs ont prétendu que cet hôtel
avait appartenu à *Gallet* qui, simple élu à
Chinon, était parvenu aux premières charges
dans l'administration des finances. Mais il paraît
constaté que l'hôtel que ce joueur fameux avait
fait bâtir dans la rue Saint-Antoine, était voisin

de celui de Sully, dont un cabaret qui dépendait de l'hôtel bâti par Gallet faisait partie. L'enseigne de Sully, adoptée par le cabaretier, a donné lieu à cette erreur.

Ce Gallet eut le sort de tous les joueurs; il fit des gains considérables, étonna tout Paris par sa dépense. Son hôtel passait pour un des plus beaux de la rue Saint-Antoine; les meubles étaient magnifiques; tout y annonçait l'opulence du maître. Mais ce maître joua sur un coup de dés la valeur de l'hôtel et de toutes ses dépendances, et perdit. Réduit à la plus affreuse indigence, sa passion pour le jeu était la même. On l'a vu jouer dans les rues avec les laquais, et même jusque sur les degrés de l'hôtel qui lui avait appartenu. Cette passion est un mal dont on ne guérit jamais. L'éloquent D..... a tonné contre la passion du jeu; il l'a signalée comme le germe de tous les malheurs et de tous les crimes, et il ne cessa pas de jouer. Il fut malheureux; cette funeste frénésie en a rendu tant d'autres criminels!

Le quartier Saint-Antoine a du moins échappé à cette contagion. Il ne peut y avoir de joueurs effrénés au milieu de cette population toute manufacturière. J'aurai occasion de parler des jeux en parcourant d'autres quartiers plus riches et plus brillans, mais moins utiles et moins heureux.

L'arrière-corps de l'hôtel Sully est maintenant
occupé par l'*Ecole spéciale de commerce*, fondée et dirigée par MM. Legret et Brodart. Paris,
qui n'était autrefois qu'une ville de consommation, est devenu le point central des principales
opérations du commerce de toute la France; et
le besoin d'une institution pour les jeunes gens
qui se destinent au commerce s'y faisait généralement sentir. L'École spéciale remplit-
elle cet objet? Je répondrai : quant aux élémens d'instruction, le choix des études et des
maîtres ne laisse rien à désirer. Je voudrais
pouvoir en dire autant d'une autre partie non
moins essentielle, sans laquelle toute éducation
est imparfaite. Les élèves sont nombreux ; presque tous appartiennent à des familles aisées ;
quelques-uns y sont entrés de leur propre gré.
Je dois le dire, les directeurs ont voulu mettre
leurs élèves en état de figurer avec un égal avantage dans les comptoirs et dans les salons. Mais
s'il dépend d'eux de voir quand il leur plaît le
spectacle du jour et de briller au bal du lendemain, l'attrait du plaisir, si puissant à leur
âge, leur permettra-t-il de donner une attention suivie à leurs études?

En vain ils resteront pendant quelques heures
établis dans leurs comptoirs ; en vain on aura
cherché à intéresser leur amour-propre au suc-

cès des opérations mercantiles, en leur four-
nissant des effets négociables entre eux et des
échantillons réunis dans le Musée commercial;
rien ne pourra les distraire des jouissances que
leur promet un avenir si près d'eux. Un régime
plus sévère préside à nos écoles Normale,
des Mines et Polytechnique. Des succès brillans justifient ce régime, austère sans du-
reté, et indulgent sans faiblesse. Les forces phy-
siques et intellectuelles y prennent les plus
heureux développemens, et l'espoir des familles et de la patrie n'est point déçu.

Cette école ne compte qu'une année d'existence. MM. les directeurs ne retrouveront ici
que les observations que je leur ai adressées,
en visitant plusieurs fois leur intéressant établissement. J'ai cru devoir leur indiquer les
améliorations dont il me paraissait susceptible;
ils ne s'offenseront point d'un langage qui n'est
que l'expression d'une franche impartialité.
Pouvais-je ne pas parler d'ordre et d'économie
dans une maison où tout doit rappeler l'éloquent
et salutaire souvenir de Sully et de Turgot, qui
l'ont successivement habitée ? Ils n'ont fait usage
du grand pouvoir qui leur était confié que pour
le bonheur de la France et la prospérité de son
agriculture et de son commerce. Tels sont les
titres qui recommandent leurs noms et leurs

vertus au respect et à l'imitation de tous le
Français. J'ai laissé sur ma droite les hôte
de Beauvais, d'Ormesson et de Mayenne, dor
je rendrai compte incessamment. J'arrive
l'entrée du boulevard Saint-Antoine.

Un groupe rare et peu attentif me permet d
distinguer un jeune homme, rattachant d'ur
air peu satisfait une gibecière de toile bleue
C'était...... j'allais dire un escamoteur; mai
depuis que ces messieurs ont été admis à fair
la *postige* dans les salons, et même à *travaille*
dans des salles de spectacle, ils ont pris le titr
plus ambitieux que mérité de *professeurs d.*
physique amusante. Celui que j'apercevais étai
un novice qui s'était fourvoyé en croyant exploiter un quartier absolument neuf. « C'est le
première fois, disait-il à son rare auditoire
que je travaille dans le quartier. » Je le croi
sans peine.

On rencontre peu d'oisifs dans le quartier
Saint-Antoine, aussi n'y est-on pas assourdi
par les orgues de Barbarie, les chanteurs français et italiens qu'on rencontre partout ailleurs;
et l'air de *Fidélin*, devenu si vulgaire, n'a pu
pénétrer dans ce quartier que par quelque amateur de l'Ambigu-Comique. On n'y entend jamais l'inévitable grimacier, qui, tantôt en ma-
melouk, tantôt en marquis, promène dans

outes les autres rues de Paris, depuis quelques
années, l'ouverture de *Lodoïska*, la seule pièce
d'accompagnement dont se compose son modeste répertoire.

Je pardonne volontiers aux habitans de la
rue Saint-Antoine de préférer un travail utile
à la *postige* d'un escamoteur, et à l'aigre monotonie d'un orchestre ambulant. Je n'ai point vu
de cabinets de lecture dans le faubourg ; ceux
qui sont établis le plus près se trouvent en deçà
du boulevard et sur le point qui sépare ce quartier de celui du Marais. Cette remarque appartient à l'histoire des mœurs de la capitale. Dans
son volumineux Tableau, Mercier n'a hasardé
qu'un trait sur le quartier Saint-Antoine, et
j'ai démontré ailleurs qu'aujourd'hui ce trait
n'aurait pas même l'apparence de la vérité.

CHAPITRE XVI.

THÉATRE Mareux. — L'hôtel Beauvais. — Les Jésuites. — Saint-Louis et Saint-Paul. — Collége Charlemagne. — Ménage, et Huet évêque d'Avranches. — Les Visitandines. — La famille d'Ormesson. — Temple de la confession d'Ausbourg. — Fouquet et Zamet. — Le duc de Mayenne. — Pierre d'Orgemont et le roi d'Arménie. — Le Cadran-Bleu et la Truie qui file.

———

LES entreprises théâtrales n'ont été considérées pendant quelques années que comme de simples spéculations commerciales, ouvertes à tous ceux que n'effrayaient pas les embarras et les chances d'une exploitation aussi hasardeuse. Mais, sous le rapport doublement important des mœurs et de l'art, ces entreprises pouvaient-elles s'affranchir sans danger de l'influence de l'autorité publique? Chez les peuples les plus libres de l'antiquité, des magistrats présidaient à ces sortes d'établissemens; le droit d'en surveiller toutes les parties était une des principales attributions des censeurs romains. L'opinion contraire n'a prévalu chez nous qu'à une époque, dont le retour est heureusement impossible. La question de la liberté indéfinie des théâtres a été résolue par l'expérience même, et l'on a reconnu qu'une concurrence sagement combinée pouvait seule concilier tous les intérêts et toutes les convenances. On a compté à Paris jusqu'à trente-six théâtres ; chaque quartier avait le sien.

Un court espace séparait la salle du Marais de celle de la rue Saint-Antoine. Cette dernière est plus connue sous le nom de théâtre Mareux ; avant d'être public, ce spectacle n'était ouvert qu'à des sociétés particulières ; depuis il n'a jamais eu de troupe fixe, ni de répertoire déterminé. Le propriétaire avait eu à soutenir contre les établissemens autorisés un long procès dont la révolution fit cesser la cause ; il a depuis subi le sort de vingt autres théâtres qui ont été plus heureusement transformés en ateliers et en magasins. Son emplacement était près de la place Baudoyer.

La multiplicité des théâtres fit naître celle des auteurs et des genres : cette époque fut celle de l'origine du mélodrame. Les *Jeannot* et la famille des *Pointus* sont déjà loin de nos souvenirs ; on ne se rappelle plus le spectacle des Associés, ni même le nom de son directeur et principal acteur, M. *Visage*. Mais le

mélodrame nous est resté, et trois théâtres
secondaires l'exploitent avec succès.

Les balcons à grande saillie ne sont plus en
usage ; ils ne se retrouvent plus que dans les
anciens édifices. Aussi celui qui s'élève au-dessus du sombre portail de l'hôtel Beauvais, rues
Saint-Antoine, n° 62, annonce-t-il une des plus
anciennes habitations de ce quartier.

L'hôtel Beauvais, n° 62, a été bâti sur les
dessins de Le Pautre, pour Pierre de Beauvais, et Catherine-Henriette Bellier, son épouse,
première femme de chambre de la reine Anne
d'Autriche. C'était le rendez-vous ordinaire de
la cour lorsqu'il y avait quelque cortége brillant ou d'autres cérémonies publiques à voir
dans la rue Saint-Antoine. La reine-mère occupait un des balcons de cet hôtel, le 26 août
1660, pour jouir du spectacle de l'entrée
triomphante du roi et de la reine.

Les ornemens qui décorent la façade étaient
fort admirés autrefois. La difficulté du travail
obtient à peine maintenant l'attention des gens
de l'art. Devenu propriétaire de cet hôtel en
1704, le président à mortier au parlement de
Metz, Jean Orry, changea toute la distribution
intérieure avec autant de goût que de succès.
L'architecture dorique du pourtour de la cour
est bien ordonnée ; il serait à désirer que l'en-

trée fût plus large, et répondît à l'élégance des décorations intérieures.

A peu de distance de cet hôtel aboutit la rue Percée, c'est la sixième de ce nom : elle s'appelle ainsi depuis quelques siècles. On peut le lui laisser par droit d'ancienneté ; mais les cinq autres..... Ne conviendrait-il pas de leur en donner qui puissent les faire distinguer? Cette observation revient souvent. Quand une tradition n'est qu'un abus, faut-il la respecter?

Les colléges de *plein exercice* étaient jadis au nombre de dix. On n'en compte plus que quatre. Les anciens étaient tous établis dans le même quartier, qui, pour cette raison, était appelé *Pays Latin*. Distribués maintenant sur des points plus éloignés, les colléges royaux sont plus utiles. L'instruction est le besoin de tous, et les enfans des familles peu aisées peuvent du moins jouir des bienfaits de l'éducation publique, sans exposer leurs parens à les éloigner d'eux. Tout fait d'ailleurs concevoir l'espérance de voir s'augmenter le nombre des colléges royaux. Le quartier Saint-Antoine a le sien. Les classes occupent une partie de l'ancienne maison professe des Jésuites. Son titre actuel est un juste hommage rendu à la mémoire de l'illustre monarque qui fonda, en 781, une école qui fut le berceau de l'université de

Paris. La bibliothèque de la ville avait été réunie dans le même édifice. Elle a été depuis quelques années transférée dans une galerie dépendante de l'hôtel de ville.

L'ancienne église de la maison professe des Jésuites a été érigée en succursale de la paroisse de Notre-Dame, sous l'invocation de Saint-Paul et Saint-Louis. C'est un des plus beaux édifices religieux de la capitale. Louis XIII en posa la première pierre en 1627. Cette église a été terminée en 1641. Elle a été bâtie sur l'emplacement des hôtels de Rochepot et de Damville. Un premier plan avait été dressé et proposé par F. Martel Angel, et s'il faut en croire les critiques du temps, nous devons regretter que l'on ait donné la préférence à celui du P. Derrand. Le portail est formé de trois ordres, deux corinthiens et un composite.

L'inscription dédicatoire de Louis XIII placée au-dessus de la porte principale en 1627, et celle qu'y substitua le cardinal de Richelieu en 1645, ont disparu.

La première était ainsi conçue :

D. O. M.

SANCTO - LUDOVICO,

QUI TOTUM ORBEM

IN TEMPLUM DEI

ARMIS, ANIMISQUE DESTINAVIT,

LUDOVICUS XIII

HOC TEMPLUM EREXIT

UT QUEM GALLIA COLUIT

UT REGEM, AMAVIT UT PATREM,

HÎC VENERETUR UT CŒLITEM.

ANNO M. D. C. XXVII.

On avait placé aux angles de la même pierre quatre médailles. On lisait sur la troisième cette devise, en l'honneur de Louis XIII.

Vicit ut David, œdificat ut Salomon.

A la place de cette éloquente comparaison de Louis XIII avec le vainqueur de Goliath et le fondateur du plus beau temple de l'Orient, j'aurais désiré ne trouver dans cet hommage religieux d'un prince chrétien que la simple expression d'une pieuse reconnaissance.

L'inscription dédicatoire du cardinal de Richelieu est d'une étonnante simplicité :

S. LUDOVICO REGI

LUDOVICUS XIII, REX

BASILICAM :

ARMAND. CARD. DUX

DE RICHELIEU,

BASILICÆ FRONTEM. P.

M. D. C. XXXIV.

Cet édifice fut achevé en 1641. Le 9 mai de la même année, le cardinal de Richelieu y célébra la première messe en présence du roi, de la reine, de Gaston-Jean-Baptiste de France, duc d'Orléans, frère du roi, qui reçurent la communion des mains de son éminence.

Le tableau du maître-autel représentant l'apothéose de saint Louis, avait été peint par Vouet. Cette église était la plus riche de Paris, en argenterie et en ornemens. Le tabernacle était d'argent et de vermeil. Elle possédait une grande quantité de chandeliers, de croix, de candélabres, de girandoles, de vases, de lampes, de reliquaires en argent et en vermeil. Parmi les ouvrages en or, on remarquait un grand ostensoir enrichi de perles et de diamans.

L'architecture des chapelles est surchargée d'ornemens, qui annoncent plus de magnificence que de goût. L'orgue, les galeries supérieures de la nef, sont remarquables par leur hardiesse et leur élégance.

Les chapelles latérales appellent l'attention par leurs monumens funéraires, dont je me bornerai à indiquer l'origine, en exprimant mes regrets de ne pouvoir en donner une description détaillée. Il en est peu qui aient été entièrement conservés.

Dans la chapelle près du maître-autel, le

monument renfermant le cœur de Louis XIII,
érigé par Anne d'Autriche sa veuve, en 1643;
ouvrage de Jacques Sarrazin, le meilleur sculpteur de son temps. Dans la chapelle parallèle,
le cœur de Louis XIV déposé dans un autre
monument érigé par le duc d'Orléans, régent
du royaume. Ce monument était riche, mais il
pouvait être d'un meilleur goût. L'artiste qui
l'exécuta, *Coustou* le jeune, ne fut pas sans
doute maître de l'emploi de son talent.

Plus loin j'aperçois le dernier asile où fut
déposée la dépouille mortelle du duc du Maine.
La loi, dans une condition privée, lui refusait
un état et une famille; né d'une union illégi-
time, mais près du trône, il put prétendre au
droit d'y monter.

Un chef-d'œuvre de l'art, qui mérita l'admiration et les éloges du cavalier Bernin, fixe
mes regards : ce tombeau est celui du père du
grand Condé. On évalue à six cent mille francs
les dépenses que coûta son exécution au président de la chambre des comptes *Perrault*, qui
avait été secrétaire des commandemens de ce
prince; il ne borna point sa reconnaissance à ce
monument, il légua une somme considérable
pour faire célébrer chaque année un service
solennel pour son bienfaiteur. Une des clauses
de cette pieuse fondation portait que le même

jour un prédicateur prononcerait l'oraison funèbre du prince; cette clause fut exécutée pour
la première fois le 10 décembre 1683. L'évêque
de Senlis célébra la messe, et *Bourdaloue* pro-
nonça l'oraison funèbre.

Remarquez parmi les urnes de marbre blanc
modestement placées dans les angles d'une chapelle de l'autre côté de la nef, celle qui porte
le nom de Marie-Anne Mancini, nièce de Mazarin; elle avait épousé un descendant de Turenne.

Les jésuites, possesseurs de cet opulent et
magnifique monastère, étaient inhumés dans un
vaste caveau placé sous l'église. Les bienfaiteurs de la maison pouvaient y être enterrés. Je
ne citerai que le savant évêque d'Avranches,
Daniel Huet, qui avait passé dans cette maison
les vingt dernières années de sa vie; il y mourut
le 21 janvier 1721, âgé de quatre-vingt-onze
ans. Ses talens, ses vertus recommandaient
assez son nom à l'attention publique. On ne lui
érigea pas de monument; sa mémoire pouvait
s'en passer.

L'intérieur des bâtimens répondait à la magnificence du temple. Louis XIII et Louis XIV
firent aux jésuites des donations considérables.
On distinguait surtout la salle dite de la Congrégation. Une galerie de tableaux, dont les

plus remarquables étaient *la Rencontre d'Ésaü et de Jacob, la Manne du désert, Moïse faisant jaillir l'eau d'un rocher*, par *André Sarto.* Ces trois tableaux avaient été commandés par *Semblançay*, pour la chapelle de sa maison de Tours. On sait que ce malheureux sur-intendant des finances fut pendu et ses biens confisqués. On persuada à Louis XIV, que ces tableaux étaient trop grands pour sa galerie, et le P. La Chaise les acheta pour la maison professe. D'autres tableaux de *Passignano*, d'*Annibal Carrache*, d'*Albert Durer*, de l'*Albane*, de *Lebrun*, et d'autres grands maîtres, étaient presque tous des présens faits au P. La Chaise, ou achetés par lui.

Le bâtiment de la bibliothèque était bien situé et bien distribué. Elle se composait en partie de celle de l'érudit *Ménage*, qui l'avait léguée à cette maison, en 1692, époque de sa mort, de celle du savant Huet, qui avait mis cette condition, que sa bibliothèque resterait telle qu'elle était et serait conservée dans le même ordre et le même lieu où elle se trouverait à l'époque de son décès.

Le cabinet des médailles était aussi très-précieux. Il avait été composé en grande partie par les PP. La Chaise et Chamillard.

Les jésuites ont été confesseurs de nos rois

9*

depuis Henri III jusqu'à Louis XV. On ne remarque aucun autre prêtre revêtu de cette importante fonction, depuis le P. *Claude Matthieu* et le P. *Cotton*, jusqu'aux PP. La Chaise et Letellier. Il était difficile de se maintenir dans ce poste éminent et si envié ; mais un jésuite n'était remplacé que par un jésuite.

Le P. *Arnoux*, confesseur du roi et du duc de Luynes, empêcha son royal pénitent de donner l'archevêché de Sens à l'abbé *Rucellay* ; mais l'abbé était protégé par le duc de Luynes, qui, sans égard pour son confesseur, le fit exiler, et remplacer par le P. *Séguiran*. Celui-ci ne fut pas plus heureux : chargé de faire à Marie de Médicis, alors retirée à Blois, la proposition de se faire religieuse, il s'acquitta courageusement de sa mission : mais à peine la reine fut-elle réconciliée avec le roi son fils, que le Père fut disgracié.

L'histoire des jésuites est partout ; mais la Société se croit immortelle ; ses débris effraient encore les défenseurs des libertés de l'église gallicane. Leurs statuts sont le *nec plus ultra* du despotisme monacal : Tout par et pour le pape : telle en est la base. Le pape au-dessus d'eux, et eux au-dessus de tout le reste.

Leur maison professe a été, après leur expulsion, donnée aux religieux de la Congréga-

tion de France. Cette congrégation a été supprimée en 1790. L'église est aujourd'hui inaugurée sous l'invocation de saint Louis, son
ancien patron, et de saint Paul, depuis la
démolition de l'église de ce nom; ce changement était désiré même avant la révolution.

L'église de l'ancienne maison professe, par
sa position et son étendue, convenait mieux à
la population nombreuse du quartier Saint-Antoine, que l'église sombre et humide de la rue
Saint-Paul.

Élevé sur une place assez large et en face
d'une rue longue et spacieuse, le magnifique
portail de cette nouvelle paroisse paraît dans
toute sa grandeur. C'est de tous les anciens
édifices religieux de la capitale, le seul peut-
être dont l'aspect n'était point masqué par des
bâtimens particuliers. Il serait encore plus imposant si l'édifice était isolé; ces deux portes
mesquines qui se trouvent de chaque côté du
perron, dégradent la majesté de cette basilique,
l'une des plus remarquables de Paris. Mais il
faudrait sacrifier les bâtimens du collége,
acheter quelques maisons contiguës : Le quartier est si populeux, le terrein si utilement
employé! il n'y a rien à répondre à cela.

Le dépôt des cartes de la marine était établi
dans les bâtimens de la maison professe; il a

été transféré depuis dans la rue Louis-le-Grand.

L'orgue, les galeries supérieures de la nef sont remarquables par leur élégance. Mais on ne retrouve plus dans les chapelles latérales les monumens funéraires érigés à la mémoire de Louis XIII, Louis XIV et de plusieurs princes.

A peu de distance et du même côté de la rue Saint-Antoine, est un temple protestant. C'était autrefois l'église du couvent des *Filles-Sainte-Marie*. Les premières religieuses de cet ordre, amenées à Paris par madame de Chantal, habitèrent successivement dans le faubourg Saint-Marcel et la rue de la Cerisaie; leur supérieure, la Mère Hélène-Angélique, acheta vingt-quatre mille francs l'hôtel de Cossé, et l'église fut bâtie sur cet emplacement. C'est un des meilleurs ouvrages de Mansard, qui avait pris pour modèle Notre-Dame de la Rotonde, à Rome. Elle se compose d'un dôme que soutiennent quatre arcs séparés par des pilastres corinthiens, sur lesquels règne la corniche du pourtour. Le commandeur de Sillery, qui avait donné une somme considérable pour la construction de cet édifice, en posa la première pierre le 31 octobre 1634.

Le portail, élevé sur un perron de quinze degrés, est orné de deux colonnes corinthiennes fuselées. On remarquait dans le sanctuaire les tableaux des quatre évangélistes, peints par *Perrier;* la sculpture du maître-autel est de *Le Pautre.*

L'institut des religieuses de la Visitation de Sainte-Marie, tel que l'avait établi madame Fremiot de Chantal, leur fondatrice, leur prescrivait spécialement de visiter les malades en l'honneur de la visite de la sainte Vierge à sainte Élisabeth. Fidèles à ce vœu qu'approuvaient la religion et l'humanité, ces bonnes religieuses portaient des secours et des consolations aux pauvres malades du quartier. Mais il plut à un archevêque de Lyon, *Denis de Marquemont,* de leur imposer une clôture plus sévère, sous le prétexte que leurs relations avec le monde nuisaient à leur salut.

Une bonne action n'est-elle pas la meilleure prière ? L'archevêque de Lyon pensait bien autrement, et son ordonnance de clôture fut confirmée par une bulle de Paul V. Si les visitandines n'ont pu, depuis la terrible bulle, s'occuper du monde, le monde ne les oubliera jamais; et plus d'une sœur, cédant à l'irrésistible attrait de la curiosité, a lu *Vert-Vert* à la sourdine. Était-ce un péché que cette lecture ? la mère prieure avait mis ce livre profane à l'*index;* mais quel mal y avait-il à s'assurer comment un peintre profane avait pu exprimer des

mœurs, des usages qui devaient lui être tout-
à-fait inconnus? Et le petit poëme était lu
relu et commenté :

> Désir de fille est un feu qui dévore,
> Désir de nonne est cent fois pis encore.

Il n'a pas dépendu de l'évêque d'Amiens que
la France littéraire n'ait perdu sans retour ce
chef-d'œuvre ; l'auteur s'est repenti comme
notre La Fontaine en pareil cas. Cette OBSESSION
in extremis, aurait été une recommandation
de plus pour les ouvrages de ces deux poëtes,
si leurs ouvrages en avaient eu besoin.

Les poëtes et les romanciers qui ont pris leurs
sujets dans les mœurs claustrales, ont presque
toujours choisi les *visitandines ;* nous les avons
vues en opéra : ce n'est pas le public qui l'a rayé
du répertoire.

Le nom de La Fontaine était venu se placer
tout naturellement sous mon crayon, en parcourant l'église des visitandines de la rue Saint-
Antoine. Sous les marches de la chapelle à
gauche, a été inhumé *Nicolas Fouquet*, nommé sur-intendant des finances, le 8 février 1653.
Des dépenses fastueuses excitèrent la jalousie
des courtisans ; sa disgrâce fut décidée au milieu d'une fête brillante qu'il donnait au roi et à
la cour ; ce n'était un mystère que pour celui
qu'elle devait frapper.

Cette disgrâce fut-elle méritée ? il peut être permis d'en douter quand on a lu les mémoires de Pélisson. Ces mémoires, inspirés par la plus courageuse amitié, sont considérés comme un chef-d'œuvre. Fouquet mérita les regrets de La Fontaine, des hommes de lettres, des savans et des artistes les plus distingués. Pélisson, que son héroïque dévouement conduisit à la Bastille, y resta quatre ans ; le monarque ne négligea rien pour lui faire oublier ses malheurs, mais Fouquet termina dans les fers sa longue carrière. Il était réservé à Colbert de rétablir les finances épuisées par l'ambition et les prodigalités du cardinal Mazarin. Fouquet fut le dernier ministre du trésor, appelé surintendant des finances. Ses successeurs prirent le titre de contrôleur-général, qu'ils ont conservé jusqu'à l'époque de la révolution. Au reste, en 1661, Fouquet avait été condamné par une commission spéciale, à un bannissement perpétuel ; cette peine fut commuée en un emprisonnement qu'il subit dans la citadelle de Pignerol, où il mourut le 23 mars 1680, âgé de soixante-cinq ans.

Zamet, simple artisan de Lucques, venu à Paris à la suite de Catherine de Médicis, devenu, comme il le disait lui-même, *seigneur de dix-sept cent mille écus*, ne justifia par au-

cun talent, par aucun bienfait, la faveur dom
il a joui pendant trois règnes. Les cendres de
Fouquet furent déposées près de l'hôtel même
qu'avait habité Zamet. Cet hôtel, aujourd'hui
appelé d'Ormesson, avait été vendu par Zamet
au fameux duc de Mayenne, lieutenant-général du royaume pour la sainte ligue, qui le fit
reconstruire sur les dessins de Ducerceau. Il a
subi depuis de nouveaux changemens sous la
direction de Germain Boffrand.

Henri de Lorraine, duc de Mayenne, fils du
chef de la ligue, habita cet hôtel jusqu'en 1621,
époque de sa mort au siége de Montauban. Le
comte d'Harcourt, de la même famille, y demeura ensuite plusieurs années. Le prince de
Vaudemont, qui fut quelque temps gouverneur
du Milanais pour le roi d'Espagne, y fit sa résidence après son retour d'Italie, en 1709.
Ce fut lui qui fit restaurer cet hôtel qui porte
maintenant le nom de *d'Ormesson.* Je ne citerai
que deux traits de cette famille, où les vertus
privées et publiques semblent héréditaires.

En 1784, le marquis de *Rosmadec,* membre
des états de Bretagne, et dont la fortune était
évaluée à plusieurs millions, n'avait pour héritiers naturels que deux neveux, le comte de
Bruc et le marquis de *Baillachet;* comptant
sur l'opulente succession de leur oncle, ces deux

parens dissipèrent bientôt un patrimoine assez
considérable. Le comte de Bruc éprouvait la plus
grande gêne. Un mariage contracté contre le
gré de son oncle, qu'il avait tant d'intérêt à
ménager, avait achevé de l'irriter contre lui.

M. de *Rosmadec* mourut en 1784, et institua
par son testament MM. *d'Ormesson* ses légataires universels. Les héritiers naturels et leurs
familles étaient livrés au plus affreux désespoir.
MM. d'Ormesson, informés de leur pénible situation, se désistèrent de leur legs, et remirent
l'immense succession aux héritiers naturels. Ce
trait de générosité excita plus de plaisir que de
surprise : il n'étonna personne. Opposons à cet
acte de désintéressement la conduite du président d'une cour souveraine, qui, dans un cas
semblable, se montra à la fois ingrat et cupide. Le
trésorier de la compagnie qu'il présidait l'avait
nommé son légataire universel au préjudice de
sa sœur : le président accepta sans scrupule la
donation ; mais non moins orgueilleux qu'avare,
il *dédaigna* de porter le deuil du donataire,
qui était d'un rang inférieur au sien.

MM. d'Ormesson avaient refusé le legs qui
leur avait été fait, et prirent le deuil comme
légataires. La religion célèbre le nom de saint
François-de-Paule, décédé à Paris le 2 avril
1507, et canonisé par Léon X, le 1er mai 1519.

Les *d'Ormesson* s'honoraient d'appartenir à la famille de ce saint homme, par Magdeleine *Caléno*, arrière-petite-fille de sa sœur.

Je n'ai parlé que des vertus privées de cette famille; un seul trait va prouver qu'elle savait allier à la bienfaisance le courage et la dignité.

Louis-François-de-Paule Lefèvre-d'Ormesson présidait le parlement de Paris, lorsque, le 2 avril 1782, l'aide des cérémonies, *Watronville*, apporta la lettre de cachet pour que le parlement assistât à la procession de l'anniversaire de la réduction de Paris. Il entra sans saluer la cour, et sans observer le cérémonial usité en pareil cas : « Watronville, lui dit le président d'Ormesson, conformez-vous à ce que vous devez à la cour;.... profitez de l'avertissement. »

Le président d'Ormesson était avancé en âge. Il avait été nommé président à mortier le 10 mai 1755; il fut nommé premier président le 12 novembre 1788, et mourut le 2 février suivant.

Que de souvenirs historiques rappellent aux méditations du philosophe le court intervalle que je viens de parcourir! Aux noms *célèbres* ou *fameux* que je viens de citer, je dois ajouter celui du malheureux Lusignan, Léon III, le dernier des dix princes français qui régnèrent en Arménie; détrôné, dépossédé en 1381 par les Sarrasins, il vint se réfugier à Paris, et de-

meura à l'hôtel d'Orgemont (1), qui fut depuis le palais des Tournelles ; il y mourut le
29 novembre 1393.

(1) Pierre d'Orgemont, fils d'un bourgeois de Lagny,
s'éleva par son propre mérite. Il fut successivement
avocat, conseiller au parlement, enfin chancelier de
France, le 20 novembre 1373 ; il ne fut pas nommé par le
roi, mais élu par voie de scrutin, dans une assemblée te-
nue au Louvre, présidée par le roi, et composée des
princes, des barons, des membres du parlement, de la
cour des comptes, etc. Cette assemblée, appelée *grand-
conseil*, comptait cent trente votans : Pierre d'Orgemont
obtint la majorité des suffrages. Il donna sa démission
en 1380, et mourut le 3 juin 1389.

Son successeur fut élu comme lui, par *bon et légitime
scrutin, et délibération du grand-conseil du roi*. Depuis,
les chanceliers, considérés comme simples ministres des
rois, ont été nommés directement par eux.

Pourquoi cette magistrature a-t-elle cessé d'être élec-
tive ? Comment les parlemens, si jaloux de leur moindre
prérogative, ont-ils laissé tomber en désuétude la plus
importante, la plus honorable de toutes, le droit de con-
courir à la nomination du chef de la justice ? Mais faut-il
s'étonner qu'une corporation judiciaire ait pu perdre cette
prérogative, lorsque la nation resta long-temps impunément dépouillée du droit le plus ancien, le plus solennellement reconnu, celui de voter l'impôt et de prononcer,
par ses mandataires, sur ses plus chers intérêts. Les troubles civils peuvent expliquer le succès de l'usurpation. On a
écrit mille volumes sur notre droit public ; il suffisait de classer
dans leur ordre et dans toute leur pureté primitive, les
textes de nos lois fondamentales, et l'on s'est fourvoyé dans
la controverse des commentaires. Il a fallu établir la pres-
cription pour le repos des familles et l'intérêt même des trans-

Léon de Lusignan, détrôné par les Turcs, eut encore le malheur de survivre à sa femme, à ses enfans qui furent massacrés. A son arrivée en France, il reçut de Charles VI l'accueil le plus amical. Ce prince lui donna d'abord la maison de Saint-Ouen, qui passait alors pour une des plus belles qu'il y eût en France, lui fit compter cinq mille livres pour son équipage et ses meubles, et lui assigna six mille liv. de rente.

Deux historiens contemporains, *Froissard* et *Juvénal des Ursins*, ne s'accordent pas sur la fortune de Léon de Lusignan. Le premier prétend qu'il arriva en France dans le plus déplorable dénûment; l'autre soutient qu'il avait sauvé *quantité de bijoux précieux, et même quelques trésors*. Cette dernière version est plus vraisemblable : comment Léon de Lusignan eût-il pu léguer des biens considérables, s'il n'eût eu d'autre revenu que la pension de six mille livres qu'il recevait du roi ? Il est certain

---

actions entre particuliers ; mais les titres constitutifs des nations ne prescrivent pas. Si notre code primitif, dont les élémens écrits datent de plus de dix siècles, était mieux connu, il serait plus facile de s'entendre. L'importance que nos aïeux attachaient à l'exercice du pouvoir judiciaire, n'est-elle pas assez démontrée par le mode de nomination du chancelier. On était loin de concevoir à cette époque, la vénalité des charges de magistrature.

que sa succession était d'une grande valeur ; il en régla, par son testament, le partage en quatre lots : le premier pour les religieux mendians et les pauvres ; le second pour un fils naturel ; le troisième pour des amis ; le quatrième pour les officiers de sa maison.

On observa pour ses funérailles les cérémonies usitées en pareil cas chez les Arméniens. Son corps fut exposé sur un lit de parade blanc ; il était vêtu d'habits royaux de la même couleur, sa tête ceinte d'une couronne d'or. Ses amis et ses domestiques étaient aussi habillés en blanc, et chacun d'eux portait un flambeau de cire blanche.

Beaucoup de princes et de seigneurs suivirent le convoi. L'appareil d'une cérémonie aussi extraordinaire avait attiré une foule immense de curieux.

Il importe peu de savoir à quelle époque Léon de Lusignan quitta la maison de Saint-Ouen pour venir demeurer à l'hôtel d'*Orgemont*.

Quelques historiens de notre révolution ont répété, d'après les journaux, que les conjurés du 10 août s'étaient réunis, dans la nuit qui précéda cette journée, au *Cadran bleu*, rue Saint-Antoine. Il n'existe point d'auberge du Cadran bleu dans cette rue ; mais j'en ai remarqué une assez ancienne, et qui porte ce

nom, à l'entrée de la rue de la Roquette, près
la place de la Bastille.

Quel est ce grand écusson tout éclatant d'
dorure, qui décore un magasin à main gauche
en descendant la rue Saint-Antoine ? J'approche, et je distingue *la Truie qui file*. C'est
l'enseigne la plus riche et la plus bizarre de ce
quartier. Les monstruosités ont été long-temps
à la mode pour les sujets d'enseigne. Cette
mode est heureusement passée depuis long--
temps. Le bon goût en dicte maintenant le choix..
Mais cette heureuse réforme qui distingue notre
âge n'a pas encore étendu jusqu'au quartier
Saint-Antoine son influence salutaire. Les bou--
les blanches, les têtes noires, et les sauvages
que j'ai déjà fait remarquer, ne mériteront pas,
à la collection de ces enseignes, le nom de
musée des rues. Quel immense intervalle sépare encore, sous le rapport des convenances,
la rue Vivienne et le quartier Saint-Honoré,
de la rue Saint-Antoine et de ses environs !

CHAPITRE XVII.

La rue du Petit-Musc. — Les Célestins. — Monumens fu-
néraires.—Sébastien Zamet. — Son hôtel. — Ses jardins.
— Les courtisans. — Mort de Gabrielle d'Estrées. — Le
Czar à Paris. — Problème historique.

———

Les anciens annalistes ne s'accordent point sur
l'étymologie du nom de la rue du Petit-Musc.
Germain Brice le fait dériver de *Petimus ,* premier mot obligé de tous les actes judiciaires
rédigés alors en latin, et par conséquent employé dans les demandes adressées aux maîtres
des requêtes dont la juridiction siégeait dans
cette rue. Sauval et d'autres écrivains prétendent au contraire qu'elle tenait son nom de
Put y muce, qu'il faudrait traduire aujourd'hui
Put... s'y cache, parce que cette rue était
voisine de la voirie du Champ-au-Plâtre. Cette
voirie et ce champ ont disparu ; l'air n'y est
plus insalubre , mais l'aspect en est toujours
triste. D'un côté on n'aperçoit que de longues
murailles mal entretenues , et dont la sombre
monotonie est à peine interrompue par quelques habitations. Aux deux extrémités se présentent les parties latérales de l'hôtel d'Ormes-

son et du couvent des Célestins. Des croisées
murées ou fermées par d'énormes barreaux de
fer, semblent plutôt appartenir à une ancienne
prison qu'à la demeure d'un président de cour
souveraine, et à un monastère opulent. J'ai
déjà eu occasion de faire la même remarque
en parlant de l'hôtel qu'habita Turenne, rue
Saint-Louis.

Nous ne sommes plus au temps où un noble
déclarait ne savoir signer attendu sa qualité de
gentilhomme; il n'y a plus de roturier que
l'ignorance qui est toujours une honte et souvent un vice. Jaloux d'obtenir tous les genres
de supériorité, les nobles sentirent la nécessité
de s'instruire pour conserver une considération
prête à leur échapper. Mais tandis que l'on comptait à peine dans les colléges de la capitale
quelques centaines de *bourses* en faveur des familles plébéiennes, on vit s'élever en France
plusieurs écoles militaires, où les nobles seuls
pouvaient être admis gratuitement.

Deux établissemens dirigés par des particuliers s'organisèrent sur le même plan, avec le
secours de souscriptions volontaires : tel fut
celui que dirigeait M. de Paulet, rue du Petit-
Musc. Cette maison d'éducation pour les jeunes
gentilshommes avait beaucoup d'analogie avec
les *Ecoles nationales-militaires* de M. de Thélis,

dont il est si souvent question dans les Mémoires de Bachaumont. Ils éprouvèrent l'un et
l'autre beaucoup d'obstacles qu'ils se fussent
aisément épargnés en évitant de régler les élémens d'instruction sur les principes de la philosophie moderne. Ils provoquèrent l'opposition
de deux corps alors tout-puissans, souvent divisés entre eux, mais toujours réunis quand il s'a-
gissait de la conservation de leurs communs priviléges. Il ne faut désespérer de rien; avec le même
engouement de tolérance civile et religieuse, des
imitateurs de MM. de Thélis et Paulet trouveraient encore de redoutables adversaires.

On citait parmi les édifices de la rue du Petit-Musc, l'hôtel de Vauban. Le maréchal de
Vauban a changé le système de fortifications;
et ce système est devenu celui de toutes les
puissances de l'Europe. Toutes nos places fortes
ont été construites ou restaurées sur les plans
de cet habile ingénieur. Cet art a fait, de nos
jours, de nouveaux progrès; mais les ouvrages
de Vauban n'en sont pas moins appréciés.

Nous devons aux talens d'un de ses descen-
dans la seule bonne histoire que nous ayons
sur la malheureuse guerre de la Vendée. L'auteur, aussi modeste qu'éclairé, n'avait pas cru
devoir se faire connaître; mais le succès mérité de son livre a appelé sur lui l'attention pu-

blique; vainement il a voulu s'envelopper du
voile de l'anonyme : le scandale n'excite qu'un
vain sentiment de curiosité; l'impartialité ins-
pire un intérêt véritable. L'Histoire de la guerre
de la Vendée, par M. de Vauban, est un document précieux sur un des sujets les plus difficiles et les moins connus de l'histoire de nos
jours. En signalant à de nouveaux suffrages le
nom de M. de Vauban, je ne suis pas indiscret,
je ne suis que juste; dix années de succès l'ont
déjà révélé à tous les Français, amis de leur
pays et de la vérité. Que d'ouvrages dont le
titre est surchargé des noms, prénoms et qualités de leurs auteurs, n'en resteront pas moins
inconnus à leurs contemporains! La postérité
n'y perdra rien.

De nouvelles constructions ont remplacé le
fameux couvent des Célestins. Ils y furent établis en 1350 par Charles V, qui n'était alors que
duc de Normandie. Ce local était depuis près
d'un siècle consacré à un autre établissement
religieux. A son retour de la Palestine, saint
Louis y logea six carmes qu'il avait amenés avec
lui. Ces moines n'y restèrent que cinquante-huit
ans. Ce lieu ne consistait qu'en un petit oratoire, une maison étroite et un petit jardin.
Mais Jacques Marcel, bourgeois de Paris, l'a-
cheta aux carmes pour le prix de 500 livres *pa-*

risis. Il fit tout démolir, et érigea deux petites chapelles, dont les desservans furent dotés d'une rente de 20 livres *parisis.* Le fils de Jacques Marcel fit donation de cet oratoire aux Célestins, à la prière de *Robert de Jussi,* chanoine de Saint-Germain-l'Auxerrois. Charles V leur assigna d'autres revenus sur la chancellerie de France et celle des notaires et secrétaires du roi. Enfin, par lettres patentes du 24 mars 1367, il leur donna dix mille livres d'or et douze arpens de bois de haute futaie, à prendre dans la forêt de Moret, pour faire bâtir leur église, dont il posa la première pierre. Elle fut consacrée le 15 septembre 1370.

Ce prince dota le couvent d'une autre rente de 200 livres *parisis.* Il se présenta bientôt une occasion de l'agrandir. Robert Testart, commis aux aides, se trouvait reliquataire envers le trésor d'une somme considérable; l'hôtel qu'il possédait était contigu au couvent des Célestins. Charles V le fit acheter et le donna aux religieux. Cette donation est du 16 août 1378. Ce prince y joignit des présens considérables en ornemens et vases précieux. A son exemple, les rois ses successeurs qualifiaient ces religieux de *leurs aimés chapelains et orateurs en Dieu.*

La partie la plus remarquable de cette église était une chapelle expiatoire, qu'y fit ériger

10.

Louis, duc d'Orléans, fils de Charles V, après
l'événement qui faillit coûter la vie au roi Charles VI. On sait que ce prince, déguisé en satyre
avec quelques seigneurs de sa cour, aurait péri
dans un bal, sans la prudence et le courage de
sa tante, madame la duchesse de Berri, qui
l'enveloppa dans son manteau, et le tint étroi-
tement serré pour étouffer la flamme. Ce déplorable accident, dont le duc d'Orléans avait
été la cause involontaire, lui inspira l'idée de
ce pieux monument. On sait que ce prince fut
assassiné par ordre du duc de Bourgogne en
1407. Il fut inhumé en habit de célestin, sous
le maître-autel de cette chapelle.

On remarquait, dans cette église, beaucoup
d'autres monumens funéraires de la famille des
Valois, du malheureux Léon de Lusignan, dernier roi d'Arménie, d'un grand nombre de magistrats et d'illustres étrangers. Je ne mettrai
pas au rang de ces derniers l'aventurier Zamet,
Florentin, qui de simple artisan s'était élevé aux
premières charges de la cour. Je ne citerai que
ceux qui appartiennent au domaine de l'histoire
et des arts.

Au milieu de la chapelle d'Orléans s'élève un
tombeau de marbre blanc; son pourtour est
orné des statues des douze apôtres; quatre statues couchées en occupent la partie supérieure.

Ce sont celles de *Louis de France*, *duc d'Or-léans*, de *Valentine de Milan* sa femme; de *Charles, duc d'Orléans*, et *Philippe d'Orléans* leurs fils. Nul ornement extérieur n'indique leur rang; on n'y voit point ces larges écussons ar-moriés qui surchargent les tombeaux des no-bles de la dernière classe. Ce monument a été érigé par leur petit-fils Louis XII.

Ce socle, richement sculpté, sur lequel se groupent les trois Grâces, dont les têtes sup-portent une urne sépulcrale, passe pour un des plus beaux ouvrages de *Germain Pilon*. Cette urne renferme les cœurs de Henri II, et de Ca-therine de Médicis sa femme; de Charles IX, et de Henri III.

A l'autre extrémité du tombeau de la famille d'Orléans, s'élève, sur un piédestal de por-phyre, une colonne de marbre blanc, semée de flammes. Au pied de la colonne sont trois gé-nies qui tiennent un flambeau; sur le fût, une urne de bronze doré, surmontée d'une cou-ronne portée par un ange. C'est là qu'est dé-posé le cœur de François II.

Une autre colonne torse de marbre blanc, supporte l'urne qui renferme le cœur du conné-table Anne de Montmorenci. Les ornemens, sculptés par *Barthélemi Réem*, sont plus re-marquables par la délicatesse et le fini du travail, que par l'élégance et la pureté des formes.

On remarque encore plus de bizarrerie que de goût, dans le tombeau de marbre noir de l'amiral Philippe Chabot, mort en 1543; les ornemens y sont prodigués. Quelques historiens attribuent cet ouvrage à *Paul Ponce*, d'autres à *Jean Cousin*. La solution de cette question ne peut intéresser la réputation de l'un ni de l'autre. L'épitaphe a été composée par Etienne Jodelle, l'un de nos plus anciens poëtes dramatiques.

Les défauts de ce monument frappaient d'autant plus, qu'il était voisin d'un véritable chef-d'œuvre : c'est le tombeau du duc de Rohan-Chabot, exécuté par *Anguier*. On admire également la beauté de l'ordonnance, la noble simplicité des ornemens, et la touchante expression des trois figures groupées sur le tombeau.

Cette colonne, hérissée de couronnes ducales, et que termine un large chapiteau, surmonté d'une urne, a été érigée par ordre de Charles IX, à la mémoire de Timoléon de Cossé, duc de Brissac, colonel-général d'infanterie, grand-panetier, grand-fauconnier de France, etc. On y lit, après d'autres inscriptions plus longues, ce quatrain :

L'OMBRE.

Suis-je mort? Oui. Non, je suis vif encore,
Puisque mon nom bruit et court en tous lieux.
Le Roi, mon corps près ses princes décore;
Dieu, mon esprit a rendu glorieux.

Le poëte et l'artiste ont pu s'applaudir également de leurs ouvrages : *Ut sculptura poesis.*

Mais l'ingrate postérité ne songera pas même
à les comparer à *l'obélisque de la maison d'Orléans,* que l'on s'obstine à admirer comme une
des meilleures productions d'*Anguier.*

J'ai eu la courageuse patience de charger
mon *album* des nombreuses épitaphes des chapelles et de l'église des Célestins. Les plus cour-
tes et les plus modestes sont celles du roi Jean
et de Léon de Lusignan. L'un et l'autre avaient
été malheureux; ils furent bientôt oubliés. Leurs
tombes solitaires ne portent que l'empreinte de
leurs noms. Rien de plus simple encore que
l'épitaphe du nonce *Franchipano;* son épitaphe, comme celle des deux rois Jean et Léon
de Lusignan, est toute en latin; mais celle du
millionnaire Zamet est en français, afin que la
mémoire de l'illustre défunt ne pût échapper à
aucune admiration.

Derrière la chapelle d'Orléans se trouvait
une autre chapelle très-petite, mais toute *bla-
sonnée.* C'était la sépulture de la famille Ros-

taing, fondée par un marquis de ce nom. Les Rostaing occupent peu de place dans l'histoire ; mais ils se croyaient au moins aussi nobles que le roi. La famille avait offert aux Feuillans de faire reconstruire à ses frais le maître-autel, sous la simple condition d'y placer, en soixante endroits, ses armoiries. L'offre ne fut pas agréée. Elle s'est contentée de vingt écussons dans sa petite chapelle. On en voyait à peine quelques-uns dans la grande chapelle d'Orléans ; mais les d'Orléans ne sont que princes du sang.

Ce petit monument de vanité féodale ne doit pas nous faire oublier l'obscur réduit où fut inhumé l'un des principaux ministres de Philippe II, roi d'Espagne, Antoine Perès. Jeune, et réunissant tout ce qu'il faut pour plaire, il fut aimé de la belle Anne de Mendoça, princesse d'Eboli, maîtresse de Philippe. Les amans furent trahis. Le roi, furieux, jura la perte de son rival. Perès fut accusé par lui d'avoir fait assassiner Jean de Escobedo, secrétaire de don Juan d'Autriche. Mais ce crime, qui l'avait conçu, qui l'avait ordonné ? l'accusateur lui-même. Perès s'était soustrait par une prompte fuite à la mort ; il vint à la cour de Henri IV. Il mourut à Paris, en novembre 1611.

Le jardin des Célestins, spacieux et bien distribué, longeait les cours de l'Arsenal. On vantait l'architecture du grand escalier ; le plafond avait été peint par *Bon Boullongne*. Les bâtimens de la Bibliothèque ont été conservés ; les livres rares et précieux qu'elle renfermait, sont déposés à la Bibliothèque du roi et à celle de *Monsieur*, établie dans les mêmes galeries.

On citait parmi les manuscrits rares que possédaient les Célestins, une Bible in-folio, écrite sur vélin par ordre de Charles V., qui, suivant l'historien Philippe de Maizières, la lisait tous les ans, nu-tête et à genoux. Louis de France, duc d'Orléans, fils de ce prince, donna cette Bible au couvent, et il écrivit lui-même cette donation à la fin du manuscrit. *Le Songe du vieil Pèlerin*, par Philippe de Maizières, in-folio, divisé en trois livres. Ce sont des conseils pour l'éducation des princes. Le cardinal du Perron en faisait le plus grand cas. Il visitait souvent la bibliothèque des Célestins pour le lire. On sait que tous les ouvrages des quinzième, seizième et dix-septième siècles, sont écrits avec la plus grande indépendance : on n'était pas encore assez savant pour avoir besoin de censeurs. Nous avons d'excellens traités sur le même sujet, et je dois mettre au premier rang les instructions de Henri IV à son fils. La collection de pareils ouvrages serait très-utile : c'est une spéculation digne de

10*

notre âge; elle pourrait être aussi lucrative qu'honorable.

Je n'ai point cité les tableaux du couvent des Célestins. Ils étaient peu nombreux. Ils ont été aussi transportés dans un musée. Les belles peintures à fresque ont disparu avec les bâti-mens; elles étaient justement estimées.

L'explosion de la tour de Billy avait brisé les beaux vitraux de la chapelle d'Orléans. On regrettait surtout des portraits d'une grande ressemblance : c'étaient ceux de Charles-Quint, du duc d'Orléans et de Valentine de Milan son épouse, des trois princes leurs fils, et de Louis XII. François Ier les fit rétablir, et y ajouta le sien et celui de ses deux fils.

Charles de Valois, duc d'Angoulême, fils naturel de Charles IX, fit placer ensuite celui de son père.

Tout ce qui tient au costume du temps était rendu avec une précieuse exactitude : ces débris, si importans pour l'histoire de l'art, n'ont pas été entièrement perdus; les amateurs et les élèves des écoles de peinture et de sculpture peuvent les consulter. Depuis quelques années, quelques tombeaux ont été transférés au cimetière du Père Lachaise ou dans des églises; mais les vitraux décorent toujours les anciennes galeries d'exposition du Musée des monumens français, converti maintenant en école royale des arts. Les ordres monastiques ne furent réellement abolis qu'en 1792. Je ferai observer que celui des célestins avait cessé d'exister en France onze ans avant la révolution.

Le couvent des Célestins était un des plus riches et des plus vastes de la capitale. Je ne rapporterai point l'anecdote vraie ou supposée qui a donné lieu au proverbe *plaisant comme un célestin*. De plus importans souvenirs absorbent toute mon attention. Les chefs-d'œuvre de Germain Pilon, de Ponce, d'Anguier, de Pinaigrier, de Salviati, et d'autres artistes distingués, décoraient l'église et le cloître : ils ont été recueillis dans nos musées. On doit surtout leur conservation à M. Alexandre Lenoir. L'explosion de la tour de Billy, le 19 juillet 1738, renversa une partie de l'édifice. Le cintre de l'église, construit en bois de châtaignier, était un ouvrage très-estimé. L'ordre des célestins, qui comptait en France vingt et une maisons, fut supprimé en 1778. Le couvent de Paris fut destiné à un établissement vraiment utile. Un arrêt du conseil, du 25 mars 1785, ordonna que l'institution formée et dirigée par l'abbé de l'Épée pour l'éducation des sourds-muets, occuperait ce monastère. Cette destination fut encore changée. Une partie des bâtimens a été vendue à

des particuliers, et tout le reste a été converti
en caserne de cavalerie. L'église n'est plus qu'un
magasin. Cette caserne est maintenant occupée
par un régiment de grenadiers à cheval de la
garde.

Cette rue du Petit-Musc a été appelée rue
des *Célestins*. Elle avait été, comme toutes celles
de cette partie, bâtie sur l'ancien emplacement
de l'hôtel Saint-Paul. Celle de la Cerisaie a pris
son nom d'une allée de cerisiers qu'elle a remplacé. La rue Neuve du même nom n'en est
qu'un prolongement. Aucune n'est dans l'alignement. Placées entre le port et la rue Saint-Antoine, elles paraissent absolument étrangères au
mouvement d'industrie qui anime ce quartier ;
tout y est silencieux. La brasserie française,
quelques autres ateliers assez rares, resteraient
absolument inaperçus, si des enseignes, ou
plutôt de simples indications sur les murs ne
révélaient leur existence au passant, dont aucun objet n'appelle l'attention.

La rue de Lesdiguières n'était, il y a trente
ans, qu'un long passage dont les issues étaient
fermées la nuit par une double grille. L'hôtel
qui lui a donné ce nom n'existe plus depuis
soixante ans. Il avait été bâti pour Zamet. Tout
y rappelait l'opulence et la profusion. Destouches
a emprunté à cet heureux parvenu un des meil-

leurs traits de Lisimon dans *le Glorieux*. Zamet,
de simple artisan devenu baron de Murat et de
Billy, etc., avait, dans le contrat de mariage d'une
de ses filles, ajouté, *seigneur suzerain de dix-
sept cent mille écus*. L'un de ses fils fut maréchal-
de-camp, et l'autre évêque et duc de Langres.
Il avait conservé sous Henri IV la faveur dont
il avait joui sous les rois ses prédécesseurs.

Zamet devait à son enjouement, à ses bons
mots, sa fortune colossale et plusieurs charges
d'un grand revenu. La belle ordonnance des
jardins de son hôtel répondait à la richesse des
appartemens. Gabrielle s'y plaisait beaucoup.
Elle s'y promenait en exprimant le jus d'un
citron, lorsqu'elle éprouva tout à coup une chaleur insupportable au gosier, et les douleurs
les plus aiguës dans l'estomac. *Qu'on m'ôte de
cette maison*, s'écria-t-elle, *je suis empoisonnée*. Elle fut sur-le-champ transportée dans la
maison qu'elle occupait ordinairement, rue des
Fossés-Saint-Germain-l'Auxerrois, et y mourut
bientôt dans les plus horribles convulsions.
C'est Sully qui nous apprend ce fait dans ses
Mémoires.

Zamet ne put échapper aux soupçons qui
s'élevèrent contre lui. Tout semblait les con-
firmer. Il était Florentin, né sujet des Médicis;
il devait aux libéralités de cette famille sa for-

tune et son élévation ; on pouvait tout exiger
de sa reconnaissance , et tout attendre de son
dévouement. Henri IV avait témoigné le dessein bien prononcé d'épouser la belle Gabrielle; et ses ministres négociaient alors le
mariage de ce prince avec Marie de Médicis.

Mais cette accusation contre Zamet ne fut
portée qu'au tribunal de l'opinion ; aucune
preuve juridique ne l'a constatée. Henri IV,
qui prit le deuil avec toute sa cour après la
mort de Gabrielle d'Estrées , et qui donna les
plus grandes marques de douleur, n'en continua pas moins sa bienveillance pour Zamet.
Celui-ci mourut paisiblement à l'âge de 67 ans.
Son épitaphe le signale comme l'ami fidèle du
roi et des princes de sa famille ; elle rappelle
d'éminens services rendus aux grands et à l'état.
Le nom de l'heureux Florentin se perd au milieu des titres dont l'adulation a surchargé son
tombeau.

Sully mourut aussi à une époque peu éloignée. Son nom seul tracé sur la pierre modeste,
a suffi pour signaler aux regrets de la France
et de son roi, les cendres d'un grand homme.

La cause de la mort de Gabrielle d'Estrées
est encore un problème historique. On est aussi
affligé que surpris de la froide indifférence avec
laquelle un contemporain s'exprime sur les cir-

constances de cette mort. « On empoisonna, » dit-il, cette favorite, parce que le roi était » déterminé à l'épouser; et, vu les troubles qui » seraient advenus, ce fut un service qu'on ren-» dit à ce prince et à l'état. » Cela peut être, observe judicieusement Saint-Foix, mais on conviendra que de pareils services sont plus infâmes que ceux du bourreau.

Au surplus, la plupart des historiens n'attri-buent cette mort qu'aux effets d'une grossesse malheureuse.

Je conçois qu'un Sébastien Zamet ait pu ob-tenir un grand crédit à la cour de Catherine de Médicis et de Henri III; mais comment a-t-il pu se maintenir en faveur à la cour de Henri IV? L'ami de Sully devait-il permettre l'entrée de son palais à cet insolent parvenu? L'histoire explique ce mystère : elle nous apprend que Henri IV faisait souvent des parties de plaisir à l'hôtel de Sébastien Zamet. Habiles à cares-ser les faiblesses des princes, les courtisans ne les servent que par égoïsme; leur prétendu dé-vouement n'est que la spéculation de l'orgueil et de la cupidité.

Les héritiers de Zamet vendirent cet hôtel au connétable de Lesdiguières; il a passé par succession, au commencement du dix-huitième siècle, au duc de Villeroi

Le czar Pierre Alexiowitz l'avait habité pendant le séjour qu'il fit à Paris en 1717. Il y descendit à son arrivée dans la capitale, le 7 mars de la même année, et il y reçut trois jours après la visite de Louis XV, accompagné du régent. Il a été depuis vendu à des entrepreneurs qui ont fait percer la rue qui communique à celles de la Cerisaie et Saint-Antoine. Les Visitandines avaient acheté une partie du jardin pour agrandir celui de leur couvent.

CHAPITRE XVIII.

Les Français anciens et modernes. — L'Arsenal. — Controverse littéraire. — Le canal royal. — Le ministre, le capucin et les courtisans. — Les premiers louis. — Dessert financier. — Le combat des lions. — Délassemens de la cour de François Ier. — Galanterie chevaleresque. — Les catholiques et les protestans. — Sujet de tableau.

La Bruyère, qui connut et peignit si bien les travers de son siècle, avait sans doute raison de reprocher à ses contemporains leur engouement exclusif pour les moindres particularités des premiers âges des histoires grecque et romaine, et leur indifférence pour les événemens les plus importans de celle de leur pays. Un pareil reproche ne serait pas applicable aux Français d'aujourd'hui. L'histoire ancienne est plus généralement connue, et nous attachons la plus grande importance à l'étude de l'histoire nationale. Notre admiration pour les héros et les grands maîtres d'Athènes et de Rome, n'est plus un hommage stérile; de nouveaux chefs-d'œuvre disputent aux chefs-d'œuvre anciens la palme du talent. Si nos vieux monumens ne sont pas aussi parfaits, il se recommandent du

moins par de grandes leçons et d'honorabl
souvenirs. De nouvelles statistiques réunisse
dans un cadre heureux tout ce que le passé
le présent offrent d'intéressant ; tous les genre
d'encouragement alimentent et secondent ce
utiles travaux ; mais les points qu'il importe l
plus de méditer dans l'histoire de nos mœurs e
de nos arts, sont souvent moins aperçus qu
devinés. Tout cède à l'action irrésistible d
temps ; tout change pour nous et avec nous ; et
sans comparer ensemble des époques très-élo
gnées, ne voyons-nous pas des habitations par
ticulières, des ateliers, des magasins, une po
pulation toute commerçante, occuper les em
placemens des hôtels des Tournelles, de l
Reine et de Saint-Paul, dont les bâtimens et les
jardins remplissaient une grande partie de
quartiers du Marais et de Saint-Antoine.

Ces joutes, ces tournois, ces carrousels, o
s'exerçaient les preux de la cour de Charle
magne et de ses successeurs, allaient cesser
Une découverte étonnante a changé tout à cou
les élémens de l'art de la guerre, et frappé d'un
irrévocable dissolution les institutions de la che
valerie.

La poudre à canon a-t-elle été découverte par
un moine allemand ou par un moine anglais
Cette question a été long-temps sérieusement con

troversée. La tradition commune attribue cette
découverte au cordelier allemand *Schwartz*, et
en fixe l'époque à 1378. Mais cette tradition
n'est ni vraie, ni vraisemblable. Il est démontré qu'une pièce d'artillerie a été fondue en
1301. Un titre de 1338, déposé à la chambre
des comptes, porte un article de dépenses pour
les canons du château de Pui-Guillaume en Auvergne. *Ducange* et *Pancirole* ont donc raison
de soutenir que le véritable inventeur fut Roger
Bacon, aussi cordelier. Point de doute que la
découverte ne soit d'un moine.

L'application de cette découverte à la guerre,
rendit inutile l'emploi des machines usitées jusqu'alors. On se ferait difficilement aujourd'hui
une juste idée de la puissance de ces instrumens. Sans être misanthrope, on serait tenté
de croire à la perversité de l'homme, en con-
sidérant à quel degré de perfection l'industrie
humaine a porté les machines de guerre. La
France n'adopta l'usage du canon que lorsque
l'intérêt de sa défense le rendit indispensable.
L'étranger s'était hâté de prendre l'initiative.
L'histoire attestera, pour l'honneur de l'humanité et du caractère national, que plusieurs fois
de nouveaux moyens de destruction plus ter-
ribles furent proposés aux divers gouvernemens
de la France monarchique et de la France ré-

publicaine, et ne furent point agréés. On com
mença à se servir de mousquets et de carabines
sous le règne de Charles VI. L'arme blanche
est l'arme des braves; l'invention de la baïon-
nette est toute française; celle des fusées in-
cendiaires appartient à un autre pays et à d'autres mœurs.

Nul doute que pour le dépôt des anciennes
machines de guerre, de vastes magasins ne fussent nécessaires; mais on ignore en quel lieu
de la capitale étaient les arsenaux des rois des
deux premières races, et même pendant les
premiers siècles de la troisième. On sait bien
que la ville de Paris avait aussi les siens; mais
on n'est pas plus fixé sur leur situation aux
mêmes époques.

Le premier arsenal royal connu, était établi
dans l'enceinte du Louvre. Les comptes des
baillis de France de 1215, font mention des arbalètes, des nerfs, des cuirs de bœufs, du bois,
du charbon, et autres approvisionnemens de
guerre. Les comptes du domaine des treizième,
quatorzième et quinzième siècles, indiquent les
noms et les traitemens de ceux qui en avaient
l'administration : ils sont qualifiés d'*artilleurs*,
canonniers, maîtres des petits engins, gardes
et maîtres d'artillerie.

Suivant le continuateur de Nangis et le qua-

tre-vingt-neuvième registre du trésor des chartres, les Parisiens, qui s'emparèrent du Louvre,
y trouvèrent beaucoup de canons, d'arbalètes
à tours et d'autres armes. Les registres des œuvres *royaux* de la chambre des comptes constatent qu'en 1391, la troisième chambre de la
tour du Louvre était remplie d'armes, que l'on
déplaça pour y mettre des livres; qu'en 1392,
la basse cour qui était du côté de l'église Saint-
Thomas-du-Louvre, servait d'arsenal. *Jean de
Poissi* fut nommé maître de l'artillerie de ce
château par Charles VI, le 22 février 1397. *Co-
lin de Malleville* fut aussi grand-maître, garde
et visiteur de l'artillerie du Louvre. Il y a eu
plusieurs dépôts de munitions de guerre à l'hôtel Saint-Paul , à la tour de Billy, à celle du
Temple , à la Tournelle.

La foudre, tombée le 19 juillet 1538 sur la
tour de Billy , détruisit cet édifice et toutes les
munitions qu'il renfermait. Cette tour était située sur le bord de la Seine, et derrière le couvent des Célestins. Ce quartier était alors habité
par les princes, les grands seigneurs, et par toutes les personnes attachées au service des hôtels
Saint-Paul et des Tournelles.

C'était près du séjour de nos rois et de leur
nombreuse cour, que la ville de Paris avait établi
son dépôt d'armes. Hugues Aubriot, prevôt des

marchands, avait amassé dans le lieu appelé aujourd'hui l'*Arsenal*, une grande quantité de maillets de plomb, pour en armer au besoin les Parisiens contre les ennemis du roi. Mais en 1382, une troupe de séditieux enfonça les portes, s'empara des maillets, s'en servit contre le roi. De là le nom de *Maillotins* donné à ces rebelles. Tout rentra dans l'ordre sous Charles IX. Les armes des habitans furent portées à l'Hôtel-de-Ville en 1563. Le dépôt le plus important était à l'*Arsenal*, appelé alors *les granges de l'artillerie de la ville*. François Ier fit demander une de ces granges pour y établir une fonderie de canons; elle lui fut allouée d'assez mauvaise grâce: il n'en obtint ensuite une seconde, que sous la condition expresse de les rendre toutes deux aussitôt que la fonte serait terminée. Une seule restait; elle fut cédée à Henri II, à la charge d'une indemnité, qui fut encore promise et jamais réalisée.

Possesseur de tout cet enclos, Henri II y fit construire de nouveaux moulins à poudre et deux halles. Tout fut détruit par l'incendie du 28 janvier 1562. Charles IX éleva de nouveaux bâtimens, le jardin et le mail, qui furent remplacés, sous Louis XIII et Louis XIV, par des édifices plus élégans et plus réguliers, d'après les dessins et sous la direction de Germain Bon-

ran. A son retour d'Italie, Mignard peignit le
beau salon de l'appartement du grand-maître de
l'artillerie. L'administration, plus éclairée, sentit
enfin la nécessité d'éloigner d'une population
nombreuse le foyer de tant d'élémens de destruction. Louis XIV fit établir de nouvelles fonderies et de nouveaux magasins à poudre, sur
des points plus rapprochés de nos places fortes ;
et les fonderies de l'arsenal de Paris ne furent
plus employées que pour couler les statues et
ses ornemens en bronze destinés à décorer le
parc de Versailles et d'autres résidences royales.

Ces fonderies, au nombre de deux, étaient
encore celles qu'avait fait construire Henri II,
au mois de juillet 1549.

L'arsenal se divise en sept cours qui com-
muniquent entre elles. Cinq composent ce qu'on
appelle le *grand arsenal,* les deux autres, le
petit. C'est dans cette dernière partie que fut
établie l'administration des poudres et salpêtres.
L'arsenal avait un gouverneur particulier et une
juridiction spéciale, qu'on appelait le bailliage
de l'Arsenal. Le gouvernement et ce bailliage
ont été supprimés en avril 1788 : la juridiction
fut réunie au Châtelet. Il y avait alors bien
d'autres *sinécures* que le gouvernement de
l'Arsenal.

Henri IV avait créé la charge de grand-

maître de l'artillerie de France en faveur o
Sully, pour assurer à ce ministre une honor
rable retraite. Cette charge à été supprimée de
puis, et les attributions de grand-maître et o
capitaine-général de l'artillerie de France, réu
nies au ministère de la guerre.

La force armée de l'Arsenal se composais
d'une garde provinciale d'artillerie et d'une
compagnie d'invalides.

La fabrication du salpêtre ne peut plus se
faire que pour le compte du gouvernement, ou
avec son autorisation : les ouvriers portent en
core aujourd'hui une large ceinture avec l'é
cusson de France et ces mots : *Salpêtriers du*
roi.

Les premiers canons fondus en France l'on
été en 1338. Jean d'Estrées a perfectionné le
mode de fabrication en 1560.

Nous devions la poudre à canon à un cordelier ; *Gilles*, évêque de Munster, a inventé les
bombes. Des papes, des prélats, à la tête des
armées ; des moines enrégimentés pour la sainte
ligue, et de nos jours, d'autres moines donnant en Espagne l'exemple et le signal des mas-
sacres..... Mais ne confondons pas avec les
crimes de quelques prêtres, les dogmes d'une
religion essentiellement douce et bienfaisante,
qui désavoue et pardonne les crimes commis en

son nom. *Ecclesia abhorret a sanguine.* Les in-
quisiteurs présidaient à la torture, décidaient de
la culpabilité ; mais la sentence fatale était pro-
noncée par un juge laïc, qui n'était qu'un familier du saint-office. C'est ainsi qu'au delà des
Pyrénées on interprétait, pour la plus grande
gloire de Dieu, la maxime, *l'Église abhorre le
sang.* Chez nous un curé peut être tolérant ;
mais, sous peine de scandale, un missionnaire
doit être sans pitié. Le fanatisme a bien un autre
langage que la véritable piété.

Dès le règne de Louis XIII, on avait commencé un canal dans cette partie. Deux traités
avec l'entrepreneur Villedo, du 29 janvier 1656
et 3 octobre 1637, en avaient arrêté les devis, et
le mode de paiement. Ce canal devait se prolonger autour de Paris, depuis le bastion de l'Arsenal jusqu'à la barrière de la Conférence. L'entreprise, déjà très-avancée, fut tout à coup arrêtée
par ordre du surintendant des finances, Claude
de Bullion, pour contrarier le P. Joseph qui la
protégeait. Il punit ainsi de sa haine contre un
capucin, toute une ville qui n'en pouvait mais,
et qui partageait avec toute la France l'opinion
du surintendant des finances sur ce moine, dont
l'étonnante faveur était un scandale. Ce fut ce
même Claude de Bullion qui fit frapper les premiers *louis* en 1640. Il en remplit trois bassins

11

qu'il fit servir comme plats de dessert à cinq
grands personnages qu'il avait invités à dîner : il
les engagea à en prendre autant qu'ils voudraient;
les trois bassins furent vidés à l'instant, et les
convives sortirent de l'hôtel avec tant de préci-
pitation, que leurs carrosses, qui les attendaient,
les suivirent à vide. Passe pour cette plaisanterie
financière; mais rien ne justifie l'inconvenance
de son dépit contre le P. Joseph.

Cette entreprise, si évidemment utile, si
scandaleusement abandonnée, resta sans exécution pendant plus d'un siècle et demi; il fut
même décidé que les fossés de l'Arsenal, destinés dans le plan à recevoir les eaux du canal
projeté, seraient vendus. Cette aliénation fut
heureusement suspendue : un arrêt du conseil,
du 13 septembre 1788, autorisa le sieur *Sébastien Jaud* à ouvrir le *canal royal* de Paris. Ce
nouveau plan avait pour objet la jonction des
rivières de l'Ourcq et de la Marne, à Lisy. Le
canal devait se partager en deux branches entre
la Chapelle et la Villette : l'une devait se jeter
dans la Seine au bastion de l'Arsenal, l'autre
se prolonger jusqu'au confluent de la Seine et
de l'Oise, au-dessus de Conflans Sainte-Hono-
rine.

La révolution qui a éclaté à l'époque où devaient commencer les travaux, a fait ajourner

encore la confection de cet établissement, que l'accroissement du commerce et les besoins de la capitale rendaient chaque jour plus nécessaire.

Ce canal s'exécute maintenant sur un plan plus vaste. Faudra-t-il attendre son entière confection pour faire écouler les eaux stagnantes et fétides qui croupissent dans les vieux fossés de la Bastille, et dont l'aspect et l'insalubrité font déserter le beau quinconce planté sur une double terrasse? Le point de vue en est magnifique : ce site domine les deux rives de la Seine, le Jardin du Roi, une partie de la capitale et une campagne immense. Ce hideux fossé détruit tout le charme.

Les édifices de l'Arsenal sont très-bien conservés, bien entretenus. Ils sont maintenant occupés par l'administration générale des poudres et salpêtres, et par une belle raffinerie. Des paratonnerres s'élèvent sur toutes les parties; de nouveaux bâtimens, plus fastueux qu'utiles, règnent sur tout le prolongement du quinconce jusqu'au port. Ces *greniers d'abondance*, suffisans peut-être pour une ville ordinaire en état de siège, ne peuvent l'être pour l'approvisionement de la capitale, pendant une année de disette. Il serait possible de leur donner une destination plus utile.

La sublime simplicité de l'inscription placée

sur la principale porte de l'Arsenal, fera toujours l'admiration des gens de goût, et le désespoir des poëtes. Ce distique a suffi pour rendu
immortel le nom de son auteur, Nicolas Bourbon. Je voudrais, disait Santeul dans son enthousiasme, l'avoir fait et être pendu. Le voici

Ætna hæc Henrico vulcania tela ministrat,
Tela gigantæos debellatura furores.

On lisait au bas : Philibert de la Guiche, grand
maître de l'artillerie de France. M. D. LXXXIV
Tous ceux qui ont écrit sur l'histoire de la
capitale attribuent à Nicolas Bourbon, né à
Langres, élève de Passerat, et professeur d'éloquence grecque au collége royal de France, le
distique gravé sur la porte de l'Arsenal. Je l'a
lu dans le recueil de ses poésies latines, publié
en 1630. Je ne m'attendais pas qu'un fait aussi
authentiquement constaté, pourrait donner lieu
à une controverse après un silence de deux siècles. La patrie de Bossuet, de Crébillon, de
Buffon, du père de la Métromanie, est tro
riche en grands hommes dans tous les genres
pour disputer à une autre cité l'honneur d'avoir
produit l'auteur d'un distique. Le journaliste
de Dijon a publié un article que je livre aux méditations de nos critiques, sans me permettre
la plus légère observation à l'appui de mon as

sertion. Le sens des vers seul n'indique-t-il pas assez qu'ils ne pouvaient avoir été faits pour être placés au-dessous de la statue de Henri IV. Je copie le journal de Dijon.

« Le feuilleton du *Journal de Paris*, du 7 juillet 1820, offre un article intitulé : *Mémorial parisien*, dans lequel on lit, entre autres choses, ce qui suit ;

‹ La sublime simplicité de l'inscription placée sur la principale porte de l'Arsenal, sera toujours l'admiration des gens de goût, et le désespoir des poëtes. Ce distique a suffi pour rendre immortel le nom de son auteur, Nicolas Bourbon. Je voudrais, disait Santeul dans son enthousiasme, l'avoir fait et être pendu. Le voici :

Ætna hæc Henrico vulcania tela ministrat,
Tela gigantæos debellatura furores. »

Les amateurs de l'histoire littéraire liront avec plaisir, à cette occasion, quelques fragmens d'une lettre que m'écrivait de Paris, le 22 décembre 1812, deux ans avant sa mort, M. Chardon de la Rochette, dans lequel la France regrette l'un de ses plus habiles hellénistes et de ses plus savans philologues :

« Voici, Monsieur et cher ami, la réponse à votre question sur le distique qui servait d'inscription à notre Arsenal, et qui fut gravé sur la porte en 1584...... Je lis d'abord dans le *Lan--* *tiniana*, article 135 :

« M. Millotet, ancien avocat général au parle- »ment de Dijon (1), père du dernier mort (2), »avait fait des vers latins pour la statue de »Henri IV, qui est sur le Pont-Neuf. Ces vers »sont fort beaux, et mériteraient mieux d'être »gravés au pied de cette statue, que les ins- »criptions qu'on y voit.... (3).

» M. Millotet a fait d'autres pièces fort belles ; »mais on ne les a pas imprimées. On a cru que »l'inscription qui est sur la porte de l'Arsenal de »Paris était de Passerat. On s'est trompé. Elle »est de M. Millotet : elle n'est que de deux vers :

Ætna hîc (4) Henrico vulcania tela ministrat,
    Tela gigantæos debellatura furores.

» Quelques-uns ont cru que le premier vers suf-

(1) *Marc-Antoine* MILLOTET, né à Dijon, avait été reçu avocat-général au parlement de cette ville, le 5 mars 1594.
(C. N. A.)

(2) *Marc-Antoine* MILLOTET, né à Dijon le 1er mars 1603, reçu avocat-général à la place de son père, le 13 mai 1635; il fut quatre fois maire de Dijon, et rendit plusieurs services importans à son pays.   (*Idem.*)

(3) Je publierai ces vers, avec plusieurs autres pièces latines, dans une *Notice biographique* que je me propose de donner sous peu au public.   (*Idem.*)

(4) Dans le manuscrit original de Millotet, que j'ai sous les yeux, on lisait d'abord : *Ætna* HÆC ARMA JOVI; mais

» firait et que le second pourrait être retranché,
» étant un peu trop enflé. »

« Voici maintenant ce qui a donné lieu à la
citation du *Lantiniana* dans la *Biographie uni-
verselle*, art. *Bourbon* (*Nicolas*). Je prêtai, il
y a quelques années, à M. A..., le manuscrit du
Lantiniana. Il en prit sûrement des notes, et il
a communiqué à M. T...., auteur de cet article,
ex-oratorien comme lui, et son ami, l'anecdote
qui concerne Millotet. Mais, comme je l'ai dit
ce matin à M. T....... lui-même, M. A... aurait
dû lui épargner l'inexactitude qu'il a commise.
Il annonce ce fait comme *inconnu au public
jusqu'à présent, et n'ayant pas encore été im-
primé.* Cependant l'abbé Gouget, dans le *premier supplément de Moréri*, art. *Millotet*, publié en 1735, et l'abbé Papillon, dans sa *Bibliothèque des auteurs de Bourgogne*, même article,
l'avaient énoncé bien positivement. Il est vrai
que dans l'édition de *Moréri* de 1759, en dix
vol. in-fol., dans laquelle on a refondu les deux
Supplémens de l'abbé Gouget, l'article *Millotet* a été tronqué comme une infinité d'autres.
On a laissé subsister dans celui de *N. Bourbon*

l'auteur a écrit en marge : *Hic Henrico.* La première leçon
n'existe pas sur la copie que vous avez vue, et la seconde
a été mise sur la porte, excepté qu'on a écrit *hæc* au lieu
de *hic.*   (C. D. L. B.)

l'assertion qui lui attribue le distique en question, et on a retranché dans l'article *Millotet*,
le passage qui indique le véritable auteur de ce
distique. . . . Par une autre bêtise, on a fait
celui-ci auteur de *l'inscription* (notez bien
cette expression *l'inscription*, puisqu'il y en
avait sur chaque partie latérale du piédestal)
mise au bas de la statue de Henri IV sur le
Pont-Neuf. Piganiol de La Force, dans sa description de Paris, dit que Le Maire attribuait
ces inscriptions à Millotet, mais sans fonde-
ment, et que l'opinion la plus commune et la
plus probable les donnait à Gaulmin.

» Voilà, mon cher ami, l'article de l'inscription bien éclairci. . . .

» CHARDON DE LA ROCHETTE. »

Puisque nous en sommes sur le chapitre du
distique de *Millotet*, c'est le cas de faire remarquer encore ici que le savant, mais trop
fameux M. G......., est du nombre de ceux qui
l'ont faussement attribuée au poëte *Bourbon*,
comme d'autres en avaient gratuitement fait
honneur à *Passerat*. D'ailleurs, le jugement
qu'a porté de ces vers M. G....... tient essentiellement à leur histoire, et n'en est pas la
partie la moins curieuse.

Chargé, en l'an II (1793), d'un rapport à
la convention sur les inscriptions des monu-

mens publics, M. G......., après avoir posé
que cette assemblée avait sagement ordonné la
destruction de tout ce qui portait l'empreinte
du royalisme, ajoutait : « Les beaux vers de
» *Borbonius*, inscrits sur la porte de l'Arsenal,
» n'ont pas dû trouver grâce ; ils sont souillés
» de mythologie, et la poésie doit se contenter
» désormais des richesses de la nature : surtout
» ils étaient souillés par la flatterie envers un
» tyran, Henri IV, trop long-temps vanté par
» les Français, et dont la prétendue bonté,
» comparée à celle des autres despotes, n'est
» que dans le rapport de la méchanceté à la scé-
» lératesse. »

Henri IV un tyran ! Henri IV un méchant
roi !.... Ma plume se refusait presque à retracer
ces lignes impies ; mais l'inflexibilité de l'histoire
m'a forcé la main. D'ailleurs M. G....... ne désavoue point aujourd'hui ses opinions, ses actes
du bon temps. »

C. N. AMANTON.

Né Bourguignon, et jaloux de tout ce qui
intéresse l'illustration de ma patrie, mon opinion en faveur du poète de Langres ne peut
être suspecte.

———

Je rentre dans l'enceinte ; je lis sur un po-

11*

teau simple et solitaire le nom d'un grand homme. Cette indication, tracée au pinceau, m'apprend que l'intervalle que je parcours sera la *rue de Sully*. De chaque côté s'élèvent les galeries de la Bibliothèque de *Monsieur*, connue autrefois sous le nom de la Bibliothèque de l'Arsenal; elle fut vendue, en 1785, à S. A. R. par M. de Paulmy d'Argenson, qui y avait réuni une précieuse collection de livres rares, et de manuscrits sur vélin, dont une partie a été publiée sous le titre d'*Extraits d'une grande Bibliothèque*.

Cet intéressant établissement, rendu à *Monsieur* par ordonnance de S. M. du 25 avril 1816, et considérablement augmenté, est pour les nombreuses maisons d'éducation et le collége Charlemagne, établi dans cette partie de la capitale, un bienfait inappréciable et de tous les instans, surtout depuis que la bibliothèque de la Ville a été transférée de la rue Saint-Antoine dans les bâtimens de la préfecture de la Seine.

J'ai déjà fait remarquer que l'hôtel de *Lesdiguières* avait été remplacé par des maisons particulières. Ne serait-il pas utile de rappeler, par une modeste inscription, que le czar *Pierre Alexiowitz*, grand-duc de Moscovie, y descendit le 7 mars 1717, et qu'il continua d'habiter cet hôtel, pendant son séjour à Paris?

On appelle fontaine du *Regard-des-Lions* la fontaine placée dans la rue de ce nom, qui a été percée sur le lieu même où étaient enfermés *les grands et les petits lions du roi*, lorsque nos princes habitaient les hôtels Saint-Paul et de la Reine. François Iᵉʳ prenait un grand plaisir à voir combattre ces animaux. Brantôme rapporte à ce sujet un trait qui peint les mœurs galantes et chevaleresques du temps :

« Une dame de la cour, dit-il, qui était maî-
» tresse de feu M. de Lorges, l'un des plus vail-
» lans et renommés capitaines de son temps,
» ayant ouï dire tant de bien de sa vaillance, un
» jour que le roi François Iᵉʳ faisait combattre
» des lions, voulut faire épreuve s'il était tel
» qu'on l'avait dit, et pour ce, laissa tomber un
» de ses gants dans le parc des lions, étant dans
» leur plus grande furie; et là-dessus pria M. de
» Lorges de l'aller quérir, s'il l'aimait comme il
» disait. Lui, sans s'étonner, la cappe au poing
» et l'épée dans l'autre main, s'en va asseuré-
» ment parmi les lions, recouvrer le gant; en
» quoi la fortune lui fut si favorable, que, faisant
» toujours bonne mine et montrant d'une belle
» assurance la pointe de son épée aux lions, ils
» ne l'osèrent attaquer, dont ayant recouvré le
» gant, il s'en retourna devers sa maîtresse, et
» lui rendit. En quoi elle et tous les assistans l'en

» estimèrent bien fort. Mais on dit que M. de
» Lorges lui jeta le gant au nez ; car il eût mieux
» voulu qu'elle lui eût commandé cent fois d'al-
» ler enfoncer un bataillon de gens de pied , où
» il était bien appris d'aller, non pas de com-
» battre des bêtes , dont le combat n'en est guères
» glorieux.

« Certes, observe le naïf narrateur, tels es-
» sais ne sont ni beaux , ni honnêtes , et les per-
» sonnes qui s'en aident sont fort à réprouver....
» Je crois que de telles femmes se veulent défaire,
» par de tels essais aussi gentiment, de leurs ser-
» viteurs qui possible les ennuient. » Tout le
monde sera de l'avis de Brantôme.

Rentrez avec moi dans la rue Saint-Antoine ;
un spectacle bien doux nous attend. Voyez ces
groupes nombreux qui circulent dans des sens
divers : les uns se dirigent vers le temple protestant, qui fut la chapelle des Filles-Sainte-
Marie, les autres vers l'ancienne église des Jésuites. L'heure des offices est la même ; ces
fidèles suivent un culte différent ; la sécurité, le
tendre abandon d'une piété tolérante règne sur
tous les visages. Ce calme heureux , cette mu-
tuelle confiance, sont un bienfait de la civilisa-
ton ; et la jouissance paisible de ce bienfait est
le plus bel éloge d'un gouvernement sage et réparateur. Près de ces deux temples s'élève cet

hôtel qu'habita Mayenne ; son nom rappelle tous les maux qu'entraînent les discordes civiles et religieuses. Ce rapprochement de l'antique demeure du chef de la ligue, sur le même plan que les deux temples catholique et protestant, suivis avec une égale ferveur et une inaltérable paix, appelle les méditations du philosophe et les inspirations du peintre. Un tel sujet n'eût pas échappé au génie observateur de Greuze et du Poussin : je le signale aux savans pinceaux de leurs successeurs.

CHAPITRE XIX.

Mot à changer. — Mot à double sens. — Les ribauds. — leur roi. — Le docteur Coyet et les filles publiques. — L'hôtel de Sens. — Charles VII et Urbain V. — Louis de Bourdon et Isabeau de Bavière. — L'hôtel Charny. — La rue des Barres. — Rue de Joui. — Hôtel Fourcy. — Hôtel d'Aumont. — Impasse Guespine. — Morland. — Castex. — Les eaux clarifiées. — Les prophéties de M. Mercier.

« Qui pourrait rendre compte de la fortune de certains mots, et de la proscription de quelques autres? » a dit un des plus judicieux écrivains du 17e siècle. Ses observations pleines de justesse et de goût ont été plus admirées que suivies, et nous trouvons encore partout ce vilain mot de *cul-de-sac*, substitué à celui de *rue sans chief*, usité dans l'ancien langage. Ne serait-il pas temps de le remplacer à son tour par un mot unique, plus convenable à l'extrême politesse qui caractérise notre langue; et ce mot, nous n'avons pas besoin de le créer, ni même de l'emprunter aux idiomes étrangers; il suffit d'admettre l'expression *impasse*; on l'attribue à Voltaire; il est certain que depuis très-long-temps elle est

en usage dans le midi de la France ; reste à
savoir qui l'a employée le premier. La commission de l'Institut pour la rédaction du nouveau
dictionnaire, ne lui refusera pas, sans doute,
les honneurs de la légitimité grammaticale.

Il serait à désirer que l'orthographe fût aussi
rigoureusement observée dans les noms des
rues, que dans ceux des familles. L'identité
dans l'un et l'autre cas intéresse également la
vérité historique et l'ordre des transactions civiles. Les variantes se sont multipliées, et ont
été admises avec une inexcusable légèreté. Je
ne citerai qu'un exemple sur mille. La rue qui
est la continuation de celle de Beautreillis,
s'est appelée successivement Gérar ou Girard
Boquet ou Baquet ; les ouvriers chargés de
restaurer les inscriptions, ont mis d'un côté
Gérard-Beauquet, et de l'autre *Gérard-Beau-
guet*. Voilà deux nouvelles indications faites à
la même époque, qui diffèrent des anciennes,
et qui ne sont pas même d'accord entre elles.
Encore deux variantes jetées là pour le tour-
ment des étymologistes à venir.

Cette rue au double nom, est agréablement
située et bien bâtie. Elle est beaucoup moins
ancienne que la rue Fauconnière, qui se prolonge près de l'enceinte de Philippe-Auguste.
Lorsque le capitulaire de Charlemagne, qui

bannissait de la capitale les femmes publiques ,
fut tombé en désuétude , et qu'il leur fut permis de former une corporation sous le titre bizarre de *Femmes amoureuses*, ou *Filles folles
de leur corps*, cette rue fut du nombre de
celles où elles purent établir leurs *clapiers*.
Elles ne devaient s'y rendre qu'à des heures
déterminées , et avec une marque distinctive
qu'elles ne pouvaient quitter sans s'exposer à
des peines très-sévères. Celles qui suivaient la
cour, étaient, disent les anciens annalistes,
*tenues, tant que le mois de mai durait, de
faire le lit du roi des ribauds*, dont la juridiction pour certains points de police, s'étendait
dans tout le royaume et même dans la maison
du monarque.

Si l'établissement des armées permanentes
est une institution que l'intérêt des princes plus
que celui du peuple a rendue nécessaire, la discipline des soldats est du moins un bienfait de
la civilisation. Philippe-Auguste est le premier
des rois de France qui ait entretenu une armée
permanente. Ses prédécesseurs étaient dans
l'usage en cas de guerre , de faire un appel à la
noblesse et au peuple, pour l'aider à en soutenir les dépenses et les dangers. Mais cet appel
donnait à la nation le droit d'en demander les
motifs, de juger s'ils étaient fondés, de s'assu-

rer si la guerre était juste et nécessaire. Philippe-Auguste, pour se soustraire à cette dépendance, imagina de soudoyer à ses frais des troupes qui lui fussent exclusivement dévouées. Telle fut l'origine des *ribauds* : on appelait ainsi des soldats déterminés, toujours prêts à braver les plus grands périls. Leur chef avait le titre de *roi des ribauds*. Outre le monopole des jeux dans les résidences royales, ce singulier monarque levait des impôts sur tous les établissemens dépendans de son autorité. Chaque logis de *bourdeaulx* ou de femmes *bourdelières* lui devait deux sols par semaine, et chaque femme convaincue d'adultère, *cinq sols*. Cette amende était-elle l'unique peine infligée à la coupable ? suffisait-il de la flétrir dans l'opinion en l'inscrivant sur le registre des tributaires du roi des ribauds ?

Cette suzeraineté d'infamie a été abrogée sous le règne de Charles VII. Mais si le nom de roi des ribauds cessa de figurer dans le personnel de la maison des monarques de France, ses attributions furent maintenues ; seulement on substitua à l'ancien nom, celui de *grand prevôt de l'hôtel*.

Le libertinage scandaleux des *ribauds* a fait depuis appeler ainsi les libertins déhontés qui fréquentent les mauvais lieux ; mais ce n'est

plus une injure. Le nom de *roués*, plus odieux
encore, et donné aux compagnons de débauche
du régent, a été long-temps reçu dans le vocabulaire de la bonne compagnie. Nous sommes
devenus plus sévères depuis que la dignité de
père de famille a été mieux appréciée, et que
la classe des riches célibataires, devenue moins
nombreuse, a été frappée d'une juste déconsi-
dération. Nous avons bien encore une ferme
des jeux, mais on n'a pas érigé en entreprise
privilégiée le monopole de ces lieux, que nos
pères appelaient crûment bordeliers repaires
ou *clapiers*.

Tolérés pendant plus de quatre cents ans,
les clapiers furent abolis; les prostituées se
répandirent dans tous les quartiers, et l'on
en comptait déjà plus de 28,000 il y a cinquante ans. Les parlemens et même les assemblées des états se sont souvent occupés de cette
partie de la police municipale. Le rétablissement des femmes publiques, dans des lieux déterminés, a été l'objet d'un mémoire présenté
au parlement de Paris par le docteur Coyet,
sous-précepteur de Henri IV.

Suivez-moi rue du *Figuier*, et sans trop vous
embarrasser de son étymologie, considérez ces
vieilles tourelles, ces vieux murs noircis par une
rouille séculaire. C'est l'antique hôtel des ar-

chevêques de Sens. Tristan de Salazar l'avait
fait reconstruire en entier au commencement
du seizième siècle.

Tristan de Salazar était fils d'un capitaine
espagnol, qui avait amené en France des troupes auxiliaires au roi Charles VII, contre les
Anglais. Il mourut le 11 février 1518, et eut
pour successeur le cardinal Duprat, qui fit
achever l'hôtel de Sens. Charles de France,
dauphin de Viennois, fils du roi Jean, et régent
du royaume, n'avait éprouvé aucunes difficultés
dans l'acquisition de plusieurs hôtels pour l'a-
grandissement de celui de Saint-Paul, auquel
il donna le nom fastueux d'*Hôtel solennel des
Grands Ébattemens*. Mais le marché de l'hôtel
de Sens entraîna une discussion de plusieurs
années. Le roi l'avait acheté, en 1363, à Guillaume de Melun, archevêque de Sens, pour la
somme de onze mille cinq cents livres, dont cinq
mille cinq cents avaient été employées à l'achat
de la maison de Jean de Hestomenil, donnée
par le roi à l'archevêque de Sens pour s'y loger; le reste du prix devait être employé en
réparation et en ameublement de cette maison.
On réclama l'assentiment du pape Urbain V,
qui délégua pour commissaires, les évêques de
Paris, de Beauvais et de Chartres. Cette commission, nommée le 29 juin 1365 pour exami-

ner cet échange, ne se pressait pas de donner
sa décision ; et, sans l'attendre, le roi déclara,
dans le mois de février suivant, cet hôtel de
Sens uni au domaine de la couronne. De nouveaux arrangemens eurent lieu d'après la décision des commissaires, qui ne fut arrêtée que
le 2 décembre 1568. C'est sur l'emplacement
de la maison de Hestomenil qu'a été bâti l'hôtel de Sens. Il est assez étendu ; mais l'architecture est lourde et de mauvais goût. Les ar-
chevêques de Sens ont habité cet hôtel tout le
temps qu'ils ont été métropolitains de *Paris*.

C'est là que vint demeurer, à son retour d'Auvergne, la reine Marguerite, première femme de
Henri IV. Comme tout est changé ! Ce qui fut
un palais n'est plus qu'une vaste masure. Une
longue gouttière gothique, que termine une tête
de griffon, soutient les perches d'une blanchis-
seuse ; quelques pièces de linge flottent au-dessus d'un écusson mutilé. La plus ancienne entreprise de diligences de Paris à Lyon y avait
établi des bureaux. Le rez de chaussée est occupé aujourd'hui par une auberge et une maison de roulage pour l'Auvergne, le Bourbon-
nais et le midi de la France.

Le prevôt des marchands, Henri de Fourcy,
fit aplanir le terrain, et ouvrit une issue à la
rue *sans chief*, devenue, par ses soins, com-

mode et sûre ; la reconnaissance publique lui
donna le nom de son sage fondateur. Le nombre de ces *impasses* a beaucoup diminué ; on
n'en compte plus que cent aujourd'hui; ce n'est
pas un sur cent rues. On ne peut donner que
le nom de ruelles aux passages sales et étroits
qu'il faut parcourir pour atteindre la rue de
Joui. A côté de plusieurs maisons neuves élé-
gamment bâties s'élève encore avec dignité l'hôtel d'Aumont, dont la mairie du neuvième arrondissement occupe une partie. Cet hôtel a
passé de la famille d'Aumont à celle de l'abbé
Terray, dont les héritiers l'ont vendu au possesseur actuel. La façade du jardin est très-
belle. Ce jardin a été dessiné sur un nouveau
plan plus simple et plus agréablement distribué.
Cet édifice est un des meilleurs ouvrages de
François Mansard. Le beau plafond représentant l'apothéose de Romulus, peint par Lebrun,
est parfaitement conservé. On remarquait autrefois dans le jardin une statue antique et une
Vénus couchée, que l'on regardait comme un
des meilleurs ouvrages d'*Anguier*. Elles ne s'y
trouvent plus depuis long-temps. On a fait transporter, des appartemens dans le jardin, une
Cérès en marbre. L'artiste annonce aussi peu
de talent que de goût; la déesse protectrice des
moissons tient une gerbe qu'elle se plaît à faire

dévorer par un mouton. Le statuaire n'a point
respecté la tradition mythologique, et c'est là
son moindre défaut. Je n'ai pas cru devoir signaler le nom du coupable.

A côté de l'hôtel d'Aumont, s'élève l'hôtel
de Fourcy. L'ancien bâtiment, un peu gothique,
mais bien distribué, n'existe plus : il a été reconstruit dans le goût moderne. Henri de Fourcy
avait été président aux enquêtes et conseiller
d'état avant d'être *élu* prevôt des marchands
en 1684. Il exerça cette magistrature jusqu'en
1692. Il mourut le 4 mars 1708. Élus pour un
terme moins long, les prevôts des marchands
dont l'administration avait été bien dirigée, restaient en place huit années, mais rarement au
delà. D'après nos lois fondamentales, les fonctions municipales sont essentiellement électives.
En attribuant aux citoyens l'élection de leurs
magistrats, l'assemblée constituante n'a point
introduit un droit nouveau; elle n'a fait que rétablir un droit populaire, aussi ancien que la
monarchie, et réclamé par la France entière.
Les cahiers des bailliages constatent le fait.

Magistrat élu, Henri de Fourcy signala son
administration par des travaux utiles et désin-
téressés. Le quartier Saint-Antoine lui doit une
de ses plus belles rues. Il dépendrait des propriétaires de *l'impasse Guespine* de faire dispa-

raître le seul point qui dépare cette rue : l'autorité publique s'empresserait, sans doute, de leur
faciliter l'acquisition du terrain, et leurs maisons
seraient à la fois plus agréables, plus saines et
plus étendues.

Cette rue a plusieurs fois aussi changé de
nom ; elle s'est appelée successivement rue *de
l'abbé de Joui*, qui y avait un hôtel, *des Juifs*,
et *de la Fausse Poterne de Saint-Paul*. Ce
dernier nom lui fut donné à cause de sa proximité des murs de l'enceinte de Philippe-Auguste,
jusqu'où elle se prolongeait alors.

La rue Neuve-Saint-Paul s'appelait auparavant rue *des Écuries de la Reine*. L'hôtel Saint-
Maur était alors destiné aux écuries de la reine
Isabeau de Bavière, épouse de Charles VI. C'é-
tait non loin de là, et dans la rue des Barres,
que demeurait l'amant de cette princesse, le
beau Louis de Bourdon. Ce jeune seigneur,
revenant du château de Vincennes, où il avait eu
un rendez-vous avec la reine, rencontra le roi,
qu'il salua sans s'arrêter, et continua sa course
au grand galop. Le roi, dont cette singulière
rencontre éveilla les soupçons jaloux, ordonna
à Tanneguy du Châtel de suivre Louis de Bourdon, et de le conduire en prison. Ses ordres
furent bientôt exécutés. Il fut à l'instant arrêté,
mis à la question, enfermé dans un sac de peau

et jeté à la rivière. Ce sac portait cette inscrip-- tion : *Laissez passer la justice du roi.* L'hôtel Charny, qu'habitait Louis de Bourdon, existe encore, rue des Barres, n° 4. Il a été depuis occupé par le bureau général des aides, avant que cette administration eût été transférée à l'hôtel de Bretonvilliers, où elle resta jusqu'à l'époque de sa suppression. Les ouvriers ont à Paris des bureaux de placement. Celui des ma- çons, des charpentiers et des garçons marchands de vin, est dans le même local, rue de la Mor- tellerie, n° 151. Les menuisiers sont les seuls ouvriers qui n'aient pas encore leur bureau spé- cial. Il serait aussi urgent que facile de les faire jouir de la même faveur. C'est aussi le vœu de tous les chefs d'ateliers de cette profession.

Le besoin de respirer un air plus pur me rappelle sur les quais. J'ai parcouru la belle rue des *Nonains d'Hières,* que nous appelons *Nonandières.*

Les progrès du commerce et de l'industrie ont ouvert aux capitaux d'utiles débouchés. Les fondations pieuses sont devenues plus rares : on n'en comptait presque plus de nouvelles dès le commencement du dix-huitième siècle ; et cette époque a été remarquable par la suppression d'un assez grand nombre de monastères. Les asso- ciations religieuses qui existent encore doivent leur conservation à une cause d'utilité publique, le soin des malades ou l'éducation des enfans indigens.

Les Nonains d'Hières étaient une congrégation soumise à la règle la plus sévère : toute relation avec la société leur était interdite. La maison, chef d'ordre, fut fondée, en 1122, à Hières, village à quatre lieues de Paris, par *Eustache*, comtesse d'Étampes et de Corbeil, sœur de Louis-le-Gros. Louis-le-Jeune donna à ce monastère, en 1143, la dîme du pain qui se consommait à sa table et à celle de ses officiers, pendant le séjour qu'il faisait à Paris. C'était une véritable aumône, si la consommation était déterminée; dans le cas où cette dîme n'imposait aucune privation au donateur ou aux siens, ce n'était qu'une augmentation de dépense. Mais alors nos rois pourvoyaient à l'entretien de leur maison avec les seuls revenus de leurs domaines : les dons qu'ils faisaient ne coûtaient rien au trésor public. Les mœurs du temps peuvent seules expliquer une autre donation faite à ce couvent. Les bénéfices de l'église, même les évêchés, étaient souvent donnés à des laïques. Il ne faut donc pas s'étonner que le même prince ait donné à l'abbesse des Nonains d'Hières la chevecerie du chapitre de Notre-Dame, pendant la régale. L'abbesse en a joui en effet à chaque vacance du siége, pendant plus de quatre cents ans. L'époque du décès de l'évêque de Paris était une chance d'honneur et de revenus pour le monastère. Mais le chapitre, humilié sans doute de voir une femme revêtue d'une des premières dignités de la cathédrale, transigea avec l'abbesse, en 1598.

L'austérité de la règle des Nonains d'Hières était telle, que ce ne fut que dans le quatorzième siècle qu'il fut permis à ces religieuses de manger des œufs, encore l'usage en était-il restreint à certains jours de l'année. Agnès Sorel leur légua un fonds pour la *pitance d'œufs*, au jour de son anniversaire; d'autres fidèles, non moins sensibles aux jeûnes sévères que s'étaient imposés ces pauvres nones, spécifièrent, dans les obits qu'ils fondèrent, que ce jour-là chaque religieuse aurait quatre œufs; un autre donna un fonds de terre pour qu'elles en eussent un égal nombre le jour de la Fête-Dieu.

Les revenus du couvent ne s'élevaient pas à plus de vingt mille francs, dont une partie avait son origine dans ces fondations d'œufs.

La maison achetée pour le couvent, établi à Paris, dans la rue à laquelle il a donné son nom, s'appelait la *Maison de la Pie*; c'est tout ce que nous apprennent les anciens annalistes.

On s'est perdu en conjectures sur l'origine de
la messe de la *Pie*. L'auteur d'un mélodrame
fameux a fait sur ce sujet de longues et d'inutiles recherches. Ne serait-il pas possible que
celle de la *Maison de la Pie* fût la même? Voilà
le sujet d'une longue et savante dissertation ar-
chéologique. Je doute qu'elle fasse autant de
bruit dans le monde que le roman dialogué de
M. Daubigny, que l'on a *récité* si long-temps au
théâtre de la Porte-Saint-Martin, et que toute
l'Europe a voulu connaître.

Me voilà sur le quai des Ormes. Quel spectacle brillant et varié s'offre à mes regards! Je
salue, en passant, le nom de *Morland*, donné
à une nouvelle partie du quai. C'est un hommage mérité rendu à la mémoire d'un brave
tué à la bataille d'Austerlitz. Le nom d'un autre
brave, mort au même champ d'honneur, *Castex*, décore une nouvelle rue voisine. Près de
l'élégant hôtel *Mareuil* s'élève le bel établissement des eaux clarifiées. Le plus ancien de ce
genre ne date que de 1768; il avait été formé
par la compagnie Dufaud. Le prix de la voie
d'eau épurée coûtait plus cher qu'aujourd'hui.
Les hommes chargés de la distribution portaient
un costume particulier, et une plaque sur leur
bonnet. Le charretier avertissait les consommateurs en donnant du cor. Il est permis de

croire qu'ils n'étaient pas habiles musiciens. Le service des établissemens modernes se fait sans doute avec autant d'exactitude, mais avec un appareil moins bruyant. Avant que la capitale possédât des établissemens épuratoires, il n'était pas donné à tout le monde de pouvoir boire de bonne eau. Cette eau, appelée *eau du roi*, était expédiée de Ville-d'Avray, près le parc de Saint-Cloud : elle fut d'abord réservée au service de la maison du roi ; mais Louis XV en permit la distribution dans Paris à un prix modique. La fontaine de Ville-d'Avray était cadenassée, et les voyageurs seuls obtenaient la permission de s'y rafraîchir. Les établissemens d'épuration des eaux se sont multipliés : leur exploitation est plus simple et moins dispendieuse. De nouvelles fontaines ont été ouvertes, et partout une distribution abondante et facile fournit à tous les besoins.

Un abus, ou même l'apparence d'un abus, était pour l'auteur du *Tableau de Paris* une bonne fortune, dont il se hâtait de profiter. A propos de l'entreprise *Dufaud*, que je viens de citer, et de l'appareil qu'elle mettait dans ses affiches et dans le service de ses préposés, Mercier s'abandonne à tous les écarts de son imagination ; il voit le bouleversement de la chimie, de l'histoire naturelle, du système

newtonien, enfin de la *forme sacrée* de la tragédie française ; et tout cela à propos d'eaux
clarifiées, distribuées au son du cor. Ce qu'il
a vu depuis n'a pas dû le guérir de cette belle
peur.

CHAPITRE XX.

Les Béguines. — L'Ave-Maria. — Louis XI et Charlotte de
Savoie. — Les Damiénistes et les Cordeliers. — Don
Antoine. — Le roi impromptu. — La robe et l'épée. —
— La famille de Harlay. — La duchesse de Retz. — Prix
d'éloquence latine. — Le chevalier Tiercelin. — Matthieu
Molé. — La Châtaigneraye et Guy Chabot. — Les duels.
— Hospice de la rue Neuve-Saint-Paul.

Les enseignes et les couvens ont donné leurs
noms à une grande partie des rues de Paris ; et
cette tradition a survécu aux enseignes et même
aux couvens. Le passé est la leçon du présent
et de l'avenir. Les révolutions des mœurs, des
usages et des monumens s'expliquent les unes
par les autres : leurs rapports appartiennent au
domaine de l'histoire, leurs contrastes appellent
les méditations des philosophes. Ainsi le quartier de Paris qui comptait jadis le plus de
maisons religieuses, est aujourd'hui peuplé de
manufacturiers. Le couvent de l'Ave-Maria,
bâti pour des béguines, dont l'établissement
en France remonte aux premiers âges de la
monarchie, est aujourd'hui occupé par une
caserne d'infanterie : un régiment a remplacé

la communauté religieuse la plus nombreuse
peut-être du monde chrétien.

Je n'avais signalé cet endroit que par une
courte indication ; je m'empresse de remplir
cette lacune. Vous n'avez peut-être jamais entendu parler de sainte *Bigne*, fille de *Pepin* de
Landen, maire du palais sous le roi Sigebert ; de
graves historiens lui attribuent l'institution des
béguines. D'autres en font honneur à la piété
de Louis-le-Bègue, ou du prêtre Laurent Beggh.
Le père Echard, dans son second livre *des
Abeilles*, soutient que Paris doit cet établissement religieux à saint Louis.

« Les sociétés de béguines, disent les auteurs du Dictionnaire de Trévoux, commencèrent dans Nivelle en Flandre, en 1226, et, en
peu de temps, elles se répandirent par toute la
Flandre, et même en France ; car saint Louis
les fit venir à Paris, où il les établit dans l'endroit qu'occupent aujourd'hui les filles de l'*Ave-
Maria*. Le dominicain Geoffroi de Beaulieu,
confesseur de saint Louis, y prêcha en 1273.
Trois ans après la mort de ce prince, cette
communauté s'augmenta à tel point, qu'un second établissement fut formé dans la rue Sainte-
Avoie. »

Cependant cette grande ferveur ne se soutint
pas ; le nombre de ces religieuses, qui était de

quatre cents en 1273, se trouvait réduit à trois seulement en 1480. Louis XI, qui appelait le bourreau son compère, ce qui ne l'empêchait pas d'a-
voir une dévotion toute particulière pour la sainte
Vierge, dont il portait l'effigie en plomb à sa bar-
rette, donna l'hôtel des béguines aux religieuses
de *la tierce ordre pénitence, et observance
de M. saint François*, et ordonna que cet hôtel
s'appellerait à l'avenir *Ave-Maria*. Il régla, par
une ordonnance, tous les détails du régime intérieur de la nouvelle communauté, les trois
coups de cloche qui, le matin, à midi et le
soir devaient donner le signal de réciter trois
fois l'*Ave Maria*. Pour donner un témoignage
plus solennel de sa dévotion pour *cette reine du
ciel*, il fit frapper une monnaie de cuivre, portant d'un côté les armes de France, avec ces
mots : *Ave Maria gratiâ plena;* de l'autre une
croix fleurdelisée et ces quatre lettres, A. V. E. M.
Il eût été heureux pour la France que la fondation de ce couvent eût été l'unique occupation
de toute sa vie ; il eût respecté la foi des traités ;
le royaume n'eût pas été en proie à tous les
fléaux de la guerre civile et de la guerre étrangère ; Jean Faure Versois, abbé de Saint-Jean-
d'Angély, n'eût point, par ses ordres, empoi-
sonné le duc de Guienne son frère, et la dame
de Montereau, maîtresse de ce jeune prince ;

il n'eût point annulé la pragmatique-sanction ;
il n'eût point prostitué les titres de noblesse et
les premières dignités de l'état aux complices
de ses crimes ; on ne l'eût point vu faire son
barbier comte de Meulan et ambassadeur, et
son médecin chancelier....... Saint Louis avait
fondé beaucoup de monastères, mais il avait
fait de bonnes lois ; il honora son siècle par ses
vertus et par son courage : Louis XI fut la
honte et le fléau du sien ; il ne fut que dévot,
Louis IX était chrétien.

L'unique monastère fondé par Louis XI fut
frappé d'une prompte réprobation. Il comptait
à peine deux ans d'existence, lorsque Anne
de Beaujeu sa fille, voulut remplacer les filles
du tiers-ordre de Saint-François par les filles
de Sainte-Claire. Cette innovation donna lieu
à un grand procès, dans lequel intervinrent l'u-
niversité, les ordres mendians, le curé de Saint-
Paul, l'Hôtel-Dieu, le provincial des cordeliers.
Malgré ces formidables auxiliaires, la comtesse
de Beaujeu perdit sa cause, et le parlement refusa d'enregistrer les lettres-patentes obtenues
par cette princesse pour les religieuses de Sainte-
Claire. Mais ce que femme veut, Dieu le veut ;
et, grâce à la reine veuve de Louis XI, et à la
bienveillante autorisation du pape, quatre religieuses de Sainte-Claire furent admises dans

le couvent de l'Ave-Maria. On en compta bientôt cinquante-huit, et les nouvelles venues restèrent maîtresses de la maison. Cette circonstance m'a fait penser à une fable du bon homme, *la Laie et ses petits*.

Les religieuses de Sainte-Claire étaient divisées en deux congrégations : celles qui prenaient le titre de *damiénistes*, suivaient une règle dont l'excessive austérité paraissait au-dessus des forces de celles qui s'y consacraient. C'étaient bien d'autres tribulations que chez les visitandines de la rue Saint-Antoine, qui ne pouvaient manger d'omelettes que deux ou trois fois l'an.

Les damiénistes n'avaient point de rentes et ne vivaient que d'aumônes ; elles marchaient pieds nus en tout temps, ne faisaient jamais gras, ni en santé, ni en maladie ; jeûnaient toute l'année, excepté le dimanche et le jour de Noël ; sans cellulles et sans sœurs converses, elles faisaient elles-mêmes tous les travaux de la communauté, couchaient sur la dure, se levaient à minuit pour aller au chœur, où elles restaient debout jusqu'à trois heures du matin.

Il fallait un courage plus qu'humain pour supporter d'aussi pénibles épreuves. Les sœurs du même ordre, établi à Metz, furent heureusement inspirées ; elles se placèrent sous la di-

rection des religieux de l'observance de Saint-
François ; celles de Paris obtinrent la même
grâce du roi Charles VIII, et en vertu de lettres
patentes de l'an 1485, les sœurs de l'*Ave-
Maria* reçurent aussi dans leur couvent douze
pères du tiers-ordre de Saint-François. Le roi
y ajouta la donation de deux tours de la ville et
quelque terrain pour agrandir l'enceinte du monastère. Il paraît que ces saintes filles furent plus
heureuses ou plus discrètes que les cordelières
de Provins, avec leurs nouveaux directeurs. Le
scandale advenu aux sœurs de Provins a été
rendu public par un factum assez rare, que les
bibliographes ont appelé, je ne sais trop pourquoi, *la toilette de l'archevêque de Sens.*

Les princes et les personnages illustres, décédés
à Paris, ont presque tous été inhumés dans les
églises des couvens, à l'exclusion de leurs paroisses. Ce droit de sépulture privilégiée ne s'obte-
nait que par des libéralités testamentaires ; et les
moines ont toujours été chargés de la direction
des consciences des familles opulentes ; ils ne
laissaient aux curés que le menu des bourgeois
pour les places de marguilliers. Ceci explique
les grands revenus dont jouissait le clergé régulier.

On lisait au-dessus de la porte principale de
l'*Ave-Maria*, cette inscription :

Louis XI, et Charlotte de Savoie,
fondateurs de ce monastère, l'an 1475.

Leurs statues étaient un des principaux ornemens de cette porte.

A gauche du maître-autel avait été déposé
le cœur de dom Antonio, roi de Portugal, mort
à Paris, où il était venu chercher un asile.
Deux épitaphes, l'une en vers et très-courte,
l'autre en prose et très-longue, contenaient un
pompeux éloge que l'histoire dément. Il mourut à l'âge de soixante-quatre ans, le 26 août
1595.

Il était fils de dom *Louis*, infant de Portugal, et d'une Juive nommée *Violante Gomez*.
Il n'avait d'autre revenu que la commanderie
d'Ocrato, de l'ordre de Saint-Jean de Jérusalem, évaluée à vingt-cinq mille ducats. Il avait
suivi en Afrique le roi dom Sébastien, et se
trouva à la bataille d'Alazar, où ce roi fut tué.

Fait prisonnier par les Maures, dom Antonio
fut assez heureux pour obtenir promptement sa
liberté, moyennant une rançon de deux mille
cruzades. Revenu en Portugal, il prétendit suc-
céder au cardinal-roi : il fut même proclamé
à Santaren et à Lisbonne; mais trop faible pour
résister au duc d'Albe, général de l'armée de
Philippe II, il fut réduit à se cacher. Il erra,

sous divers déguisemens, depuis le mois d'octobre 1580, jusqu'au mois de juin 1581; il parvint alors à s'échapper, et vint terminer à Paris
son orageuse carrière. Il n'avait obtenu de la
pitié du roi de France, qu'un asile sans revenu :
quelques historiens ne le comprennent pas même
dans la chronologie des rois de Portugal. Sa naissance, entachée d'illégitimité et de judaïsme,
était un double obstacle à son ambition. Il lui
fallait, pour se maintenir sur le trône, les talens et le courage d'un héros : il ne montra que
la hardiesse d'un intrigant. Il ne vécut pas tout-
à-fait malheureux; il eut un ami, qui lui sacrifia
son rang, sa fortune et sa famille, et dont le
dernier vœu fut d'être enterré auprès de celui
qu'il avait choisi pour maître. Cet ami fidèle,
Diego Bothel, mourut en 1607.

On ignore quel est l'artiste qui sculpta la belle
statue de femme qui décore le mausolée de
Charlotte-Catherine de la Trimouille, femme
de Henri de Bourbon, prince de Condé, morte
le 29 août 1629.

La famille *de Harlay* s'était déjà illustrée
dans la carrière des armes, avant de donner à
la France de grands magistrats. L'église de
l'*Ave-Maria* renfermait les dépouilles mortelles
de Jacques *de Harlay*, grand-écuyer de François de France, duc d'Alençon, mestre de

camp du régiment de ses gardes et de sa cavalerie légère, gouverneur de Sens et décoré de l'ordre du Saint-Esprit, décédé le 3 avril 1630; d'*Odette* de Vaudetar, femme d'Achille *de Harlay*, morte le 7 décembre 1637; le cœur de Louis *de Harlay*, cornette des chevau-légers de la garde du roi, mort le 10 août 1674, des blessures qu'il avait reçues à la bataille de Senef: il n'était âgé que de vingt-six ans.

Sur un tombeau de marbre blanc, était représentée à genoux, *Jeanne de Vivonne*, femme de Claude *de Clermont*, nommée, par Henri III, dame d'honneur de la reine Louise de Lorraine, sa femme.

Dans la même chapelle s'élevait un monument de jaspe et de bronze, sur lequel était une statue de femme à genoux, que soutenait une grande table de marbre noir, soutenue par quatre colonnes. Il avait été érigé à la mémoire de la duchesse de Retz par sa famille.

Dans une cour fameuse par tous les genres de scandales, la duchesse de Retz ne chercha le bonheur que dans les vertus privées et dans l'étude. Elle joignait à un esprit vif une érudition rare. Chargée de répondre en latin, au nom de Catherine de Médicis, aux ambassadeurs polonais qui apportèrent au duc d'Anjou (depuis Henri III) le décret de son élection au trône de Pologne, elle n'eut qu'un jour pour se préparer. Le cardinal de Birague porta la parole pour Charles IX, et le comte de Chiverny pour le duc d'Anjou.

Le discours de la duchesse de Retz fut jugé le meilleur. Une femme de cour, qui, à cette époque surtout, parlait mieux latin qu'un prélat et qu'un chancelier, devait être considérée comme un prodige.

Rien de plus modeste que l'épitaphe de Robert Tiercelin, chevalier de Saint-Bernard, gentilhomme de la chambre, etc. Ses qualités composent tout le texte, humblement sillonné sur un pilier de la nef de cette église. Il *honora le monastère de ses bienfaits.* Ses libéralités lui ont valu une épitaphe.

Je suis plus affligé que surpris de voir si souvent l'autorité du pape, intervenir dans les moindres détails du régime intérieur de nos églises. La France devait un monument public à Matthieu Molé, et il fallut une permission du pape pour l'inhumer dans l'enceinte du couvent de l'Ave-Maria.

Matthieu Molé dont la famille est originaire de Troyes, fut successivement conseiller, président aux requêtes, procureur-général en 1614, et premier président au parlement de Paris le 19 novembre 1641.

Ce magistrat était tout entier aux devoirs de sa charge : « *La maison du premier président, disait-il, doit constamment être ouverte à tout le monde.* »

Nous avons vu depuis de simples présidens d'un tribunal subalterne, appeler *mon hôtel*, leur petit manoir, et n'accorder d'audiences particulières que comme une insigne faveur.

Les parlemens qu'on appelait assez plaisamment *les états-généraux au petit pied*, se croyaient et pouvaient se croire en effet investis des mêmes attributions que les assemblées nationales. Les rois, en soumettant leurs édits à la formule de l'enregistrement, avaient de fait associé les parlemens à l'autorité législative. Ils n'avaient imaginé cet expédient que pour se soustraire à la puissance des états-généraux. Cette formalité flattait l'orgueil des parlemens, sans contrarier les usurpations de l'autorité royale. Le refus d'enregistrement n'était pas toujours un obstacle à l'exécution de l'édit. Des lettres de jussion, un lit de justice frappaient de nullité toutes les résistances. Le parlement de Paris, dont la cour des Pairs faisait partie, a toujours eu sur l'administration publique plus d'influence que les autres parlemens ; mais dans les temps orageux, l'exercice de cette autorité était moins

un honneur qu'un fardeau, et pouvait compro-
mettre l'existence même des magistrats.

Matthieu Molé, présidait le parlement de Paris sous la minorité de Louis XIV. Il eut souvent occasion de montrer le plus grand courage
et toute l'héroïque fermeté de son caractère.
L'abbé de Chanvallon le conjurait de ne pas
s'exposer à la furie d'une foule de séditieux :
« *Apprenez, jeune homme,* lui répond Molé,
*qu'il y a encore loin du poignard d'un scélé-
rat au cœur d'un homme de bien.* » Ce trait a
fourni le sujet d'un des plus beaux tableaux de
l'école française, et qui a été reproduit avec
autant de talent que de succès à la manufacture
des Gobelins. Cette précieuse tapisserie n'était
pas un des moindres ornemens de la belle exposition des produits de l'industrie en 1819.

L'imminence du danger, l'aspect même d'une
mort terrible, inévitable, ne pouvait arrêter
Matthieu Molé quand il s'agissait de défendre
la cause sacrée de la patrie : *Six pieds de terre
feront toujours raison au plus grand homme
du monde.* Telle était sa réponse, et il mar-
chait au poste périlleux où l'appelait la voix im-
périeuse de ses devoirs.

Le cardinal de Retz qui plus que tout autre
avait été à même de juger le patriotisme impas-
sible de Molé, dans la fameuse journée des Bar-

ricades, et dans d'autres circonstances non moins graves, répétait souvent, *que si ce n'était pas un blasphème d'avancer que quelqu'un a été plus brave que le grand Condé, il dirait que c'est Matthieu Molé.*

Il n'y aurait certainement pas de blasphème dans une pareille assertion. Le courage politique est plus rare que le courage militaire. La France si féconde en héros de tous les genres, n'a besoin pour résoudre la question de supériorité que d'interroger sa propre histoire.

Matthieu Molé fut nommé chancelier, garde des sceaux, le 3 avril 1651; il mourut le 3 janvier 1656. Il cultivait les lettres : passionné pour tout ce qui intéressait la gloire de la patrie, il engagea Duchesne à faire sa collection des historiens de France.

Son épouse, *Rénée Nicolaï,* a été inhumée près de lui.

Les tombeaux de Jean de Vivonne, de la dame Albert de Gondy, de Charlotte de la Trimouille, de Guy Chabot, et les autres monumens remarquables que renfermait le couvent de l'*Ave-Maria* ont été recueillis par M. Alexandre Lenoir, et déposés au Musée des Monumens français. Quelques-uns ont été gravés.

On lit, dans les additions aux *Mémoires de Castelnau* et les *Mémoires de Vieilleville,* que

lle dernier duel autorisé par nos rois eut lieu
entre François de Vivonne de la Châtaigneraye
et Guy Chabot, à Saint-Germain-en-Laye,
le 10 juillet 1547, sous le règne de Henri II.

La Châtaigneraye était de la famille de Vivonne, dont j'ai parlé dans la description des
monumens français de l'église de l'*Ave-Maria*.

Cartel de François de Vivonne de la Châtaigneraye.

« Sire, ayant appris que Guy Chabot a été
dernièrement à Compiègne, où il a dit que
quiconque avait dit qu'il s'était vanté d'avoir
couché avec sa belle-mère, était méchant et
malheureux. Sur quoi, sire, avec votre bon
plaisir et vouloir, je réponds qu'il a mécham-
ment menti et mentira toutefois et quantes qu'il
dira qu'en cela j'ai dit chose qu'il n'a pas dit ;
car il m'a dit plusieurs fois et s'est vanté d'a-
voir couché avec sa belle-mère.

» FRANÇOIS DE VIVONNE. »

Cartel de Guy Chabot de Jarnac.

« Sire, avec votre bon plaisir et congé, je
dis que François de Vivonne a menti de l'impu-
tation qu'il m'a donné, de laquelle je vous par-
lai à Compiègne ;.... et pour ce, sire, je vous

» supplie très-humblement qu'il vous plaise nous
» octroyer le champ à toute outrance.

» GUY CHABOT. »

Serment de François de Vivonne.

« Moi, François de Vivonne, je jure sur les
» saints Évangiles de Dieu, sur la vraie croix et
» sur la foi du baptême que je tiens de lui, qu'à
» bonne et juste cause je suis venu en ce camp
» pour combattre Guy Chabot, lequel a mau-
» vaise et injuste cause de se défendre contre
» moi, et que d'ailleurs je n'ai sur moi, ni en
» mes armes, paroles, charmes ou incanta-
» tions, desquels j'aie espérance de grever mon
» ennemi, et desquels je me veuille aider contre
» lui. »

Guy Chabot fit le même serment.

Le même historien raconte que le jour du
combat, la Châtaigneraye, qui se croyait sûr
de la victoire, avait invité à souper plus de cent
cinquante personnes de la cour. Ce repas étant
préparé dans sa tente, à l'extrémité des lices
où ils se battirent, tout fut gaspillé et mangé par
la valetaille.

La Châtaigneraye succomba; il était le favori
de Henri II, qui jura solennellement d'abolir
l'usage de ces sortes de combats. Il eût mieux

valu ne pas le permettre. Prohibée sous les peines les plus sévères, cette coutume barbare s'est maintenue jusqu'à nos jours. Les édits de Louis XIV n'ont pu réformer nos mœurs sur ce point. Les parties se trouvaient placées dans la cruelle alternative d'être punies par la loi, si elles se battaient, ou flétries par l'opinion, si elles ne se battaient pas. Le point d'honneur a été plus fort que la loi. Notre nouvelle jurisprudence tolère ces duels, mais ne les autorise pas : voilà les préjugés soutenus par une tradition séculaire. Trop faible pour les réprimer, le législateur est réduit à transiger avec un usage que proscrivent sa raison et l'humanité.

A l'époque où J.-J. Rousseau écrivait ses lignes brûlantes contre le duel, un M. Danet, professeur d'escrime, venait de publier un gros volume in-4° sur l'utilité de son art ; le philosophe n'avait tracé que quelques pages. Mais personne ne lit le gros *factum* de M. Danet, et nos jeunes gens admirent l'auteur de *la Nouvelle Héloïse*, et ils iront se battre contre quiconque leur soutiendrait que J.-J. Rousseau n'est pas un grand homme, et qu'il a eu tort d'écrire contre les duels.

Rien de plus commun aujourd'hui que ces esprits forts, qui ne croient ni aux évanouissemens, ni aux vapeurs : on y croyait très-sérieu-

sement autrefois ; et le mal avait fait tant de progrès , que le gouvernement avait établi , sous la
direction de M. Le Dru , rue Neuve-Saint-Paul ,
un hospice provisoire pour les affections ner-
veuses.

Cet établissement existait encore au commencement de la révolution ; il paraît qu'il a
cessé avant d'avoir reçu une organisation défi-
nitive.

CHAPITRE XXI.

L'Ile Saint-Louis. — Marie et ses associés. — La chapelle Notre-Dame. — Pont Marie. — Pont de la Cité. — L'hôtel Lambert. — Le Sueur et Le Brun. — Les contes populaires. — L'hôtel Bretonvilliers. — L'église Saint-Louis. — Quinault. — Nyon d'Hérouval. — La croisade du XIVe siècle. — Les pèlerins modernes. — La femme sans tête.

Une enceinte de trois cents toises de long sur quatre-vingt-treize de large, des maisons bien bâties, des rues assez larges et bien alignées, des quais dont deux siècles d'existence attestent la solidité, une belle église, un commerce plus actif que tumultueux; partout l'image du bonheur, de l'aisance et de la paix; des mœurs, à la pureté desquelles Mercier lui-même a rendu un hommage solennel et mérité : voilà le portrait d'une jolie petite ville; c'est celui de l'île Saint-Louis.

Tout cela n'était, au commencement du dix-septième siècle, qu'une terre couverte de quelques arbres et de maigres pâturages; elle se divisait en deux îles, dont la plus étendue, voisine de la cathédrale, était appelée *île Notre-*

Dame, et la moins spacieuse, *île aux Vaches* et des *Meules-aux-Javiaux*. Ces deux îles, avant leur jonction, appartenaient au chapitre de Notre-Dame.

Tant que les valeurs mobilières et immobilières présentent des chances de bénéfice à peu près égales, les spéculations dans les deux genres conservent une direction plus louable, et se rattachent à des objets d'utilité publique. L'emploi des capitaux, soumis à des règles fixes, et restreint à des placemens réels et solides, n'est point livré aux variations désastreuses des jeux de bourse.

En 1614, Christophe *Marie*, entrepreneur-général des ponts de France, obtint la concession de l'île Notre-Dame et de l'île aux Vaches, et prit l'engagement de les réunir, en comblant l'étroit canal qui les séparait. Le point de jonction est le terrain sur lequel l'église Saint-Louis a été bâtie. Il devait, en outre, faire construire les quais, les ponts et les maisons. Tous les travaux devaient être confectionnés dans l'espace de dix années. Il s'associa *Regrattier*, trésorier des cent-suisses, et le commissaire des guerres *Poulletier*.

Tout aurait pu être terminé à l'époque convenue ; mais les contrariétés qu'éprouvèrent les associés de la part du chapitre de Notre-Dame fatiguèrent leur courage; ils cédèrent et reprirent souvent leur traité. *Hébert* et d'autres habitans de l'île terminèrent les constructions. Une partie avait été exécutée par les associés, et ensuite par Jean *Lagrange*, secrétaire du roi, et leur premier cessionnaire, par contrat du 16 septembre 1623.

Souvent interrompue et reprise par les diverses compagnies, cette vaste entreprise ne fut achevée qu'en 1647.

Le premier pont construit par *Marie*, et auquel il a donné son nom, commencé en 1613, ne fut terminé qu'en 1635. On avait élevé sur sa surface cinquante petites maisons uniformes, et de quatre toises seulement de profondeur. Le débordement du 1er mars 1658 fit crouler deux arches et vingt-deux maisons. Ce funeste événement, arrivé entre minuit et une heure, coûta la vie à plus de cinquante personnes. Le pont fut restauré; mais on ne laissa subsister que les vingt-huit maisons échappées au désastre. Elles ont été démolies depuis, comme toutes celles qui couvraient presque tous les ponts de la capitale. La démolition de toutes ces maisons, dont l'urgente nécessité était généralement reconnue, surtout depuis le fatal événement de 1658, ne fut néanmoins ordonnée que par l'édit du 7 septembre 1786, et n'a été achevée que depuis la révolution. De beaux peupliers, dont les cimes élégantes couronnent l'extrémité de ce pont et du quai, indiquent le passage d'un établissement des bains Vigier.

Le deuxième pont, construit aussi en pierre de taille, sur le même plan et dans la même direction prit le nom de pont de la *Tournelle*, d'une tour ainsi appelée, et qui s'élevait près de la porte Saint-Bernard : cette tour, comme celle Billy, sur la rive opposée, avait été bâtie pour défendre l'entrée de la rivière.

Il avait remplacé un pont de bois qui fut entraîné par les glaces et le débordement de la rivière en 1637. Une inscription gravée sur une table de marbre, entre les arcades du côté de la pointe de l'île, indiquait l'époque de la construction du nouveau pont.

Du règne de LOUIS XIV.

De la prevôté de messire *Alexandre* de Seve,
Prevôt des marchands, etc.
Ce présent pont a été bâti.

L'inscription française suffisait comme document historique ; mais, suivant l'usage, on y ajouta une inscription latine.

Ædiles recreant submersum flumine pontem,
Non est officii, sed pietatis opus.

1656.

Il restait un troisième pont à construire pour
ouvrir la communication avec le quartier de la
Cité. *Marie*, et ses associés, en avaient commencé la construction en bois dans le courant
de l'année 1617. Le chapitre de Notre-Dame
s'y opposa. En vain les entrepreneurs obtinrent
plusieurs arrêts du conseil pour l'achèvement
des travaux; plus forts que les ministres du roi,
les chanoines empêchèrent la construction de
ce pont.

Cessionnaire de *Poulletier* et de ses associés,
Lagrange tenta de reprendre les travaux de ce
pont, en 1623. L'année suivante, les magistrats
déterminèrent l'alignement du nouveau pont.
L'opiniâtre chapitre de Notre-Dame paralysa
tout. Désespérant de vaincre l'obstination du
chapitre, *Lagrange* rétrocéda l'entreprise à la
compagnie *Poulletier*, en 1627.

Nouvelle interruption des travaux pendant
plus de vingt années. Il ne fallut rien moins que
toute l'autorité du roi pour mettre un terme à
la résistance des chanoines. Ils consentirent
enfin à céder cinq toises de terrain sur le port
Saint-Landry, pour la culée du nouveau pont,

13

et voulurent bien se contenter d'une indemnité de cinquante mille francs, payable par le roi dans le délai d'un mois, sous la réserve expresse du passage gratis pour eux et leurs domestiques ; et à condition qu'il serait interdit aux entrepreneurs de faire construire sur le pont ni maisons ni boutiques. Cette défense était bien dans l'ordre public ; mais ce ne fut pas ce motif qui détermina cette clause, mais l'intérêt personnel du chapitre, que cette concurrence eût contrarié dans le revenu des baraques et des maisons qu'il possédait sur le port Saint-Landry.

Quelques historiens fixent en 1642 l'époque de la construction du pont bâti par la compagnie *Marie.* Il est certain qu'il existait au même endroit un pont de bois avant cette époque. Le principe de l'égalité, si souvent recommandé, si clairement consacré par l'Evangile, n'a pas toujours été observé par ses ministres : les processions ont offert de nombreux exemples de ce scandale.

Trois processions se rencontrèrent le 5 juin 1634 sur le pont de bois dont je parle ; elles se dirigeaient toutes les trois vers l'église Notre-Dame, et se disputèrent

> Sur cet étroit passage,
> Du vain honneur du pas le frivole avantage.

Deux balustrades, du côté de la Grève, furent rompues, le pont entier fut sur le point de s'écrouler.

Pour prévenir un nouvel accident, le parlement ordonna, en 1636, avant l'ouverture du jubilé, qu'il serait établi des garde-fous à tous les ponts de bois de la capitale.

Le pont construit par la compagnie *Marie*, grièvement endommagé par les glaces et le débordement de la rivière, en 1709, fut détruit l'année suivante. Rétabli en 1717, il fut achevé en 1718 : on le peignit en rouge. Le nom de cette couleur lui est resté jusqu'à l'époque de sa nouvelle reconstruction.

Le droit de péage de trois deniers par personne, a été cédé par le roi à la ville, pour l'indemniser de la perte de douze maisons abattues au Marché-Neuf.

Ce pont, qui a repris le nom de *Pont de la Cité*, vient d'être reconstruit sur un plan plus solide.

Les culées et les piles sont en pierres, les cintres en fer, le reste en bois, et couvert d'une plaque de tôle peinte en gris : il n'est praticable que pour les piétons.

On assure que Beaumarchais, dont le génie spéculateur n'a plus rien d'étonnant, avait pro-

posé de remplacer le vieux pont de bois par un
pont de fer, et que son offre fut rejetée. De
plus difficiles entreprises du même genre ont
été exécutées depuis, et leur succès n'est plus un
problème.

De jeunes artistes qui m'accompagnent, me
pressent d'aller visiter l'hôtel *Lambert*, que
Le Sueur et *Le Brun* se sont disputé la gloire
d'embellir.

Nous lisons au-dessus de la porte d'entrée :
Magasin des lits militaires de la garde royale.

Nous craignons d'abord pour le succès de
notre voyage; mais les plus sages précautions
ont été prises pour la conservation des objets
d'art, que renferment encore les appartemens :
une surprise agréable nous attendait à chaque
pas. Les talens de *Le Sueur, Le Brun, Roma-
nelli, Van-Ostal, le Bassan, Pastel, Her-
mans*, se reproduisent dans chaque pièce. On
ne retrouve plus, il est vrai, que des fragmens
dans le salon des Muses et dans le cabinet des
Amours; mais les beaux tableaux qui en faisaient l'ornement, ne sont point perdus pour
l'école française ; ils ont été placés dans les galeries du Musée du Louvre. Les amateurs, dont
la nudité du plafond attriste les regards, vou-
dront bien se rappeler que le tableau de Phaéton
dont il était décoré, fait maintenant partie de la

riche collection du même Musée, après avoir
été enlevé et remis sur toile avec la plus heureuse adresse. La gravure, par M. Ch. Dupuis,
est très-estimée.

L'or et la sculpture brillent dans toutes les
parties de la belle galerie du second étage. Deux
colonnes corinthiennes dorées en décorent l'entrée. Les ornemens sont partout prodigués, peut-
être avec plus de luxe que de goût. Ici le pinceau de *Le Brun* a tout créé. Les travaux d'Her-
cule sont représentés dans les cadres du pourtour.

Le Combat du héros avec les Centaures, son
Apothéose, son Hymen avec Hébé, les Apprêts
de la fête nuptiale, occupent tout l'espace du
plafond. Cette composition large et vigoureuse,
que l'on considère comme l'un des meilleurs
ouvrages de *Le Brun*, est menacée d'une prochaine dégradation. Il serait urgent de la restaurer sur place, ou de l'enlever et de la re-
mettre sur toile, comme on l'a fait si heureusement pour le Phaéton de *Le Sueur*.

Il faut aller jusqu'aux combles pour trouver
le joli cabinet que les amateurs notent dans leur
album *cabinet des bains*, et que l'on appelle
ordinairement *cabinet de Voltaire*. Je sais que
le poëte philosophe, avant d'occuper le monde
entier de ses ouvrages et de sa renommée, ha-

bitait un modeste manoir dans le quartier Saint-Paul; mais aucun document certain ne nous indique qu'il ait demeuré dans l'île Saint-Louis. Il serait d'ailleurs assez vraisemblable qu'il ait eu des relations avec le propriétaire de cet hôtel, passionné pour les arts, et qui se fût fait un honneur d'avoir Voltaire pour commensal.

Le plafond et tous les ornemens de ce cabinet ont été peints par *Le Sueur*. Il serait difficile d'imaginer une retraite plus paisible et plus élégante. Elle reçoit le jour le plus pur par une fenêtre qui sert également d'entrée sur une terrasse demi-circulaire qui domine le jardin, les deux bras de la Seine et un vaste horizon.

Nos yeux cherchent en vain dans ce petit jardin les quatre statues antiques qui le décoraient autrefois.

Le grand tableau qui représente l'Enlèvement des Sabines, regardé comme le chef-d'œuvre du Bassan, et qui ornait une des salles du premier étage, a, suivant Félibien, appartenu au fameux maréchal d'Ancre.

Cet hôtel, bâti sur les dessins de Charles *Levau*, pour le président *Lambert de Torigny*, a été habité depuis par *Dupin*, fermier-général, et le marquis de *Châtelet-Laumont*. C'est aujourd'hui la propriété de M. de Montalivet, ancien ministre de l'intérieur, qui ne s'y était réservé qu'un pied-à-terre. On cite encore un autre fermier-général que M. *Dupin*, qui aurait aussi habité cet hôtel.

Un officieux *cicerone* insistait pour me faire visiter les caves. Je reconnaîtrais, me disait-il, à la solidité extraordinaire de la porte d'un caveau assez vaste, qu'il avait servi à contenir quelque chose de plus précieux que du vin ; et tout en descendant l'escalier, il me raconta qu'un des anciens maîtres de cet hôtel, riche financier, entassait dans ce caveau tout son or. Lui seul pouvait y entrer. Victime d'une funeste imprévoyance, il s'y enferma : il n'était plus, quand, sur des indices vagues, mais que sa longue absence rendait vraisemblables, la porte fut enfoncée ; et on le trouva mort, couché sur son trésor, et les bras à demi rongés ; tout annonçait qu'il était expiré dans d'horribles convulsions.

Tous les compilateurs d'*ana* racontent une anecdote de ce genre ; mais ils diffèrent sur le nom de la victime, sur le temps, les lieux et les principales circonstances. L'événement de l'île Saint-Louis ne serait-il qu'une variante d'un conte populaire ?

On vous dira encore que l'hôtel Chenizot, rue Saint-Guillaume, est l'ancienne résidence de la reine Blanche, mère de saint Louis. Il

13*

est bien vrai que ni cette rue, ni cet hôtel
n'existaient du temps de la reine Blanche, qu'a-
lors l'île Notre-Dame et l'île aux Vaches étaient
séparées. La tradition locale s'est conservée de
générations en générations. En vain objecterez-
vous que cette tradition n'a pu naître qu'à l'é-
poque où l'île a été habitée, dans le dix-septième siècle. On ne vous croira pas; l'évidente
vérité ne prouvera rien : on ne réfute pas des
contes de grand'mère.

Vis-à-vis l'hôtel Lambert, au n° 3, est l'hôtel
de Fénélon, qui n'offre rien de remarquable
que son nom, sans que l'on sache précisément
à quelle époque et pour quel motif ce nom lui
a été donné.

Cet hôtel est maintenant occupé par une manufacture de papiers peints. L'hôtel Jassaud,
sur le quai Bourbon, n'est qu'une habitation
particulière fort agréable.

L'église, sous l'invocation de saint Louis, est
la seule qu'il y ait dans l'île. Ce n'était au commencement du seizième siècle qu'une petite
chapelle, fondée par *Nicolas Lejeune,* couvreur.
Cette chapelle fut érigée en paroisse en 1623,
par *Jean-François de Gondy,* premier archevêque de Paris, malgré l'opposition du curé de
Saint-Paul; mais l'accroissement de la population de l'île rendit bientôt indispensable la

construction d'une seconde chapelle plus grande. La pieuse libéralité d'un simple particulier, permit bientôt de réaliser le vœu des fidèles.

J.-B. *Lambert*, décédé le 22 décembre 1645, légua une somme de trente mille francs pour la construction de cette seconde chapelle. Quelques habitans imitèrent ce généreux exemple; et le premier octobre 1664, M. *de Péréfixe*, archevêque de Paris, en posa la première pierre au nom du roi. Le chœur fut achevé en 1679; il réunissait la nouvelle chapelle à l'ancienne. Celle-ci s'écroula le 2 février 1702. On n'a cité parmi les victimes de ce déplorable accident, que le marquis de Verderonne, écrasé sous les décombres. Le plan d'un autre édifice fut arrêté, et le cardinal de Noailles en posa la première pierre le 7 septembre de la même année. On y grava cette inscription :

REGNANTE

LUDOVICO MAGNO.

Eminentissimus S. R. E. cardinalis LUDOVICUS-ANTONIUS DE NOAILLES, *archiepiscopus Parisiensis, dux Sancti-Clodoaldi, par Franciæ, reg. ord. commendator; primarium lapidem navis hujus ecclesiæ in honorem sancti Ludovici Deo dicatæ, posuit ann. dom. 1702, die 7 septembris?* JACOBO

LUILLIER, *doctore et socio Sorbonico, pastore :* Benigno LE RAGOIS, *domino* de Bretonvilliers, *in camera computatorum præside :* Ludovico BENGY, *in eadem camera correctore, ædituis honorariis, et* Mathurino COMPAGNEUX , *pharmacopolarum Parisiensium præfecto,* Petro TICQUET, *in senatu Parisiensi causarum actore ædituis ærarii,*

Cette manie de traduire en latin des fonctions françaises que les Latins ne connurent jamais, embarrassera bien les étymologistes. On pourra deviner que M. Le Ragois de Bretonvilliers était président de la cour des comptes, et savoir ce que c'était que cette cour; mais en vain interrogera-t-on tous les historiens du temps, pour savoir ce que c'était que le préfet des apothicaires de Paris, et les noms de MM. les marguilliers de la paroisse Saint-Louis-en-l'Ile, arriveront seuls à la postérité, qui ne comprendra rien aux qualités qui les accompagnent.

La nef, dont la construction a été constatée par cette maladroite inscription, fut achevée en 1723, la coupole en 1725, et l'église nouvelle consacrée le 14 juillet 1726, par M. Caulet, évêque de Grenoble, au nom du cardinal de Noailles. Louis XIV et Louis XV fournirent

des sommes assez considérables pour les frais
de cet édifice, commencé sur les dessins de
Louis *Levau,* et achevé par Gabriel *Le Duc.*
La coupole est l'ouvrage de Jacques *Doucet,*
architecte et marguillier de la paroisse.

Les ornemens de sculpture de cette église,
l'une des plus belles de Paris, ont été exécutés
sur les dessins de *Champagne,* peintre, et neveu de Philippe *Champagne.*

Je sais bien qu'on écrit *de* Champagne ; mais
les fastes des savans et des artistes célèbres
n'admettent point ces particules, dont le vocabulaire féodal se montre si jaloux.

Les comédiens sont excommuniés dans tout
le monde chrétien, excepté en Italie. L'excommunication qui frappe ceux qui récitent ou chan-
tent les ouvrages lyriques et dramatiques, n'at-
teint ni les auteurs qui les ont écrits , ni les musiciens qui en ont fait la musique ou qui l'exé-
cutent, ni ceux qui vont les entendre ; du
moins l'excommunication n'est point encourue
ipso facto. Dirai-je qu'il y a injustice et ab-
surdité ? Non. Cette discussion m'entraînerait
dans des débats qui ne sont pas de mon sujet.... Mais mon observation n'est pas aussi dé-
placée qu'on pourrait bien le croire ; elle vient
tout à point, en parlant de l'église Saint-Louis-
en-l'Ile, puisque cette église renferme le tom-

beau d'un poëte qui a composé pour la cour, et par ordre du roi très-chrétien, un grand nombre de poëmes lyriques, de comédies, et même deux ou trois tragédies; et que son inhumation dans l'église même n'a pas subi la plus légère opposition.

Philippe *Quinault* naquit à Paris en 1635. Son père était boulanger. S'il faut en croire Bayle, il fut le domestique de Tristan l'ermite, avant d'être son élève. C'est de lui qu'il apprit les élémens de la versification. Clerc chez un avocat au conseil, Quinault, au lieu d'étudier Cujas et Barthole, composait des comédies. Ses premiers essais furent heureux. Un marchand, grand amateur de spectacle, lui offrit un appartement et sa table.

Voltaire n'a donné son *Œdipe* qu'à dix-neuf ans. Quinault n'en avait pas dix-huit que déjà il avait obtenu plusieurs succès dramatiques. Il est vrai qu'*Œdipe* est resté au répertoire, et que l'on a oublié jusqu'au nom des comédies de Quinault. A trente ans il comptait seize pièces en cinq actes et en vers, jouées au Théâtre-Français. Tout lui prospérait. La femme de son Mécène, devenue veuve, lui donna sa main et une dot de quarante mille écus. Reçu à l'Académie française en 1670, il acheta une charge de maître des requêtes en 1671. La fortune et

la gloire le comblaient de faveurs. Le dégoût est
l'inévitable résultat des jouissances excessives.
Quinault cessa de travailler pour le Théâtre-Français, et fit des poëmes pour l'Académie royale
de Musique ; il a fait école dans ce genre. Les
noms de Quinault et de Lulli sont inséparables
dans les annales de l'opéra : le poëte et le
musicien s'entendaient à merveille. Quinault
traçait plusieurs canevas, les portait au roi,
qui en choisissait un. Il achevait ensuite le plan
du sujet choisi par le monarque, le remettait
à Lulli qui, après en avoir esquissé la coupe
et l'intrigue, improvisait les airs de danse et
de simple agrément. A mesure que Quinault
écrivait des scènes, il les soumettait à l'Académie française, ou, suivant M. de Boze, à l'A-
cadémie des inscriptions. On pourrait douter
de ce fait. Je copie l'auteur de l'*Histoire de
l'Académie des inscriptions et belles-lettres*,
tome Ier, page 6.

« Quand M. Quinault fut chargé de travail-
» ler, pour le roi, aux tragédies de musique, sa
» majesté lui enjoignit expressément de consul-
» ter l'Académie. C'était là qu'on déterminait
» les sujets, qu'on réglait les actes, qu'on dis-
» tribuait les scènes, qu'on plaçait les divertis-
» semens. A mesure que chaque pièce avançait,
» M. Quinault en montrait les morceaux au roi,

» qui demandait toujours ce qu'en avait dit *la*
» *petite académie;* car c'est ainsi qu'il l'appe-
» lait.

» *Alceste, Thésée, Atys, Isis, Phaëton,* etc.,
» ont été le fruit de cette attention, etc. »

L'Académie des inscriptions et belles-lettres,
petite académie! l'orgueil des immortels du
Louvre devait en être humilié. Quinault fit le
sacrifice de son amour-propre. Nos auteurs du
jour ne seraient pas aussi complaisans. Soumettre les productions de son génie à d'autres
juges que ses amis, cela n'est pas concevable :
passe encore pour le roi; il donne des pensions :
mais l'Académie.... Quinault, plus intéressé que
glorieux, n'y perdit rien; il vécut en grand seigneur, et laissa une fortune très-considérable.
Le poëte s'était ménagé des conseils qu'il lui
était plus doux de recevoir; et les femmes ont
une finesse de tact dont les hommes ne sont pas
susceptibles. Racine s'est bien trouvé de ses
entretiens avec la belle et sensible Champmêlé;
notre Molière consultait sa Nicole; Quinault, la
savante mademoiselle Serment de Grenoble,
membre de l'Académie des Ricovrati de Padoue,
et qu'on appelait *la Philosophe.*

Tous ces petits comités n'étaient pas d'une
sévérité bien redoutable. Lulli ne partageait
pas la docilité de Quinault pour leurs décisions;

il s'était réservé sur les ouvrages de son poëte
le droit suprême de révision et le *veto* absolu.
Lulli tenait le sceptre lyrique ; il ne voulait travailler que sur les poëmes de son ami. Les poëtes,
dont quelques courtisans se firent les auxiliaires,
épuisèrent tous les expédiens pour lui en faire
accepter d'autres : Lulli fut inflexible.

Alceste est la première tragédie lyrique donnée par les deux amis. La partition originaire
est oubliée depuis le chef-d'œuvre de Gluck ;
mais le poëme est resté. Quinault mourut le
26 novembre 1688, âgé de cinquante-trois ans.
Il a été inhumé dans l'église Saint-Louis, le
28 du même mois. Aucun ornement, aucune
épitaphe ne couvre sa tombe. On trouva dans
ses papiers celle qu'il avait composée lui-même.

> Passant, arrête ici pour pleurer un moment ;
> C'est ce que des vivans les morts peuvent attendre.
> Quand tu seras au monument,
> On aura soin de te le rendre.

La coupe seule de ces vers indique un poëte
habitué à faire des opéras.

L'érudit *Uyon d'Hérouval* habitait aussi
l'île Saint-Louis. Moins modeste il aurait pu se
faire un nom dans les lettres. Il employa sa fortune et ses veilles à rechercher, à éclaircir les
documens les plus rares de nos vieilles annales

et de notre droit public. Il est tel principe démontré avec la plus irrésistible évidence et prouvé par les actes les plus authentiques, qui pourrait passer aux yeux de nos casuistes politiques pour une abstraction évidemment séditieuse.

Uyon d'Hérouval a fourni aux écrivains de son temps de précieux matériaux pour les époques les plus importantes de notre histoire. La reconnaissance publique a consacré sur son tombeau la mémoire d'un si rare désintéressement.

Immortali vir memoriâ dignus
D. D. Antonius UYON d'HÉROUVAL, eq ues,
Regi a consiliis et in supremâ rationum curiâ
Auditor.
Generis splendore apud voliocasses clarus
Pietate, innocentiâ ac doctrinâ commendabilis,
Qui abstrusa veterum actorum monumenta,
Multo labore investigavit
Sedulâ curâ congessit.
Sagaci judicio indicavit.
Benignâ liberalitate communicavit.
Gloriam quippè mereri potius ducens quam
Consequi,
Alienis servire commodis quam propriis.
Rem ornare publicam, quam privatam augere,

Sub bene multorum hujus ævi scriptorum
Nomine ,
Reconditioris antiquitatis thesauris
Ætatis nostram
Locupletavit.
Natus xviii kal. oct. Incarn. Verb. M DC IV.
Obiit iii kal. maï. M DC LXXXIV.

Ce savant a laissé un bel et noble exemple.
J'aurais dû traduire cette épitaphe pour l'édi-
fication de nos écrivains spéculateurs , mais ils
peuvent s'en passer. N'ont-ils pas des collabo-
teurs instruits, mais obscurs ? Ils savent dans
leurs grandes entreprises se procurer au rabais
les talens et l'esprit qui leur manquent.

Les plus beaux hôtels de l'île Saint-Louis ,
bâtis pour des familles parlementaires , ont passé
à des financiers. Deux fermiers-généraux ont
succédé au président Lambert dans la propriété
de son hôtel. Celui de Bretonvilliers a été loué
par la compagnie des fermes générales pour les
bureaux des aides, du contrôle et du papier
timbré.

M. de Bretonvilliers a fait construire à ses frais
le quai qui environne la pointe de l'île où son
hôtel est bâti. Les seules fondations, dans cet
endroit où la Seine est profonde et rapide, ont
coûté huit cent mille francs. Les eaux en

avaient miné une partie que la ville fit restaurer en 1730. Les fermiers-généraux, locataires de cet hôtel depuis 1719, auraient dû épargner à la ville les frais de cette réparation.

M. de Bretonvilliers l'avait meublé avec magnificence. On y remarquait une belle galerie peinte par Bourdon; quatre grands tableaux du Poussin, d'excellentes copies des meilleurs ouvrages de Raphaël, peintes par Mignard, décoraient une salle du rez de chaussée; la galerie, la salle, les beaux meubles, tout a disparu, jusqu'aux bureaux des commis des fermes. Je n'ai aperçu au milieu des débris qu'un enfant pour garder la porte d'entrée, et un ouvrier dans la cour. Il ne reste de ce bel édifice qu'une partie des bâtimens situés à l'extrémité de l'île. Paris n'offre point de site plus pittoresque, ni de perspective plus variée et plus étendue.

Avant la jonction des deux îles, leur aspect devait être agreste et sauvage. Aussi, cette solitude parut convenable à *Nicolas*, cardinal légat en France, pour une *mission*. Il y prêcha la croisade en 1313. Le roi Philippe de Valois, les princes ses fils, et Édouard II, roi d'Angleterre, reçurent la croix des mains du prélat. Un grand nombre de nobles français et anglais les imitèrent. Les croisades n'ont enri-

chi que ceux qui n'en ont pas couru les dangers. Tout est dit à ce sujet : je n'ai voulu marquer ici qu'un événement historique dont l'île
Notre-Dame a été le théâtre. Les pèlerinages
en masse ne se renouvelleront plus sans doute.
Si quelque fidèle s'y oblige par un vœu, le
trajet n'est pénible que pour celui qui ne peut
pas se faire remplacer, et il y a mille moyens
de charmer les ennuis du voyage.

La dévote Arsinoé observe bien sa religion,
et pour ne pas y manquer elle fait jeûner ses
gens. Telle était aussi la scrupuleuse exactitude
d'une reine de France, que l'on croit être Catherine de Médicis. Elle avait fait vœu, dans le
cas où une entreprise qu'elle méditait réussi-
rait, d'envoyer à Jérusalem un pèlerin qui en
ferait le chemin à pied, en avançant de trois pas
et en reculant d'un au troisième. On trouva à
la fin un homme assez hardi pour entreprendre
ce singulier voyage. C'était un bourgeois de
Verberie, bourg de Picardie devenu fameux
parmi les nécromanciens. On s'assura qu'il avait
ponctuellement exécuté sa promesse. L'histoire
ne dit pas si le troisième pas à reculons était
plus court que les autres. A son retour, il reçut
une forte somme d'argent et des lettres de noblesse ; elles lui avaient du moins coûté quelque chose. On ne compte parmi les pèlerins

de notre âge, que l'auteur d'Atala, le baron
Bergami et l'illustre princesse qu'il accompa-
gnait. Il n'est plus question de croisade ; l'île
Saint-Louis n'est plus un désert, et j'ose douter
qu'un autre *Nicolas* puisse y prêcher une levée
en masse contre les princes d'Orient, avec le
même succès qu'au quatorzième siècle.

Les rues de l'île Saint-Louis ont presque
toutes conservé les noms de leurs fondateurs.
Il faut en excepter une seule, ou plutôt une
partie d'une seule rue, celle de la *Femme sans
tête*, qui n'est que la continuation de la rue
Regrattier, et non pas *Regrattière*, comme l'a
improprement écrit sur une plaque nouvelle un
artiste ignorant ou maladroit. S'il eût bien
voulu lire l'ancienne inscription gravée sur le
coin opposé, il eût mis une lettre de moins et
se fût épargné une faute d'orthographe.

Voici l'origine du nouveau nom donné à cette
partie de rue. Un cabaretier avait imaginé pour
sujet d'enseigne *une femme sans tête* tenant un
verre à la main ; on y lisait au bas cette devise :
Tout est bon. La satirique enseigne a disparu
depuis long-temps ; mais par une contradiction
singulière, l'héritage de son nom est échu à la
partie de cette rue autre que celle où figurait
cette enseigne.

Ceux qui connaissent les mœurs douces et

tolérantes de l'île Saint-Louis, ont été sans
doute très-étonnés de voir une aussi discour-
toise épigramme conserver dans un de ses carrefours les honneurs d'une aussi longue publi-
cité. On ne fait plus d'épigrammes à l'île Saint-
Louis, même en enseigne, quoique le nombre
des marchands de vins y soit plus grand qu'autrefois. La proximité du port au vin et de l'entrepôt général, a déterminé beaucoup de marchands en gros à y fixer leur domicile et leur
comptoir.

TABLE

DES CHAPITRES.

———

FIN DE LA TABLE DES CHAPITRES.

Table).

Essai sur l'hist méd. de Paris (menuret.)

Encore un Tableau de Paris (henrion)

memorial parisien (Dufey)